구 디   얀 다 르 크

* 이 도서의 국립중앙도서관 출판예정도서목록(CIP)은 서지정보유통지원시스템 홈페이지(http://seoji.
nl.go.kr)와 국가자료공동목록시스템(http://www.nl.go.kr/kolisnet)에서 이용하실 수 있습니다.
(CIP제어번호: CIP2019025821)

제5회
황산벌청년문학상
수상작

염기원 장편소설

은행나무

차례

나비효과

땡그랑. 보도블록에 동전이 떨어졌다. 그 소리에 귀를 쫑긋 세우는 건 빈부격차와 상관없는 조건반사다. 하지만 또르르 굴러가는 그 돈의 행방을 찾기 위해 고개를 숙이는 삶과 다시 앞을 보고 자기 길을 가는 삶은 다르다. 앞을 보고 가는 사람은 길을 잃지 않는다. 나는 고개를 숙여 동전을 찾는 삶을 살았다. 그러다 보면 어느 순간 낯선 곳에 서 있었다.

생리가 끊겼다. 가슴 밑에 땀이 차 불쾌했다. 두껍게 바른 데오드란트도 겨드랑이 땀샘의 폭발을 막을 수 없었다. 제모하다 베인 상처에 곁땀 소금기가 닿아 따가웠다. 동전을 주운 건 허리가 꼬부라진 할머니였다. 신호대기를 하다 무심히 고개를 돌려 동전이 떨어졌던 곳을 쳐다봤다. 거기엔 누군가 양심과 함께 바닥에 버린 플라스틱 컵이 떨어져 있었다.

컵 안에 남아 있는 설탕물을 빨아 먹기 위해 개미가 꼬여들었다. 건 널목 앞에서 신호를 기다리던 인파는 가로수 아래에 다닥다닥 모여 있 었다. 다들 그 명당을 절대 양보할 수 없다는 듯 단호한 표정이었다. 양 산도 없던 나는 별수 없이 달콤한 그늘 대신 직사광선에 노출되었다.

가방에서 선글라스를 꺼내려다 마이크로 SD카드가 잘 있는지 한 번 더 확인했다. 이 손톱만 한 플라스틱 쪼가리에 오늘 녹음한 내용이 담겨 있다. 내가 가진 전부이기도 하다. 하지만 내일부터는 아무 쓸모 없는 물건이 되겠지. 신호등이 녹색으로 바뀌자 50도가 넘는 아스팔트 위로 발을 내디뎠다. 스니커즈 밑창이 마시멜로처럼 녹아 바닥에 쩌억 쩌억 들러붙는 느낌이었다.

얼마 전까지 행인과 사이비 종교인과 노숙자로 북적였던 역 앞이 한 산했다. 백십일 년 만의 무더위가 애연가의 흡연 욕구마저 거세했나보 다. 모처럼 한산한 영등포역 흡연 구역, 깊게 들이마신 연기를 폐로 걸 러 길게 뿜어주었다. 뜨거운 햇살도 연기를 분해할 수 없었다. 행성에 사는 존재에게 숙명적인 중력마저 뚫고, 연기는 대기권을 향해 퍼져 나갔다. 그 모습을 바라보는 게 좋아 담배를 끊을 수 없다.

스튜디오가 있는 대림동에서 일산까지 가려면 영등포에 도착한 후 에도 다시 세 번이나 길을 건넌 후 소방서 앞까지 한참 걸어가야 한다. 그 동네 특유의 코를 찌르는 지린내와도 싸워야 한다. 지하도로 가면 햇볕도 냄새도 피할 수 있지만 무수히 많은 계단을 오르내려야 한다. 이럴 때는 자가용이 있으면 참 좋겠다는 생각이 든다. 어느새 마흔이 지만 나는 내 명의로 된 그 어느 것도 가져본 적이 없다. 아마 앞으로도 그럴 것이다.

삑!

"환승입니다."

영등포 타임스퀘어 건너편은 이 버스의 기점이기도 하거니와 아직 직장인의 퇴근 시간 전이어서 좌석도 텅텅 비었다. 오른쪽 맨 뒤에서 두 번째, 내 전용석이 오늘도 빈자리인 것을 확인하자 안도감이 들었다. 다른 자리에 앉으면 불편하다. 비실비실 새어나오는 에어컨 바람 때문에 겨드랑이는 여전히 활화산이다.

낯익은 버스 기사는 앞문을 열어둔 채 버스에서 내렸다. 보나마나 참았던 노폐물을 배출한 후 편의점에서 비타민 드링크를 들고 나와 담배를 한 대 피울 것이다. 금연스티커가 사방에 덕지덕지 붙어 있는 곳이지만 버스 기사에게만큼은 흡연가능권이 부여되어 있다. 노련한 승객은 기사가 없는 버스에 올라도 당황하지 않고 교통카드를 단말기에 찍는다.

은은한 담배 연기와 함께 뜨거운 공기가 앞문으로 흘러들자 더위에 잔뜩 얼굴을 찌푸린 사람들도 함께 버스에 올랐다. 직사광선에 노출된 왼쪽 좌석을 피해 다들 오른쪽 자리에 몰려 앉는다. 땀으로 범벅이 되어 시스루 수준이 된 흰색 반팔 와이셔츠를 입은 남자가 버스에 올랐을 때는 오른쪽 자리가 거의 다 차 있었다.

내 앞자리는 버스 뒷바퀴 때문에 다리를 놓기에 불편한 곳이었다. 그는 맨 뒷자리를 놓고 잠시 고민하는가 싶더니 내 앞에 앉았다. 엄청난 덩치의 그가 궁둥이를 철퍼덕 내려놓는 순간 의자가 부서질 것 같았다. 동시에 역한 땀 냄새가 후각을 자극했다.

"부장님? 네, 신 대표입니다."

대표, 대표, 그놈의 대표. 디지털단지에 가면 인파의 반이 대표다. 노트북 가방을 옆자리에 내려놓기도 전에 신 대표는 누군가와 통화를 시작했다. 극존칭을 쓰는 것을 보니 상대인 부장은 제법 규모가 있는 회사에 다니고 있다. 그리고 앞자리 남자는 작은 회사를 힘겹게 운영하고 있을 것이다. 어쨌건 버스 안에서 큰 소리로 통화하는 사람은 지구에서 쫓아내야 한다.

가방 안에서 이어폰을 꺼내 귀에 꽂고 관성처럼 정치 시사 팟캐스트 방송을 들으려 했다. 생각해보니 그나마 듣던 방송도 어제 구독 취소를 해버려서 이제 들을 방송이 없다. 음악이라도 들으려고 앱을 실행하려는데 앞자리 남자의 목소리가 더 커졌다.

"그게 아니라요. 네. 부장님이 신경 써주시는 거 저희도 잘 알죠."

프로젝트, 요구사항, 일정, 야근, 기능 리스트, 서버 개발자, 납기, 평션포인트, 익숙한 단어가 귀에 콕콕 날아와 꽂힌다. SI, 즉 프로그램 개발 하청업체를 운영하는 사람인 게 틀림없다. 보아하니 회사의 주요 개발자 중 한 명이 퇴사했다. 그래서 다들 여름휴가도 취소하고 밤샘을 거듭하고 있다. 통화 상대는 대기업이나 중견 기업인 갑의 발주를 받은 을, 병 정도의 부장일 것이다.

일개 회사원임에도 그들에게는 제법 대단한 권력이 부여된다. 고도비만의 신 대표 업체는 병이나 정쯤이 될 것이고 실제 프로그램 개발은 여기서부터 시작이다. 화상통화도 아닌데 신 대표는 고개를 연신 조아리며 전화를 끊었다. 구한말 고종황제와 통화를 하던 대한제국 신하들도 저런 모습이었겠지.

짧은 휴식을 마친 버스 기사가 운행을 시작했다. 앞자리의 중년 여성이 '에어컨 좀 올려달라'고 기사에게 건의하는 듯했다. 부채질을 하던 사람들은 그녀를 응원하는 마음으로 버스 기사의 빠른 조치를 기다렸다. 기사가 뭐라 답변하는 것 같았기에 기대했지만 변화는 없었다. 내 머리 위에서 나오는 에어컨 바람은 여전히 늙은이 오줌발처럼 영 시원치 않았다.

직사광선과 더위 따위도 자신들의 사랑을 막을 수 없다는 듯 꼭 끌어안은 왼쪽 자리 어린 커플이 불쾌지수를 더 높여준다. 자신의 남자 친구 외에는 누구도 견뎌낼 수 없을 여자애의 역겨운 애교와 모기처럼 앵앵거리는 목소리. 미적지근한 바람을 타고 풍겨오는 앞자리 남자의 역한 땀 냄새. 오늘 낮 최고기온 39.6도.

"네, 신 대표입니다. 통화 가능하시죠?"

앞자리 신 대표가 고개를 돌려 젊고 예의 없는 커플을 살짝 째려보더니 누군가와 또 통화를 시작했다. 왼쪽 자리 커플은 욕설을 섞어가며 사랑의 대화를 이어갔다. 앞자리 남자의 목소리는 점점 커졌고 왼쪽 자리 커플은 게임이라도 하는지 서로의 허벅지를 찰싹찰싹 때리고 있었다. 더위에 찌든 사람들이 하나둘씩 고개를 돌려 뒷자리 소음에 대한 불만 섞인 눈빛을 쏘아대기 시작했다. 나는 아무 소리도 나오지 않는 이어폰을 낀 채 고개를 돌려 창가를 바라보았다.

어느덧 당산역에 버스가 멈추었다. 그새 퇴근한 수많은 사람이 몰려들어 먼저 버스에 오르기 위해 자리싸움을 하는 게 보였다. 시원한 에어컨 바람을 기대했을 승객들은 버스에 오르자마자 불만 섞인 표정이었다. 뜨겁게 달구어진 왼쪽 좌석도 금세 가득 차버렸다. 옆자리에 가방을 놓아둔 채 딴청을 피우던 양체들도 별수 없이 가방을 무릎에 올려놓고 내키지 않는 합석을 했다. 다행히 내 옆에는 꽃무늬 에코백을 든 날씬한 아가씨가 앉았다. 왼쪽 자리에 앉은 사람들은 저마다 커튼을 펼치며 직사광선을 막느라 여념이 없었다.

덩치 큰 신 대표 옆에 비슷한 덩치의 학생이 앉았다. 미묘하게 다른 두 남자의 땀 냄새가 코를 또 어지럽혔다. 자신의 오른쪽 어깨가 맞닿자 학생은 왼쪽으로 몸을 기울였고 이번에는 그의 왼쪽 어깨가 위태로운 힐을 신은 채 서 있던 젊은 여성의 궁둥이에 닿았다. 그녀는 찡그린 표정으로 불만을 표시했다. 굳이 신영복 선생의 글을 인용하지 않더라도 더위는 다른 인간을 혐오하게 만든다. 조금만 건드려도 터질 것 같은 인간 폭탄을 가득 실은 화약고가 양화대교를 위태롭게 건너고 있었다.

"민구 씨. 미팅 때랑 말이 다르잖아요. 네? 아니, 프리 십 년 차라면서. 프로젝트가 다 그렇잖아요. 뭐라고, 계약위반? 이 사람이 진짜."

사람들이 가득 들어차자 어린 커플은 조용해졌지만 잠시 소강상태에 빠졌던 앞자리 신 대표의 목소리가 다시 커졌다. 업계에 오래 몸담았던 나는 한쪽의 목소리만 듣고도 사태 파악이 가능했다. 그의 입에서는 험한 단어가 나오기 시작했다. 프리랜서인 상대는 '병'에게 다시 수주받는 '정'이나 '무' 정도 될 것이다. 갑이 발주한 금액에서 을과 병과 정을 거쳐 떼이고 또 떼이고 떼인 용역비를 받는 것이다. 용역비에는 자신의 건강과 사생활을 포기하는 것, 그리고 이런 전화를 받으며 정신노동을 하는 것도 포함되어 있다.

앞자리의 신 대표는 감당하지 못할 프로젝트를 일단 수주했다. 그리고 단가를 후려쳐서 프리랜서를 통해 프로그램 개발을 진행했다. 늘 그렇듯 원청회사는 납품 일자가 코앞인데도 요구사항을 또 변경했다. 신 대표 회사의 서버 개발자는 이미 다른 프로젝트에 투입된 상태. 개발자가 두 탕, 세 탕을 뛰어야 신 대표의 회사가 운영된다. 프리랜서 역시 두 탕, 세 탕을 뛰고 있을 터라 원청회사가 요구사항을 변경했다는 신 대표의 말이 고깝게 들릴 것이다. 그래도 신 대표는 아직 초보 사장이다. 계약위반이라는 말을 듣자 부드러운 말로 살살 달래며 통화를 마쳤다.

어떤 냄새가 날지 상상도 하기 싫은 손수건으로 얼굴의 땀을 닦은 그는 창문에 고개를 대고 십 초 만에 코를 골기 시작했다. 수면무호흡증이 있을 게 분명했다. 보통 사람도 열대야 때문에 잠을 못 자는 요즘이다. 앞자리를 둘러보니 대부분 잠들어버렸다. 더위에 질식하여 기절한 것 같기도 하다.

양화대교를 건넌 버스는 이백칠십 도 회전을 마친 후 강변북로로 접어들었다. 오늘도 강변북로는 서울에서 일을 마치고 경기도의 집으로 돌아가려는 자동차가 가득하다. 차가 몰려서, 사고가 나서, 도로공사 때문에, 눈이나 비가 와서, 더워서, 추워서, 화물이 도로에 쏟아져서, 이 시간 이곳을 지나는 차량은 거북이걸음 신세를 면할 수 없다.

"와! 씨발, 오빠, 저 새끼들 미쳤나봐."

"더워 뒤지겠는데 저게 뭔 지랄이냐?"

"자갸, 쟤네 보니까 졸라 치맥각이다."

"우리 여보야가 먹고 싶으면 먹어야지."

초보 대표가 잠들자 턴제 게임을 하듯 이번엔 어린 커플이 활동을 재개했다. 욕설이 섞이지 않으면 문장을 완성할 수 없는 애들이다. 그들의 눈길을 사로잡은 게 뭔지 궁금해 슬쩍 고개를 돌렸다. 왼쪽 창가를 통해 난지한강공원의 야구장이 보였다. 38도의 불볕더위에도 그들은 땀을 흘리며 경기를 하고 있었다. 전방의 군인도 실외 활동을 자제하고 있고, 프로야구 경기도 폭염 취소를 검토하자는 뉴스가 연일 나오는 요즘이다. 며칠째 연락을 기다리고 있을 남자친구가 떠올랐다.

그는 프로야구 퓨처스리그에서 뛰고 있다. 프로야구와 달리 2군 리그는 7월에도 오후 네 시에 경기가 시작된다. 컨디션 점검 차원에서 2군에 내려온 선수도 있지만, 대부분은 언젠가 스포트라이트를 받는 1군 경기에 오를 희망을 안고 땀을 흘리고 있다. 어릴 때 야구를 시작한 이들의 1%가 고등학교 졸업 이후에도 야구를 계속할 수 있고 그중 1%가 TV에 나온다. 우리가 매일 만나는 사람 역시 TV 화면에 나오는 일류를 꿈꾸며 사는 이류다. 평생 일류 근처에도 못 가면서 이류에 만족하지 못하고 아등바등하다가 아쉽게 마지막 숨을 내뱉는 존재다. 이 버스의 단골은 모두 이류 인생이다.

버스는 아직도 난지한강공원을 벗어나지 못하고 있다. 어린 커플은 그새 야구 구경에도 흥미를 잃고 어떤 치킨이 맛있는지 토론이 한창이다. 이메일을 확인하려고 휴대폰을 꺼내니 '어른들의 안전한 놀이터'라는 제목 따위의 스팸만 와 있다. 온라인 카지노나 불법 스포츠 도박 사이트 광고일 것이다. 휴대폰을 다시 가방에 넣었다. 나와 친하게 지내던 IT 회사 대표도 스포츠 도박 사이트로 큰돈을 벌었다. 스포츠와 도박은 치킨과 맥주처럼 떼어낼 수 없는 존재다. 이 두 조합은 의도치 않게 대한민국 현대사를 뒤집어버리기도 했다.

어느 날 유명한 화장품 회사 대표가 도박하다 구속됐다. 브로커를 통해 검사장 출신 변호사를 고용한 그는 무혐의 판결을 받았다. 그런데 그해 카지노를 운영하던 조폭이 구속됐고, 여기에 유명한 프로야구 선수까지 연루되었다. 야구 팬이 들고 일어섰고, 화장품 회사 대표는 해외 원정도박 혐의로 구속됐다. 이 사건은 뜬금없이 법조 게이트로 발전하더니 군납 비리 수사로 이어졌고, 재벌 기업의 면세점 로비로 확장됐다. 그러다가 고위공직자 수사를 통해 검사장의 재산 문제가 불거졌다. 국내 최대 게임 회사와의 커넥션까지 밝혀졌다. 이게 청와대 민정수석으로 이어지더니 초유의 국정농단사건이 세상에 드러났다.

도박과 스포츠의 결합이 만든 작은 날갯짓이 토네이도가 되었다. 주권자는 촛불을 들었고 모인 촛불이 들불로 번져 청와대의 허깨비를 쫓아냈다. 훗날 아이들에게 민주화 시기에 이은 격동의 제6공화국을 어떻게 이해시킬까? 나비효과는 역사만 바꾸지 않는다. 작은 한반도에서도 타자에 대한 우리의 관심과 염려는 광역자치단체를 넘지 않는다. 하물며 국경 밖의 일은 전쟁이나 테러의 스케일이 아니면 관심 밖이다.

2014년 월드컵 개막 전 엄청난 빈부격차와 정치 불안, 치안 문제로 씨름하는 브라질 인민에 주던 관심은 폐막식 전에 끝났다. 지구온난화 역시 중위도의 우리에게는 남의 일이었다. 북극곰의 위기에 대한 다큐멘터리를 볼 때, 빙하가 무너지는 스펙터클한 영상을 볼 때만 잠시 관심을 가진다. 하지만 수박값이 두 배로 오르고 양식 광어가 폐사하면 사안의 심각성을 깨닫게 되고, 기온이 40도를 넘어서면 나의 문제가 된다.

허벅지에서 강렬한 바이브레이터가 부르르 떠는 듯한 느낌이 났다.

버스 진동과 비슷해서 몰랐다. 가방을 여니 휴대폰 액정 화면이 환하게 빛나고 있었다. 관심을 강요하는 휴대폰을 꺼냈다. 볼륨 버튼을 누르니 이내 발작을 멈추었다. 내가 놓친 전화는 한 통이 아니었다.

'501'
3통의 부재중 전화

세 번이나 전화한 것을 보니 다급했나보다. 501은 내 남자친구 오영일의 이름이다. 몇 번째 남자인지는 나도 모른다. 그가 나를 찾는 이유는 장난감 가게 앞에서 세상 서운한 눈물을 흘리는 꼬마의 마음쯤으로 충분히 짐작할 수 있다. 휴대폰을 꺼낸 김에 잠금을 풀고 포털 앱을 실행했다. 실시간 급상승 검색어에 젊고 잘생긴 남자 배우와 걸그룹 여자의 이름이 올랐다. 보나마나 스캔들 뉴스일 것이고, 댓글창에서는 각자의 팬들이 서로를 향해 혐오와 저주를 표현할 것이다.

스포츠에 전혀 관심이 없을 때는 포털의 악성 댓글 따위 남의 일이었다. 뉴스에 댓글을 다는 것은 할 일 없는 백수나 오더를 받은 알바, 아니면 관심받고 싶은 초등학생, 온라인 커뮤니티에 끼지 못하는 노인뿐이라는 것을 잘 알고 있기 때문이다. 그런데 야구선수 남친을 사귄 후부터 댓글 달기가 내 일이 되었다. 버스에서도 포털의 스포츠 뉴스를 훑어보곤 한다. 야구 섹션에서 가물에 콩 나듯 퓨처스리그에 관한 기사가 나오는데 가끔 남친의 이름이 등장하기도 한다. 일명 '이태균'. 2군 김태균이 그의 별명이다.

대학 시절에는 꽤 주목받는 좌완투수였단다. 특히 라이벌 학교와의 정기전에서 완투승을 거둔 후 큰 주목을 받았다. 그런데 3학년 겨울방학 때 팔꿈치에서 뼛조각을 제거하는 수술 후 맛이 갔다고 했다. 좌완이라지만 시속 130킬로미터 후반의 평범한 속구를 던지는 투수는 매력이 없다. 결국 그는 프로구단의 지명을 받지 못한 채 졸업 후 신고선수로 입단했다. 육성군 타격코치의 조언을 듣고 타자로 전향한 그의 변신은 꽤 성공적이었다. 퓨처스리그에서는 늘 3할 이상의 타율과 9할 이상의 OPS를 기록했다. 쉽게 말하자면 정확도와 펀치력을 겸비했다는 얘기다.

"그런데 왜 1군에 다시 못 올라가는 거야?"

그와 사귀게 된 날, 정확하게는 첫 잠자리를 가진 다음 날 아침에 야구 무식자였던 내가 물었다. 1군 투수는 박찬호처럼 빠른 공을 던지기 때문에 치기 힘든 것이냐고도 물었다. 그는 고개를 저으며 내가 불을 붙여주어 새빨간 립스틱이 묻은 담배를 깊게 빨아들였다. 흰 연기를 한숨처럼 내뱉으며 그가 대답했다.

"직구는 160킬로가 넘어도 칠 수 있어. 2군에서도 1군보다 빠른 공을 던지는 투수는 많이 있다고. 문제는 변화구야. 직구랑 똑같이 던지는데 눈앞에서 뚝 떨어지고, 옆으로 뱀처럼 휘어버리거든. 그걸 칠 수 있어야 1군에서 뛸 수 있어."

"그게 어려워?"

내 질문에 그는 답을 하지 않았다. 그는 출근했고 나는 다시 이불 안으로 들어갔다.

그와 만나는 횟수가 많아질수록 내 야구 지식은 쌓여만 갔다. 나이 마흔에 야구를 공부하러 도서관에 가고 관련 서적과 동영상을 보게 될 줄은 몰랐다. 야구공의 백팔 개의 실밥이 골프공의 딤플처럼 공을 빠르고 멀리 가게 한다는 것, 그가 치지 못하는 변화구가 공기역학과 지구 중력의 합작품이라는 것을 알게 되었다. '마그누스 효과'와 '비대칭적 박리 현상'을 알고 있냐는 말에 그는 말했다.

"신기하네. 그런 원리였어? 투수들도 자기 공이 왜 휘는지 모를걸."

나는 그의 그런 단순한 면이 좋았다. 그는 공기역학을 공부하는 대신 떨어지는 변화구를 상상하며 야간훈련이 끝난 후에도 매일 밤 방망이를 휘둘렀다. 올해 전반기 타율은 3할6푼이 넘는다. 퓨처스리그 전체 3위를 달리고 있는 성적이다. 그보다 잘 치는 타자는 병역 문제를 해결하기 위해 상무나 경찰 야구단에 입대한, 사실상 프로 1군 선수들뿐이다. 오영일은 작년에도 비슷한 성적을 거두었지만 1군 무대에서는 1타수 무안타에 실책 하나를 기록했다. 여기엔 사연이 있다.

생애 최초로 1군에 콜업 된 그는 혼자 고속버스를 타고 잠실야구장에 도착했다. 1군 선배들은 이미 몸을 풀고 훈련을 마친 후였다. 원정팀 로커룸이 열악한 탓에 짬밥이 안 되는 그는 복도에 짐을 풀고 더그아웃에서 내내 몸을 풀었다. 9회 초 투아웃 주자 1, 3루 상황에서 그가 드디어 대타로 투입됐다. 당연히 개인 응원가도 없어서 원정팀 응원석에서는 그의 이름과 함께 안타를 연호했다.

노련한 상대 배터리는 역시나 떨어지는 공으로 그를 현혹했고, 오영일은 연거푸 허공에 스윙하다가 삼진을 당했다. 9회 말 수비에 드디어 1루수 글러브를 끼고 그라운드를 밟았다. 마무리 투수는 제구력 난조로 주자를 차곡차곡 쌓았고, 1사 만루에서 상대 4번 타자가 들어섰다.

따악!

포털의 야구 동영상을 통해 그의 1군 데뷔 첫 번째 수비 장면을 수십 번도 넘게 되돌려 보았다. 그건 아마 그의 팀 팬들도 마찬가지였을 것이다. 이제는 당시 중계진의 멘트를 토씨 하나 안 틀리고 외울 수 있다.

"아, 초구를 받아쳤는데요. 공은 높이 떴습니다."

"인필드 플라이는 아니죠?"

"그렇습니다. 1루수 오영일, 뒷걸음질 치고 있고 우익수도 전력 질주하고 있습니다."

"뭐죠? 아! 아아!"

타자의 배트에 맞고 높게 뜬 공은 중력가속도의 영향으로 빠르게 떨어지고 마그누스 효과로 낙하지점은 급격히 변동한다. 손을 크게 흔들며 자신이 받겠다고 뒷걸음질 치던 그는 낙구지점 바로 앞에서 뒤돌아섰다. 빠르게 달려오다가 속도를 줄였던 우익수는 그의 갑작스러운 변덕에 당황하며 몸을 날렸다. 평소에도 몸을 사리지 않는 수비가 트레이드마크인 외국인 선수였다.

"우익수의 다이빙캐치는 실패로 돌아갔습니다! 공은 뒤로!"

"어? 뭐죠, 지금? 후속수비를 해야죠."

"말씀드리는 순간 3루 주자에 이어 2루 주자, 동점 주자도 홈으로 달려가고 있습니다. 1루수 오영일, 뒤늦게 공을 집어 홈으로! 홈으로!"

"아, 끝났어요."

내야와 외야 사이의 평범한 플라이 볼은 1루수와 우익수 모두를 외면한 채 땅으로 떨어졌다. KBO 외국인 야수 중 최고의 활약을 펼치던 우익수는 오영일이 포기한 공을 잡기 위해 몸을 날렸지만 실패했다.

땅에 떨어진 공은 멀리 굴러가지 않았고, 오영일이 급하게 잡아 홈에 길게 송구한 공은 빨랫줄처럼 뻗어갔다. 투수 출신답게 강력한 송구였다. 그 공은 포수를 외면한 채 심판을 지나 백스톱 그물까지 레이저처럼 날아갔다. 포수가 그물에 맞고 떨어지는 공을 주우러 갈 필요도 없이 주자 세 명이 모두 홈으로 들어왔다.

프로 데뷔 무대에서 기록한 그의 어처구니없는 끝내기 실책은 큰 화제가 됐다. 하이라이트 영상은 오래도록 놀림거리였다. 게다가 파이팅 넘치던 외국인 선수는 이 플레이로 발목 부상을 입은 것으로 밝혀졌다. '이태균'이었던 그의 별명은 이제 그의 성인 '오'와 쓰레기의 '레기'를 합성한 '오레기'로 바뀌었다. 경기 종료 십 분 만에 오레기는 '오레기새끼'로 더 격하됐고 이마저 줄인 '오새끼'가 프로야구 팬이 그를 부르는 공식 명칭이 되었다. 그리고 나는 사흘째 오새끼와 연락을 끊고 있다. 물론 나는 그를 오새끼라고 부른 적이 한 번도 없다. 501이라고 쓰고 오백일이라고 읽는다.

포털에서도 2군 경기 일정 같은 건 다루지 않는다. KBO 홈페이지를 연 후 상단 탭 중 하나를 선택해야 한다. 경기 일정 바로 아래에 타자 개인 순위가 나왔고 세 번째에 오영일이라는 이름이 적혀 있었다. 이름을 클릭하면 개인 프로필이 나올 만하지만 작동하지 않는다. TOP 5라는 메뉴에 들어가면 나오는 개인 순위에서 선수 이름을 클릭해야 프로필이 나온다. 기획자가 IA(정보구조) 설계도 안 하고 만들었으니 이런 어처구니없는 유저 시나리오가 나왔을 게 뻔하다. 이런 사이트를 볼 때마다 혀뿌리부터 욕설이 튀어나오려 하는 것은 직업병이기도 하다.

갑자기 버스 안에서 진짜 욕설이 터져나왔다.

"뭐라고? 이 호로새끼가, 니는 에미애비도 없나?"

버스 안을 울리는 쩌렁쩌렁한 목소리에 더위에 질식한 승객들도 하나 둘 깨어나 주위를 살피기 시작했다. 공공장소에서 이런 고성을 들으면 본능적으로 머리칼이 쭈뼛 서며 긴장하게 된다. 내가 당사자가 아니라고 해도 그렇다. 조심스레 버스 앞쪽을 보니 칠십대로 보이는 한 남자가 통로에서 씩씩거리며 자기 앞에 앉아 있던 청년에게 욕을 퍼붓고 있었다.

"니가 누구 덕분에 이렇게 먹고살고 있는지 아나? 이 빨갱이 놈의 새끼야!"

안 봐도 비디오다. 여대생 끼고 술판 벌이다가 총 맞아 죽은 독재자에 대한 세대별, 지역별, 이념별 평가는 크게 다르다. 그의 딸이 감옥에 가 있는 지금도 그렇고, 앞으로도 쉽게 결론 나지 않을 논쟁거리다. 더위에 잠식되어 건식 사우나 같던 버스 안이 노인의 카랑카랑한 동남 방언 욕설로 더 후끈 달아올랐다. 세상은 각양각색의 또라이로 가득차 있다. 건드리면 폭발할 듯한 화약고는 지하철 옆 좌석에서, 엘리베이터 안에서 흔히 만날 수 있다. 하지만 이런 개싸움은 흔히 볼 수 있는 일이 아니다.

대학 새내기 때의 일이다. 학교 앞에서 자취하고 있던 나는 당시 사귀던 남자친구를 따라 수원에 가고 있었다. 남자친구는 부모님이 해외여행을 가서 집이 비었으니 모텔비도 아끼고 양주도 마시자고 제안했고 거부할 명분이 없었다. 사실 우리 둘 다 섹스에 굶주렸다. 나는 자취방에 아무도 들이지 않았고 모텔은 비쌌으며 비디오방은 더러웠다.

사랑하는 건 공짜지만 사랑을 나누기 위해서는 공간과 시간이 필요했다. 공간과 시간은 돈과 밀접하다.

서울 북동부인 학교에서 출발하여 한강을 건너 서울을 종단했다. 멋 좀 부린다고 모처럼 구두를 신었지만 만원 지하철에서는 애물단지였다. 사당역에 도착해 출구를 빠져나오니 난생처음 보는 광경이 펼쳐졌다. 광역버스를 기다리는 사람들이 길게 줄 서 있었는데 그 길이가 수백 미터에 이르렀다. '노아의 방주'. 남자친구는 사당에서 수원으로 가는 이십사 시간 버스를 그렇게 불렀다. 이 방주의 IMO 넘버는 7770번이었다.

그제야 왜 남자친구가 군이 학교 앞에서 저녁을 먹고 출발하자고 했는지 이해할 수 있었다. 학식 냉면으로 대충 점심을 때운 나는 저녁은 학교 앞이 아니라 수원에 도착해 갈비를 먹겠다고 우겼다. 그랬다면 수원에 도착하기도 전에 버스 안에서 배고프다고 난동을 피웠을 것이다. 남자친구가 말한 그 수백 미터는 과장이 아니라 정말 객관적인 도량형이었다.

사당까지 오는 것도 여행 수준이었는데 태어나 처음 보는 긴 행렬에 동공이 확장됐다. 내 표정을 본 남자친구는 팔을 잡아끌고 편의점 앞으로 향했다. 그는 담배를 함께 피우며 나를 진정시켰다. 이 시간에는 버스가 연달아 오기 때문에 금방 탈 수 있고 과천만 빠져나가면 금방 도착한다고 했다. 그의 입에서는 저녁을 먹은 식당에서 뽑아 마신 자판기 커피와 담배 냄새가 섞여 똥내가 났다.

다시 줄로 돌아와 까치발을 하고 보니 그의 말대로 버스 네 대가 줄줄이 붙어 승객을 기다리고 있었다. 버스 회사 직원으로 보이는 아저

씨는 좌석이 다 차자 빨리 가고 싶은 승객들을 입석으로 타게 했다. 칠십 명이 넘는 사람을 태운 앞차가 출발하자 바로 다음 버스가 정류장에 도착해 앞문을 열었다. 완벽한 선입선출, 방주에 탄 사람의 숫자만큼 줄은 앞으로 이동했고, 그들의 속도를 따라잡으려면 뛰듯이 걸어야 했다. 이런 시스템에 익숙한 버스 기사도, 승객도, 내 눈에는 종이박스를 순식간에 접는 생활의 달인으로 보였다. 버스에 오르자 빵빵한 에어컨이 겨드랑이 땀을 식혀주었다.

운전을 잘 모르는 내가 봐도 버스 기사는 출발부터 과속과 난폭운전을 일삼았다. 그런데 승객 입장에서는 그게 꽤 짜릿했다. 차선 변경이 금지된 터널 안에서 내가 탄 버스가 고급 승용차를 상대로 칼치기 스킬을 보여주자 쾌감이 느껴지기 시작했다. 흥분한 나와 달리 남자친구를 포함한 모든 승객은 무덤덤했다. 서 있는 승객들은 몸이 휘청거려도 불안한 기색을 보이지 않았다. 궁둥이와 허리만 좌석에 기댄 채 종이신문을 양손으로 들고 있거나 음악을 듣거나 누군가와 통화를 하고 있었다. 관록이다. 사건은 의왕을 지나 수원 초입에 이르렀을 때 발생했다.

맨 뒷자리에서 뭔가 소란이 있자 남자친구는 보지도 않고 취객이 토했을 거라고 했다. 야간에는 흔한 일이란다. 아니나 다를까, 시큼한 토사물 냄새가 퍼지기 시작했다. 곧이어 우리 또래의 남학생이 걸어 나와 버스 천장 쪽 손잡이로 손을 뻗었다. 그곳에는 놀랍게도 까만 비닐봉지가 매달려 있었다. 그러니까 구토하는 승객이 워낙 많아 버스 회사에서 구토 봉지를 준비해놓은 것이다. 이 버스 이용자에게는 자연스러운 일이었다. 하지만 그 남학생이 한 중년 남자와 욕설을 주고받기 시작하자 노련한 승객들도 뒷좌석을 향해 고개를 돌렸다.

"씨발, 아저씨가 이 여성분 몸 더듬었잖아요!"

"무슨 소리야? 나 내내 자고 있었는데"

"아, 진짜! 저기요, 이 새끼가 더듬은 거 맞죠?"

둘의 언쟁을 통해 사람들은 자초지종을 파악했다. 맨 뒷자리에 서로 모르는 사이인 대학생 남녀와 중년 남자가 함께 앉아 있었는데 중년 남자가 술 취한 여학생의 몸을 더듬었다. 여학생은 그의 손을 뿌리치다가 참지 못하고 바닥에 구토했다. 남학생의 아이보리색 면바지에도 토사물이 묻었다. 그는 우선 여학생을 수습한 후 휴지로 토사물을 치워 비닐봉지에 넣었다. 그리 큰 키는 아니지만 운동선수처럼 당당한 체격이었다. 이어서 중년 남자에게 항의하기 시작했고 언쟁이 걷잡을 수 없이 커진 것이다.

남학생의 입에서 '새끼'라는 단어가 나온 순간, 성추행 용의자인 중년 남자는 프레임 전환을 시도했다. 나이도 어린 것이 먼저 욕지거리를 했다는 것이다. 토론의 핵심 쟁점보다 상대의 말투나 과거를 문제 삼는 방식, 콘텐츠가 빈약한 정치인이 주로 하는 짓거리다. 이런 기술에 말려들면 개싸움으로 전락하게 되곤 한다.

다행히 남학생은 얄팍한 프레임 전환에 넘어가지 않고 성추행이란 범죄 행위의 성립 요건에 집중했다. 논리에서 밀리면 이성보다 감정이 앞서고 이것이 과하면 물리적 충돌로 이어질 수 있다. 중년 남자는 논리에서 밀렸고 감정이 앞섰다. 그리고 경솔하게 물리력을 사용했다.

퍽!

둔탁한 소리가 났다. 중년 남자가 일어서서 남학생의 얼굴에 힘차게 죽빵을 날린 것이다. 아직 뒷자리에 앉아 있던 남학생에게 불리한 포지션이었다. 선빵을 내쳤지만 남학생의 기세는 꺾이지 않았다. 그 역시 자리를 박차고 일어나 통로 앞에 섰다. 그리고 중년 남자에게 주먹을 되돌려주는 대신 그래플링 기술을 시도했다. 중년 남자가 연거푸 오른팔을 휘두르자 남학생은 왼쪽으로 파고들며 힘껏 끌어안아 제압했다. 쌍방폭행이 되지 않으려 최선을 다한다는 것을 누구나 알 수 있었다.

"여러분, 죄송합니다. 저는 OO대학교 기계공학과에 재학 중인 학생입니다. 이 사람이 저 여학생을 추행하는 것을 제가 똑똑히 봤습니다."

숫제 몸까지 180도 돌린 채 이 상황을 관전하는 승객을 향해 남학생은 차분히 상황을 설명했다. 그는 한 사람 한 사람 눈을 맞추며 얘기했고 나와도 눈이 마주쳤다. 가슴이 두근거렸다. 뭔가 비현실적인 상황 같았기 때문이다. 우리는 '이러저러한 상황이 되면 이렇게 저렇게 해야지'라는 생각을 종종 한다. 하지만 막상 그 상황이 닥쳤을 때 행동으로 옮기기란 쉽지 않다.

지하철에서 첫 성추행을 당했을 때 나 역시 그랬다. 그 전까지는 드라마 주인공처럼 당당하고 용기 있게 소리친 후 지하철 수사대에 넘기겠다는 생각을 자주 했다. 뒤를 잡히면 발을 힘껏 밟고 뒤통수로 박치기를 하는 연습도 했다. 하지만 정작 바로 그 상황에 부닥치자 온몸이 덜덜 떨렸고 그놈의 얼굴도 보지 못했다. 어릴 때부터 겁이 없다는 말을 들어온 나도 그랬다.

"기사님, 경찰서로 갑시다."

지켜보던 한 승객이 기사를 향해 외쳤다. 경찰서행에 동조하는 목소리가 늘어나자 중년 남자의 입지는 좁아들 수밖에 없었다. 그는 안간 힘을 쓰며 저항했지만 남학생의 넓은 어깨와 두꺼운 팔뚝에서 벗어날 수 없었다. 룸미러로 상황을 파악한 버스 기사가 차선을 바꾸더니 브레이크를 밟았다. 멈춰 선 곳은 정류장도 경찰서 앞도 아닌 횡단보도 앞이었다. 기사의 다음 행동에 시선이 몰렸지만 그는 운전석에 앉은 채 휴대폰을 만지작거렸다. 관중석을 비추던 카메라가 경기 장면으로 이동하듯 우리는 이내 격투 현장으로 고개를 돌렸다.

"이 자식이 선량한 시민을 완전히 이상한 놈으로 만들었어!"

바동거리는 중년 남자의 말은 구차하게 들렸다. 선량한 시민이라는 표현을 비롯해 문장 전체가 심한 문어체 말투여서 어색했다. 낯선 타자를 파악하는 가장 손쉬운 방법은 눈에 보이는 것으로 판단하는 것이다. 다음은 그의 말로 판단하는 것이다. 외모와 음성으로 사람을 판단하는 선입견은 억울한 희생자를 양산했지만 수많은 피해자를 살렸다는 장점도 있다. 여기에 기인하여 그럴듯한 외모와 음성으로 우리를 현혹하는 장사꾼은 아침방송, 종편, 인터넷 방송을 성실하게 오가고 있다.

"학생! 말해봐, 내가 그쪽 몸을 더듬었어?"

중년 남자는 여학생을 향해 소리쳤다. 버스에 탄 사람 중 자신의 편이 아무도 없다는 것을 알고 다시 프레임 전환을 시도한 것이다. 억울함을 드러내기 위해 한껏 부릅뜬 눈이 희번덕거렸다. 목소리에 찐득한 가래가 느껴졌다. 하지만 그의 인상과 음성이 성추행 혐의를 입증할 구체적 증거가 될 수는 없었다. 심신미약 상태의 피해자는 입을 열지 못하고 있었고 용의자는 결백을 주장하고 있었으며 목격자는 자신의 진술에만 의존하고 있었다. 버스 안 CCTV가 당시 상황을 기록했을지도

미지수였다.

　그제야 나는 맨 뒷자리의 여학생에게 시선을 돌렸다. 앳된 얼굴을 보니 대학 신입생 같았고 새하얀 민소매 탑엔 여기저기 토사물이 묻어 있었다. 그녀는 입을 열지 못하고 서럽게 울고 있었다. 버스 안에서 토한 게 부끄러워서라면 그렇게 울지 않는다. 지하철 2호선에서의 나처럼 그녀 역시 온몸이 덜덜 떨렸을 것이고, 고개를 들 용기도 나지 않았을 것이다. 단지 자기가 처한 이 상황이 죽고 싶도록 싫고 무서웠을 것이다. 그녀의 침묵은 중년 남자에게 힘을 실어주었다.

　취이이익!

　여학생이 언제 입술을 열지에 모두의 관심이 쏠려 있을 때 난데없이 버스 문이 열렸다. 중년 남자에게는 열린 차 문이 유일한 탈출구였다. 나는 버스 기사가 왜 문을 열었는지 의아했다. 그사이 잠시 남학생의 힘이 빠졌는지 중년 남자는 그의 팔을 벗어나는 데 성공했다.

　"야! 멀쩡한 사람을 범죄자로 만들고! 너, 내가 가만 안 둬!"

　남학생에게서 탈출한 그는 고래고래 소리 지르며 문을 향해 이동했다. '멀쩡한 사람을 범죄자로 만들고'라는 워딩은 꽤 효과가 있었다. 통로의 승객들은 그에게 길을 터주었다. 원래 여럿이 있으면 비겁해지기 더 쉬운 법이다. 게다가 남의 일에, 귀찮고 번거롭고 위험한 일에 말려들고 싶은 현대인은 거의 없다. 물론 어깨가 떡 벌어진 남학생이 다시 한번 용기를 내어 '저분 좀 막아주세요'라고 외쳤으면 달라졌을 것이다. 바쁘고 메마른 현대인의 몸에도 뜨거운 피는 흐르고 있기 때문이다. 하지만 남학생은 중년 남자를 따라 조용히 문 쪽으로 걸어갔다.

　"뭐? 뭐야?"

태연하게 버스 계단을 내려가던 중년 남자가 그대로 뒷걸음치며 도로 올라왔다. 남학생은 계속 뚜벅뚜벅 걸어갔다. 그리고 제복을 입은 남자가 버스 계단에 올라왔다. 버스 기사의 신고 전화를 받은 경찰이 온 것이었다. 멀쩡한 사람이라던 중년 남자는 사색이 된 채 별다른 저항 없이 경찰차에 올랐다. 남학생은 경찰과 잠깐 얘기를 나눈 후 버스 뒷자리에 있는 자신의 이스트팩 가방을 들고 내렸다. 마지막으로 포니테일 머리를 한 여경이 여학생을 토닥이며 데리고 내렸다. 다시 출발하기 전 버스 기사는 마이크를 들고 시간이 지체되어 죄송하다는 안내방송을 했다.

나는 그 상황이 뭐랄까, 감격스러웠다. 드라마나 영화의 촬영 현장 한가운데에 들어가 있는 것 같은 십여 분이었다. 노아의 방주 선장은 아무 일 없었다는 듯 운행을 재개했다. 다시 과속과 난폭운전이 시작됐고 승객들은 다시 무뚝뚝한 평소의 표정으로 돌아갔다. 종합운동장에서 빠른 속도로 우회전할 때는 버스가 뒤집어지는 줄 알았지만 이미 수원 시민처럼 노련해진 나는 아무렇지 않았다.

남자친구는 자신의 단독주택에 들어갈 때까지 뾰로통한 표정이었다. 그 이유를 몰라 나 역시 어색한 침묵을 지켰다. 나는 그저 그를 따라 먼 곳까지 왔을 뿐이었고 버스 안에서 소동이 있었지만 내가 저지른 일도 아니었고 관여한 부분도 없었다. 빠르게 걷는 그를 따라가다 보니 구두를 신은 발이 너무 아팠다. 그의 집에 도착해서 구두를 벗자 발이 퉁퉁 부어 있었다.

꽤 넓고 고풍스러운 집이었지만 남의 집에 처음 놀러 가본 나는 어색했다. 수염이 남아 있는 면도기와 칫솔이 아무 데나 널브러져 있는 화장실도 어색했다. 욕실용품 대부분이 다단계 회사 브랜드인 것도, 린스가 없는 것도 불편했다. 갈아입으라고 준 그의 티셔츠와 반바지에서 퀴퀴한 냄새가 나는 것도 싫었다. 집에 들여놓고 키우는 치와와가 나를 보고 자꾸 짖어대는 것도, 남자친구의 몸을 핥으며 침을 묻히는 것도 끔찍했다. 아버지가 아끼신다는 양주를 혼자 들이켜는 모습도 마음에 들지 않았다.

무엇보다 화가 나면 제멋대로인 모습을 또 보여 나를 힘들게 했다. 나는 그저 아까 그 남학생의 용기에 대한 소감을 몇 마디 말했을 뿐이다. 그것도 둘이 거실 소파에 앉아 케이블 TV의 스타크래프트 중계 화면만 멍하니 바라보던 분위기를 전환하고 싶은 것뿐이었다. 남자친구 집에서까지 게임 방송을 보고 싶지는 않았다.

"너 〈인형의 기사〉 노랫말도 싫다며. 그런데 너도 결국은 남자한테 보호받고 싶은 거야? 싸움 잘하는 남자가 좋아? 나도 주먹 좀 쓸 줄 안다고!"

난 중학교 때부터 신해철의 노래를 사랑했다. 하지만 너의 기사가 되어 지켜주겠다는 그 가사는 별로였다. 남자친구에게 보호받고 싶다는 생각한 적 없다. 그저 늘 혼자였던 내 곁에 그가 있어주는 것 자체가 큰 위안이었다.

아이처럼 삐친 그를 달래기 위해 내가 할 수 있는 건 아무것도 없었다. 조심스럽게 손을 잡아보았지만 그는 거세게 뿌리쳤다. 그와의 하룻밤 데이트를 위해 나는 가장 아끼던 치마를 입었고 속옷도 위아래 세트로 맞추었으며 알바까지 미루었다. 하지만 버스에서 잠시 보았던 이름 모를 학생에 대한 남자친구의 질투에 금요일 데이트는 엉망이 되었다.

게임 중계가 끝나자 남자친구는 주방에서 주섬주섬 뭔가를 준비했다. 진열장에서 꺼내 온 양주와 함께 과일이며 과자 부스러기가 거실 테이블에 올라왔다. 분위기는 이미 망가졌지만 나는 속없이 애써 웃으며 그의 기분을 풀어주려고 했다. 단체 미팅에 나가서 폭탄처리반을 했던 내 친구 얘기에 그가 결국 웃음을 보였다. 하지만 스트레이트로 연거푸 술을 들이붓던 그의 눈빛이 생기를 잃었다. 그는 다시 싸움 잘하는 남자 좋아했냐고, 완전 실망이라며 꼬부라진 혀로 나를 자꾸 몰아붙였다. 나는 '너와 함께 있는 것만으로도 좋다'고 계속 달래주었다.

처음 마셔보는 독한 술이 낯설어 조금씩만 홀짝였다. 그러다 화장실에 다녀오니 그는 소파에 뒤통수를 기댄 채 뻗어 있었다. 지상파만 나오던 우리 집과 달리 그의 집 TV에는 수많은 채널이 있었다. 혼자 멜로 영화를 보다 중간광고가 길어 바람이라도 쐴 겸 정원으로 나갔다. 침엽수 아래 벤치에 앉아 있으니 밤하늘에는 북두칠성이 선명하게 떠 있었고, 치와와는 거실 창문에서 나를 향해 이를 드러내며 짖어댔다. 낡은 휴대폰을 꺼내 시간을 확인하니 열한 시가 조금 넘어 있었다. 별을 보며 한참을 앉아 있다가 담배 한 대를 더 피우고 들어갔다. 멜로 영화는 이미 끝났고 80년대 성인영화가 나오고 있었다. TV를 껐다.

나는 낯선 도시의 낯선 집, 낯선 거실에서 혼자 캔맥주를 마시고 있었다. 남자친구는 자정 무렵이 되자 잠에서 깼다. 깜빡 잠들었다며 미안한 표정을 지은 그는 어푸어푸 요란한 소리를 내며 세수를 하고 왔다. 그제야 우리는 건배를 하며 다시 즐겁게 대화를 나눴다. 사랑하는 사람과 최대한 오래, 행복하게 있고 싶었다. 그래서 남자친구가 다시 급하게 술을 비우는 것이 싫었다. 하지만 그는 거침없이 술을 마셨고 이내 아까의 눈빛으로 변해버렸다. 그리고 내 잠옷, 사실 자신의 것인 반바지 속으로 거칠게 손을 집어넣었다.

나를 소파 위로 들어올린 그는 내 귓바퀴를 핥으며 저속한 단어를 속삭였다. 뜨거운 입김과 함께 술 냄새가 확 풍겼다. 갑자기 혼자 달아오른 그는 섹스를 하자며 덤벼들었고 나는 받아주려고 노력했다. 치와와는 알몸이 된 자기 주인을 향해 짖어댔다. 내 안에 들어온 그는 혼자 몇 번 몸부림치다가 익사한 사람처럼 축 늘어졌다. 술기운을 이기지 못하고 또 잠들어버린 것이다. 나는 다시 소득 없는 샤워를 하고 나왔다. 치와와는 빈방에 몸을 숨긴 채 고개만 빼 이를 드러내고 나를 경계했다. 소파 위에 알몸으로 엎어져 자고 있는 그를 한참 동안 바라보았다.

7770번 버스는 이십사 시간 운행이 아니었다. 만화방이 있는 건물 계단에 앉아 사당으로 가는 첫차를 오래도록 기다렸다. 밤새 술을 마셨는지 다리가 풀린 사람들이 차도로 내려와 위태롭게 택시를 잡았다. 꾀죄죄한 비둘기 여럿이 모여 취객이 선물한 토사물을 쪼아 먹고 있었다. 자취방까지 가는 길은 길고 지루했으며 남자친구를 알몸으로 놔둔 채 나온 게 자꾸 신경이 쓰였다. 하지만 도저히 속옷을 입혀줄 수 없었다. 그 싫은 감정이 무엇일까 고민하다 자취방에 도착했다. 삼만 원 주고 사 온 소형냉장고는 성능이 별로였고 안에 있던 소주 역시 미지근했다. 라면과 함께 소주를 한 병 다 비우고 나서야 잠들었다.

이틀 만에 통화가 된 그에게 나는 이별을 고했고 그 역시 담담하게 받아들였다. 서로 주고받은 편지와 문자 속 우리는 뜨거운 사랑에 불타는 운명적인 커플이었다. 하지만 아무것도 아닌 이유로 아무것도 아

닌 사이가 됐다. 걱정과 달리 그는 학교에서 나를 스쳐갈 때도 철저히
외면해주었다. 다만 이 주쯤 지났을 때 술에 취한 그에게 전화가 걸려
왔고, 난 마지막이라고 다짐하며 그의 주정을 한참이나 들어주었다. 다
음 날 미안하다고 보내온 그의 문자에 답하지 않았다. 며칠 뒤 새벽에
걸려온 전화도 받지 않았다. 그리고 그에게 마지막 문자가 왔다.

'씨발년'

6개월 동안 공주님 대접을 받았으니 한 번의 씨발년 대접은 참기로
했다. 벌써 스무 해 전의 일이다. 풋풋했던 새내기 시절의 기억은 이제
아득하다. 그때와 지금은 세기가 다르다. 그때의 나와 지금의 나도 크
게 다르다. 많은 사람을 만났고 많은 일이 있었다.

방화대교 앞에 멈춰 선 버스 안에서는 칠순이 넘은 노인과 대학생
이 멱살잡이라도 할 기세로 맞붙어 있었다. 둘의 말을 들어보니 대학
생은 휴대폰으로 유머 커뮤니티의 게시물을 보고 있었다. 노인은 학생
의 휴대폰을 내려다 보고 있다가 게시물의 짤방 이미지를 발견하고 분
노했다. 피살된 전직 대통령을 조롱하는 그 짤방은 나도 익숙하다. 그
것이 노인의 역린을 건드린 것이다. 패드립(패륜적인 욕설)으로 시작해
서 빨갱이 타령으로 이어지는 노인의 공격 패턴은 전형적이었고, 동남
방언은 귀에 거슬렸다. 운동을 열심히 했는지 웬만한 젊은 장정과 주
먹 다툼을 벌여도 이길 수 있어 보였다.

아빠의 고향 집에 가면 어느 공간에서도 그 사투리를 피할 수 없었
다. 친척들은 그 말투로 나를 공격했고 엄마를 울게 했다. 다시 생각하
기도 싫은 끔찍한 기억이다. 대학 신입생 환영회 때 그 사투리를 다시

듣게 되자 손이 덜덜 떨릴 지경이었다. 피할 수 없는 공간인 버스 안에서 노인이 퍼붓는 무차별 욕설 공습에 내 영혼도 피폭되고 있었다. 노인이 휴대폰을 빼앗으려 하자 대학생은 그의 팔을 잡았다. 나이답지 않게 정정하고 힘도 좋은 노인과 희멀건 얼굴의 대학생은 팽팽하게 맞섰다. 노인은 휴대폰 대신 학생의 멱살을 잡아 흔들었다. 내 앞자리의 신 대표는 어느새 휴대폰을 꺼내 동영상을 촬영하고 있었다.

노인은 "김대중이는 빨갱이 새끼고 노무현이는 자살해서 지옥에 갔다"라고 소리를 높였다. 학생은 "친일한 박정희가 진짜 빨갱이"라고 맞섰다. 노인은 한국전쟁이 누구 때문에 일어났는지, 군대나 갔다 왔는지 따졌고 학생은 해병대 예비역이라고 답했다. 흥분한 노인이 학생을 향해 주먹을 날리려 하자 주변에 있던 사람들이 말리기 시작했다. 노인이 학생의 무릎을 걷어차자 학생은 자리를 박차고 일어나려고 했다. 노인을 말리던 사람들이 다시 학생을 말렸다. 노인의 입에서는 차마 들을 수 없는 욕설이 끊이지 않았다. 인터넷 악플에서나 보던 더러운 단어의 조합이었다.

"할아버지, 그만 좀 하시죠. 말씀이 심하잖아요."

스무 해 전 그 남학생이 생각나서였을까. 나는 어느새 전장의 한가운데, 그 노인 앞에 서 있었고 내 목소리는 생각보다 훨씬 컸다. 예전 같았으면 나를 향해 꽂히는 시선에 주눅이 들었을 것이다. 하지만 지금의 나는 다르다. 적이 하나 더 늘자 노인도 살짝 당황한 듯 주춤했다. 나를 아래위로 훑으며 공격 포인트를 찾는 것 같았다. 그는 이내 내 가슴팍을 향해 손가락질하며 "못된 년 젖만 크다"라고, "너 같은 딸 있으면 자살하겠다"라고 공격을 이어갔다. 어릴 때부터 내 가슴을 보고 수군대던 남자들은 많았고 성희롱도 셀 수 없다. 그 정도로는 데미지를 입지 않는다.

나는 남학생과 공동전선을 펼쳐 맞섰다. 노인은 말이 막히자 내 머리채를 잡으려고 했고 남학생의 얼굴을 가격하려고도 했다. 사람들의 만류에 그때까지도 자리에 앉아 있던 학생은 노인의 주먹이 얼굴 바로 옆을 스치자 참지 못하고 자리에서 일어났다. 앉아 있을 때와 달리 185센티미터도 넘어 보이는 큰 키였다. 학생을 향해 종주먹을 들이대던 노인은 그 덩치에 잠시 주춤하다가 다시 욕을 퍼부었다. 버스를 세우라고, 내려서 이 빨갱이 연놈들을 오늘 죽여버리겠다고 핏대를 세우며 외쳤다. 그리고 싸움은 예상하지 못한 시나리오로 전개됐다. 시작은 나를 향해 삿대질하며 외친 노인의 패드립이었다.

"싸가지 없는 년! 에라이, 에미애비 뒤진 넌아!"

"그래, 씨발. 뒤졌다."

"뭐?"

"우리 엄마 아빠 죽었다고."

순간 버스 안에는 어색한 정적이 흘렀다. 그리고 노인이 원하던 대로 버스가 멈추었다.

"승객 여러분, 죄송합니다. 이 버스는 고장 때문에 더 이상 운행을 못합니다. 조금 있으면 다음 차가 들어오니까 정류장에서 잠깐 기다렸다가 그거 타세요. 카드 찍고 내리시고 갈아타실 때는 찍지 마세요."

삐이이이!

버스 기사는 안내를 마친 후 앞문을 열었다. 후텁지근한 공기와 함께 시골 냄새가 진하게 풍겨왔다. 승객들은 투덜거리며 내리기 시작했다. 기사는 운전석에 앉은 채 담배에 불을 붙였다. 정력적으로 주먹을 휘두르던 노인은 내리자마자 잰걸음으로 저만치 걸어가버렸다. 동맹군이 된 나와 남학생은 굳은 각오로 새로운 전장에 내려섰건만 공공의 적이 빠르게 사라지자 조금 허탈하기도 했다.

"저기요!"

아직 분이 풀리지 않은 학생이 노인을 따라가며 그를 향해 외치자 사람들은 말렸다. 그냥 두라고, 저런 사람 절대 안 바뀐다고 남학생을 달랬다. 젊은 사내들은 한번 아드레날린이 분비되면 쉽게 가라앉지 않는다. 그를 위로하는 사람은 많았지만 팔팔한 노인에게 성희롱과 패드립을 당한 나를 위로하는 이는 없었다. 서운한 마음은 들지 않았다. 버스 기사는 또 음료수를 사려는지 버스에서 내려 해장국 집 옆에 있는 슈퍼마켓 안으로 들어갔다. 아직도 햇볕이 따가운데 가끔 부는 바람은 뜨거운 열기마저 품고 있었다. 비실비실한 버스 에어컨 바람조차 그리웠다.

"저기…… 감사합니다."

어색한 미소를 지으며 학생은 내게 다가와 인사했다. 나도 어색한 미소로 대답했다.

'그러게 버스 안에서 왜 그런 걸 보니?'

입안에서 머물던 말을 뱉지는 않았다.

주유소를 지나 비닐하우스 단지 쪽으로 걷던 노인은 어느새 시야에서 사라졌고 뒤차는 바로 오지 않았다. 평소에 승객이 없어 잘 서지도 않는 횅한 정류장이었다. 사람들은 연신 부채질을 하며 버스를 기다렸고 여기저기 전화를 하는 사람도 있었다. 나는 별다른 약속도, 집에 일찍 갈 이유도 없었다.

정류장에서 조금 떨어진 그늘로 걸어가 담배를 물었다. 남학생은 내 뒤를 졸졸 따라오더니 내 옆에 서서 머뭇거렸다. 담배도 피우지 않으면서. 고개를 들어 눈을 맞추니 그가 조심스럽게 입을 열었다.

"그런데. 아까 그거…… 아니죠?"

"뭐요?"

"부모님……."

"맞아. 우리 엄마 아빠 다 죽었어."

손가락으로 필터를 탁탁 튕겨 담배를 끈 후 꽁초가 반쯤 찬 커다란 깡통에 던져넣었다. 키 큰 남학생은 조용히 내 옆에 서 있다가 정류장으로 돌아갔다. 이제 아무렇지도 않은 줄 알았는데, 나의 역린은 부모의 죽음이었나보다. 엄마는 무남독녀 외동딸의 대학 졸업식 날에 죽었다. 그늘에 있어도 땀이 흐르기 시작했다. 겨드랑이가 따가웠다. 백십일 년 만의 무더위다.

세기말

엄마는 쉰도 되지 않아 미망인이 되었다. 어릴 때부터 문학작품을 좋아하던 내게 미망인이란 단어는 어감이 좋았다. 외국소설의 번역본에서 혼자된 귀족 여인에게 미망인이라는 호칭을 붙였기에 낭만적이고 로맨틱한 단어로 생각했던 것 같다. 알고 보니 '남편이 죽었지만 아직 따라 죽지 못한 여자'라는 전근대적 표현이었다. 한국소설에서는 과부라고 표현한다. 과부가 된 엄마는 세 식구가 함께 다니던 교회에 계속 나갔다. 엄마를 위로해줄 곳은 교회밖에 없었나보다.

"자살은 하나님이 주신 귀한 생명을 스스로 끊은 것입니다. 대상이 자기 자신일 뿐, 살인을 저지른 것입니다. 성도 여러분, 십자가에 못 박히신 주님의 고통을 생각해보십시오. 누구든지 하나님의 성전을 더럽히면 멸하신다고 하셨습니다. 자살하면 지옥에 갑니다."

담임목사의 이 설교를 들은 날 이후로 엄마는 교회를 끊었다. 여전 도회에서 직책도 가지고 있던 엄마였다. 부목사, 전도사, 권사 따위의 사람들이 집에 찾아왔지만 엄마는 문을 열어주지 않았다. 드디어 일요일 아침에 늦잠을 잘 수 있게 된 것은 좋았다. 기타를 잘 치던 성훈 오빠를 못 보게 된 것은 아쉬웠지만. 신과 교회 중 누가 먼저인지는 몰라도 둘 다 엄마를 버렸다.

버스는 한참을 기다린 후에야 도착했다. 본격적인 퇴근 시간이어서 좌석버스에는 이미 자리가 꽉 차 있었고 고장 난 버스와 그 안에서의 해프닝 때문에 이미 짜증이 나 있던 이들은 서로 어깨를 밀치며 버스에 올랐다. 사후세계가 있건 없건 사람이 사람을 사랑하지 않는 순간 그곳은 지옥이다. 어쩌면 공룡 세계 이후 인류 외의 다른 생명체에게는 현재의 지구가 지옥일지 모른다. 이렇게 더운 여름은 그 신호이고. 스티븐 호킹은 "이백 년 안에 지구를 떠나라"라는 말을 남기고 죽었다. 인류는 질병과 전쟁, 기근이 있을 때마다 지구 멸망을 걱정했다. 20세기 말에는 큰 위기가 있지도 않았지만 멸망의 공포가 지구를 지배했다.

나는 99학번이다. 언론은 우리에게 '세기말 학번'이라는 이름을 붙여주었다. 예나 지금이나 한국 언론의 수준은 저열하기 짝이 없다. 00학번을 공공 학번이라고 부를지 빵빵 학번이라고 부를지에 대한 기사 따위가 지면을 차지했다. 밀레니엄 학번이라는 조어를 만든 기자는 지금 데스크에서 권력을 주무르고 있겠지. 세기말이라던 1999년은 세기말이 아니었다. 2000년이 세기말이었다. 십진법과 서력기원이 만든 천 년만의 이벤트는 자본가의 주머니만 더 불룩하게 해주었다. 이 행성의 가난하고 무지한 자들만 공포에 휘말렸고 일부는 실제 목숨을 잃기도 했다.

불행인지 다행인지 2000년에도 지구는 멸망하지 않았고 21세기는 일 년 일찍 다가와버렸다. 포근했던 2000년 1월 1일, 새천년의 첫 태양이 떠올랐다. 바보들에게는 21세기의 첫 태양이기도 했다. 그들은 MBTI로 자신의 성격유형을 판단하고 자기계발서로 인생을 바꾸려 한다. 유명인에게 자신의 뇌와 취향을 의탁하고 그들을 소비하는 바보들, 사기꾼에게 그들은 고마운 호구다. 다행히도 20세기 프로그래머는 바보가 아니어서 Y2K 문제는 거의 발생하지 않았다. 항공기는 추락하지 않았고 엘리베이터가 멈추는 일도 없었다. 재난 물품을 팔던 회사, 유지보수와 보안 분야의 IT 기업은 큰돈을 벌었다. 두 번째 수능을 본 나는 재수생에서 대학생으로 신분전환을 앞두고 있었다.

나는 탑승을 포기했다. 저 북적이는 버스에 몸을 싣고 집에 빨리 가야 할 이유도 필요도 없었다. 나 같은 사람 몇이 정류장에 덩그러니 남았고 그중 반은 버스 탑승 전쟁에서 패배한 자들이었다. 경쟁은 생명체의 본능이겠지만 잔인해 보이는 맹수도 약한 동물을 배려하는 때가 있다. 인간은 자신을 영장으로 만든 그 인간다움을 스스로 버리고 있다. 우리에게 희망은 있을까?

한참 뒤 다시 도착한 버스에는 다행히 빈자리가 있었다. 구릿빛으로 검게 그을린 노인의 옆자리에 앉았다. 콤바인이 지나간 논바닥처럼 그의 얼굴에는 세월이 밟고 간 굵은 주름이 패어 있었다. 버스는 시골을 지나 일산 초입에 진입했다. 아까 좌석버스에서 그 노인이 한 말이 머리에 맴돌았다. 안타깝게 생을 마무리한 대통령을 두고 그 노인은 '자살했기 때문에 지옥에 갔을 것'이라고 단호하게 말했다. 이십여 년 전 그 목사도 나와 엄마를 향해 똑같은 얘기를 했었다.

고등학교 시절 나는 평범하고 원만한 여고생이었다. 그즈음 말없이 무뚝뚝해도 딸에게만큼은 인자했던 아빠가 만취해 들어오는 일이 잦아졌다. 하지만 수험생이 신경 쓸 일은 아니었다. 외환위기가 동남아를 거쳐 한국을 강타했다는 것도 몰랐다. 선생들은 차입이 쉬웠던 대기업의 부실 경영과 썩어빠진 은행 때문에 나라가 망하고 있다는 걸 알려주지 않았다. 학교에서 배운 대한민국은 국민소득 일만 달러를 돌파했고 OECD에 가입해서 이제 선진국을 문 앞에 둔 자랑스러운 나라였다. 지금 생각해보면 선생들에게 IMF는 큰 관심도 아니었다.

정치경제 교과서에서 잠깐 봤던 IMF라는 단어가 아빠의 죽음으로 이어질 줄은 몰랐다. 은행에서 잘나가는 줄 알았던 아빠는 외롭게 목숨을 끊었다. 야간자율학습 시간에 상고시대의 상장례 문화를 공부하던 나는 담임의 호출을 받아 교무실에 갔다. 며칠째 집에 들어오지 않던 아빠는 대학병원 영안실에서 활짝 웃고 있었다. 현대의 상장례 문화는 동옥저나 부여의 것보다 잔인했고 자살자 유가족에게는 더 그랬다. 수능이 코앞인데도 찾아온 친구들은 문상객을 통해 우리 아빠의 사망 원인을 들었다. 고마웠지만 학교에 소문이 날까봐 두려웠다.

아빠네 친척들은 엄마에게 '지 서방 잡아먹은 년'이라는 호칭을 붙여주었다. 고통을 겪고 있는 엄마에 대한 동정이나 위로가 담긴 호칭은 아니다. 그들은 장례가 끝나고도 사십구재까지 때때로 엄마를 불러댔고 엄마는 수험생인 나를 데리고 시댁에 드나들었다. 지금에서야 드는 생각이지만 아빠의 피가 반 섞인 나를 볼모나 방패, 혹은 완충재로 데려간 것 같기도 하다. 나를 향한 친척들의 그 경멸하는 눈빛과 가시 돋친 말투는 폭력이었고 지금껏 트라우마로 남아 있다.

자살하면 지옥에 간다던 목사의 말은 엄마에게 천형을 내리는 것과 같았다. 그전까지 엄마는 아빠와 나를 위해 십일조도, 새벽기도도, 금식도 열심히 했다. 남편이 죽은 대가로 받은 사망보험금마저 십분의 일을 헌금으로 낸 엄마였다. 세상에 걱정이라고는 하나도 없던 어린 시절, 목이 말라 일어나면 엄마는 무릎을 꿇은 채 눈을 꼭 감고 아버지를 간절하게 찾고 있었다. 어렸던 나는 엄마가 찾던 아버지가 일찍 돌아가셨다는 외할아버지인 줄로만 알았다. 기도하던 엄마를 꼭 안아주면 엄마는 환하게 웃어주었다. 그 미소가 아직도 생생한데 아빠가 자살한 후로는 한 번도 본 적이 없었다.

어른이 되고 나서 확실해진 것은 그 목사가 사이비임이 분명하다는 것이다. 그는 신이 인간의 감정을 가진 것처럼 묘사하곤 했다. 특히 아버지의 마음을 가진 존재로 표현했다. 하지만 세속의 아버지도 스스로 목숨을 끊었다는 이유로 자식을 비난하고 저주하지 않는다. 더 잘해주지 못한 것을 안타까워하고 자책하는 아버지가 있을 뿐이다. 신이 인간보다 나은 존재라면 자살한 피조물을 딱하게 생각할 것이지 괘씸하다고 불지옥에 처넣어버리지는 않을 것이다.

버스는 도로를 사이에 두고 커피 향과 비료 냄새가 구분되는 호수로에서 우회전하여 일산로에 접어들었다. 커다란 쇼핑몰과 마트, 은행, 편의점이 보이면 마음이 편해진다. 장엇집 플래카드 대신 성형외과의 커다란 간판이 나타났다. "꿈에서 그리던 당신으로 다시 태어나세요." 성형외과 의사가 신도시 여성을 향해 소리치고 있다. 자본주의 사회에서 돈으로 교환하지 못할 것은 없다. 돈으로 아름다움을 사면 꿈★은 이루어진다. 돈으로 살 수 없는 꿈을 꾸는 사람은 불행하게 된다. 나도 그런 꿈을 꾸었기에 이렇게 된 것일까.

요셉은 꿈을 통해 계시를 받았다. 다니엘은 꿈과 환상의 의미를 해독할 수 있었다. 요엘은 말세에 모두가 꿈을 보게 될 것이라고 했다. 나 역시 꿈을 통해 삶의 갈림길에 섰다. 지독한 불면 때문에 고통받던 시절이었다. 출근과 퇴근을 반복하다 보면 꼬박꼬박 월급이 나오는 직장인 생활은 모든 게 불확실하던 대학 시절에 비할 바 되지 못했다. 십 년이 넘는 그 생활에 위기가 온 것은 새벽에 일어나는 일이 죽도록 고통스러워졌기 때문이다. 야근해도 정시출근, 회식해도 정시출근, 야근과 회식이 없어도 새벽 네 시가 되어야 잠드는 생활을 수없이 반복했다.

불면의 시작은 어린 시절로 거슬러 올라간다. 이문세의 〈별이 빛나는 밤에〉라는 라디오 프로그램은 자정이 되어야 끝났다. 015B와 신승훈의 라이브는 내 감수성을 자극하는 촉매였고, 게스트로 등장하던 이경규의 입담은 내게 최고의 오락이었다. 초등학교부터 고등학교 때까지 대학노트 스무 권 분량의 시와 수필을 썼다. 〈별밤〉이 끝난 후 커피를 마시며 매일 글을 썼다. 불면증은 창작 활동을 위한 좋은 선물이라고 생각했다. 입학하고 나서야 뭘 배우는지 알고 후회했던 국어국문학과를 무사히 졸업한 것도 불면증 덕분이었다.

많은 분야가 그렇듯 대학에서 배운 것은 사회에서 아무 쓸모가 없었다. 문과 출신인 내가 어쩌다 몸을 담게 된 IT 회사에 쉽게 적응할 수 있던 것은 전공지식보다 불면증 덕이었다. 한 달에 한 번 이상 있는 정기 PM(preventive maintenance) 작업에 자원하여 밤샘하면 추가 수당을 받았다. 책임감과 협동심이 강하다는 동료들의 평판도 얻을 수 있었다. 더 좋은 조건의 더 크고 유명한 회사로 이직 제안도 받았다. 이 업계를 잘 모르는 사람은 IT 회사에 다니던 나를 프로그래머라고 생각했다. 하지만 나는 코딩을 모르는 프로그램 문맹이다. 육백여 년 전의 잔다르크 역시 문맹이었다.

수면제 반 알을 먹고도 동이 틀 때까지 잠 못 이루던 날이었다. 꿈에서 잔다르크를 만난 것을 나는 일종의 계시라고 생각했다. 잠을 청할 만한 프로그램을 찾기 위해 IPTV 채널을 이리저리 돌려보다가 종교 방송을 만난 것도 운명이라 여겼다. 목사는 기복신앙으로 전락한 한국 개신교를 개탄하며 신의 인자함에 대해 역설했다. 남은 수면제 반 알을 삼킨 후 그의 얘기에 집중했다.

자살하면 천국에 가느니 마느니 하는 문제로 구원을 재단하는 것은 좋지 않은 일이며 예수의 생애는 그런 이들과의 투쟁이었다고 했다. 그의 부드러운 음성은 자살과 떼어놓을 수 없는 내 기구한 인생을 위로해주었다. 예전 교회 목사가 이런 말을 해주었다면 엄마와 나의 인생은 크게 바뀌었을지 모른다. 눈물로 베개를 적시다 스르르 잠들었다.

나는 삼인칭 관찰자 시점으로 잔다르크의 탄생과 성장을 지켜보았다. 꿈이 으레 그렇듯 중간 과정이 편집된 채 긴박하게 진행됐다. 백년 전쟁이 마무리될 무렵 프랑스는 절망적이었다. 작은 시골 마을인 동레미에서 태어난 잔다르크는 꿈에서 신의 음성을 들었다. 마녀라는 의심을 받던 그녀는 몇 가지 시험을 통과하며 신뢰를 얻고 군대를 일으켰다. 앳된 소녀는 오를레앙 전투와 파타이 전투를 승리로 이끌며 거침

없이 진격했다. 잉글랜드 군대의 투석기에서 날아온 돌에 머리를 맞아도 멈추지 않았고 목에 화살을 맞아도 굴하지 않았다.

연전연승하던 그녀에게 아군이 포위 공격을 받고 있다는 소식이 전해졌다. 잔다르크는 이백오십 명의 정예부대를 이끌고 지원을 나갔다. 잉글랜드와 부르고뉴 연합군은 정예부대의 기세에 눌렸다. 하지만 육천이 넘는 부르고뉴 증원군이 도착하자 상황은 역전됐다.

"성안으로! 성안으로 들어가시오!"

잔다르크는 병사를 향해 목이 터져라 외쳤다. 정작 자신은 성안에 들어가지 않고 말 위에 탄 채 후퇴작전을 지휘했다. 적의 궁수에게는 좋은 표적이었다. 자신을 겨누어 활시위를 당기는 적을 발견한 그녀는 급히 성안으로 들어가려고 했다. 순간 성문 다리가 위로 올라갔고 별수 없이 해자를 향해 뛰어내리려던 그녀의 몸에 화살이 날아와 박혀버렸다. 말에서 떨어진 그녀는 적의 포로가 되었다.

어두운 감옥에 쭈그려 앉아 있던 잔다르크는 무릎을 꿇고 기도했다. 그녀의 작은 몸뚱이가 더욱더 가냘파 보였다. 갑자기 기도를 멈추고 허공을 바라보던 그녀가 나와 눈을 마주쳤다. 심장이 덜컹했다. 그녀는 부르트고 갈라진 입술을 움직이며 나를 향해 한숨을 쉬듯 말했다.

"아직 끝나지 않았어. 내가 어떻게 하는지 지켜봐."

잔다르크의 재판은 길고 지루했으며 모욕적이었다. 뒤를 돌아보지 않고 전진하던 그녀를 찬양하던 이들이 이제 그녀가 지나간 발걸음마다 트집을 잡아 공격하기 시작했다. 주교와 신학자들은 라틴어 성경을 근거로 그녀를 심문하는 종교재판을 벌였다. 스스로 변호할 수밖에 없던 문맹 잔다르크는 곳곳에 함정을 파놓은 그들의 질문에 지혜롭고 침착하게 답변했다. 사탄의 시험을 받을 때, 바리새파 사람들의 공격을 받을 때 예수가 그들을 논파했던 것과 같았다.

잔다르크를 이단으로 몰아세워 죽이려던 작전이 실패하자 기득권 세력은 새로운 프레임을 들이밀었다. 그녀가 남장을 한 것이 구약성서 신명기의 구절을 위배했다는 것이었다. 나는 이 추궁을 들은 잔다르크가 아주 잠깐이지만 희미한 미소를 띠는 것을 보았다. 그것이 주교를 향한 비웃음이었는지 모든 것을 포기한 상태에서 나온 것이었는지 알 수 없었다.

재판정은 이미 결론을 낸 상태였다. 프랑스 왕위를 노리던 잉글랜드의 헨리 6세는 전쟁 영웅을 마녀로 만들어야 했다. 피에르 코숑 주교는 잔다르크가 교황에게 항소하려는 것도 막았다. 재판이 길어질수록 그녀는 생기를 잃었고 총명하게 빛나던 눈빛도 희미해져갔다. 고문으로 몸 여기저기에 났던 상처는 점점 곪아갔다. 그런 그녀를 지켜보는 것은 무척 힘들었다.

교회의 모진 협박 끝에 그녀는 무슨 내용인지도 모르는 문서에 서명하고야 말았다. 거위 깃털로 만든 펜을 들어 어떤 처분에도 따르겠다는 문서에 서명을 마치고 나서 그녀는 다시 한번 나와 눈을 마주쳤다. 예의 희미한 미소를 지어 보이며 고개를 살짝 끄덕였다.

화형을 선고받은 다음 날, 잔다르크는 밧줄에 묶인 채 구경거리처럼 광장에 끌려나왔다. 센강 강가에 부는 바람은 끈적끈적했다. 형 집행 직전 그녀는 광장에 모인 군중을 둘러보며 마지막 말을 남겼다.

"저들을 용서해주세요."

군중은 물론 사형 집행관까지 그녀의 말을 듣고 눈물을 흘렸다. 나는 심장이 찢어지는 듯 아팠다. 최후의 순간까지 의연했던 그녀는 마지막 숨을 몰아쉰 후 눈을 감았다. 불 속에서 숨을 거둔 이후에도 세 번 더 불에 태웠다. 완전히 재가 된 그녀는 센강으로 떠내려갔다. 흰 비둘기가 광장을 가로지르다 나를 향해 날아왔고 날갯소리는 믿을 수 없이 컸다.

"띠리링, 띠리링, 띠리리리링!"

휴대폰에서 울린 알람 소리에 길었던 꿈이 끝났다. 눈을 뜨고 나니 내가 있는 곳은 센강도 아니고 프랑스도 아닌, 서울의 내 방 침대 위였다. 이부자리는 땀으로 축축하게 젖어 있었다. 눈을 떴지만 아직도 꿈에서 벗어나지 못하고 있을 무렵 누군가가 내 귀에 속삭였다. 나직하게 들리는 목소리의 주인은 분명 잔다르크, 그녀였다.

"아직 끝나지 않았어. 네가 어떻게 하는지 지켜볼게."

몇 시간은 더 자야 했지만 자리를 털고 일어났다. 지금까지와는 다르게 살고 싶어졌다. 그날 저녁 나는 친하게 지내던 프리랜서를 따라 모처럼 술자리에 갔다. 그것이 내 참전의 시작이 될 것이라고는 상상하지 못했다.

지루하도록 백 년을 기다릴 필요도 없이 누군가에게는 내일이 세기말이다. 옥상 난간에 맨발로 선 자에게는 몇 분 뒤가 세기말이다. 내게는 매일 잠자리에 드는 순간이 세기말이었다. 해가 뜰 때까지도 잠을 이루지 못할 것 같은 두려움은 불면을 강화했다. 힘겹게 잠이 들면 가끔 긴 꿈을 꾸곤 했는데 그 속에서 나는 사랑했던 이들을 만났다. 중간에 깨어버리면 꿈을 이어가고 싶어서 계속 자리에 누웠다. 그 꿈이 영원하기를, 지금이 현실이 아니라 그 꿈이 현실이기를 바랐다. 꿈에 엄마가 나올 때는 더욱 간절했다.

아빠가 죽은 후 엄마는 키친 드렁커가 되었다. 어린 시절 엄마의 유흥은 일 년에 한두 번 아빠와 함께 와인을 홀짝이는 것, 나와 노래방에 가는 게 전부였다. 그녀가 부엌에서 소주를 마시기 시작했을 때 나는 재수생이었다. 주부가 대낮부터 혼자 소주를 마시는 게 그리 심각한 문제라 생각하지 못했다. 대학생이 되자 나 역시 학과 동기들과 호프집에서 술을 퍼마시다가 늦게 들어오기 일쑤였다. 내가 좋아했던 예술가들은 분야를 막론하고 낮술이 일상이었다. 점심때 식당에 가면 신춘문예를 준비하던 선배들이 불콰하게 취한 모습을 쉽게 볼 수 있었다.

내 귀가 시간은 늦어지기 시작했고 엄마의 음주 시간은 늘어났다. 라면을 끓여 먹으려고 찬장을 뒤적이다 보면 엄마가 마신 빈 소주병이 나왔고 날이 갈수록 그 수가 늘어났다. 허전한 남편의 빈자리를 술로 달래는 것으로 생각했다. 시간이 지나면 괜찮아질 줄 알았다. 엄마는 원래 강한 사람이니까. 성인이 술도 마시고 그러는 거지 뭐. 남편이 보고 싶고 외로우니까. 그런 건 자식이라도 채워줄 수 없는 거니까.

초등학교 때 미술학원 계단에서 뛰어내리다가 발목이 부러진 나를 들고 삼십 분 거리의 병원까지 단숨에 달렸던 엄마다. 수능을 망치고 재수를 하게 됐을 때도 서운한 내색을 하지 않았던 엄마다. 감기몸살로 앓아누워도 내 밥은 꼬박꼬박 챙겨준 엄마다. 상처를 안겨준 교회에 더는 나가지 않았지만, 안방에서 매일 소리 내어 기도했던 엄마다. 그래서 곧 강하고 의연한 예전의 엄마로 돌아올 줄 알았다. 난, 엄마를 잘 몰랐다.

원래부터 가정주부였던 게 아니라 내가 생기면서 잘 다니던 직장을 포기했다는 것을 몰랐다. 아빠의 쥐꼬리만 한 월급으로 나를 키우며 아파트를 장만했고 시동생 둘까지 대학에 보낸 줄 몰랐다. 그런 시대에 배신당하고 교회에 버림받은 그녀가 어떤 기분으로 살았을지 몰랐다. 물오른 봄철 버들강아지 같던 딸이 젊음을 소비하며 새내기 생활을 만끽할 때 대화 상대도 없이 강소주로 갱년기를 버텼다는 걸 몰랐다. 생리대 놓는 위치가 바뀐 줄로만 알았지 폐경인 줄은 몰랐다. 내가 세상을 배울 때 그녀는 세상을 버렸고, 내가 물이 오를 때 그녀는 시들어갔다.

나이를 먹으면서 하나씩 알아갔다. 글쓰기를 좋아한다는 이유로 국어국문학과에 진학하면 안 된다는 것도 알게 됐다. 2학년이 되자 구비문학개론부터 시작해 문학사와 한문을 달달 외워야 했다. 남자친구와 헤어진 것이 다행이다 싶을 정도로 공부할 게 많았다. 자취 생활에 대한 로망은 일 년 만에 깨져버렸다. 매일 파스타를 만들고 스테이크를 구워 먹을 줄 알았지만, 편의점 즉석식품과 배달음식 때문에 살만 5킬로그램이 쪘다. 패잔병처럼 본가로 돌아왔다. 수업을 마치면 술집을 전전하던 생활은 학식으로 저녁을 해결한 후 도서관에 가는 것으로 바뀌었다.

집에 돌아왔으니 음식 솜씨 좋은 엄마의 집밥을 매일 먹을 수 있다고 기대했다. 하지만 내가 없던 일 년 동안 엄마는 다른 사람이 되어 있었다. 키친 드렁커는 우울증에 빠진 심각한 알코올중독자란 뜻이었다. 집에 오면 현관문 앞에 빈 배달음식 그릇이 놓여 있었다. 반쯤 썹은 단무지에 묻은 고춧가루는 끔찍했다. 찬장을 뒤지면 영락없이 초록색 빈 병이 나왔다. 코를 골며 자던 엄마를 깨워 잔소리를 해봐도 영혼이 탈출한 빈껍데기 육신과 얘기하는 꼴이었다.

타자와 관계를 유지하며 함께 살기 위해서는 넘지 말아야 할 선이 있다. 연인, 가족, 친구, 동료, 관계에 따라 선의 높낮이도 다르다. 그 선은 한번 넘는 순간 끊어지고 그 전으로 되돌릴 수 없는 비가역적인 것이다. 심지어 선이 존재했다는 것도 잊게 된다. 감정을 통제하지 못하고 그 선을 넘으면 관계는 걷잡을 수 없이 무너지고 상처만 남는다. 서로에게 주는 상처의 크기는 엔트로피처럼 점점 더 커질 뿐이다. 어느새 상처는 거대한 싱크홀이 되어 서로를 삼킨다. 혈육이라는 끈끈한 믿음도 사랑이라는 달콤한 단어도 신뢰라는 환상도 연기처럼 사라져버린다.

엄마는 어느새 술이 깨면 다시 술을 마시다 잠들고, 일어나면 또 술을 마시는 지경에 이르렀다. 멀쩡한 엄마를 보는 것은 일주일에 몇 시간 되지 않았다. 충혈된 눈으로 나를 바라볼 때면 그 초점 없는 눈빛을 견디기 힘들었다. 술에 의지한 엄마의 삶을 내가 통제할 수 있다는 착각, 혹은 통제하려던 욕심에 결국 나는 엄마와 나 사이의 선을 넘고야 말았다.

처음에는 엄마가 숨겨놓은 술병을 감추는 것으로 시작했다. 세탁실 바구니, 드레스 룸, 밥솥, 피아노 의자 속에 소주병을 숨겨두었다. 엄마의 손을 기다리는 곳이었다. 내 의도와 달리 우스꽝스러운 숨바꼭질 놀이는 엄마의 자존심에 큰 상처만 남겼다. 알코올중독자 가족 대부분이 그렇듯 나는 엄마를 어떻게 대해야 할지 몰랐다. 게다가 충격요법이랍시고 엄마가 보는 앞에서 술병을 따 싱크대로 흘려보냈다. 그건 내 생각보다 더 큰 일이었고 선을 넘는 짓이었다. 흥분한 엄마는 나를 밀쳐버렸고 빈 술병을 집어던졌다. 벽에 부딪힌 소주병은 산산조각이 났다.

"어떻게 네가 나한테 이럴 수 있어? 너 같은 년을 왜 낳았는지 모르겠다. 네가 술 한 병 사다준 적 있니? 다 큰 딸년 등록금도 내주고 용돈도 따박따박 줬지. 너는 엄마한테 뭘 해줬어?"

아무리 화가 나도 욕 한마디 못하던 엄마가 핏대를 세우며 내게 소리 질렀다. 그 내용에 더욱 놀랐다. 나를 낳은 후 품에 안았던 그 순간이 가장 행복했다고 엄마는 말했었다. 생일선물로 받고 싶은 걸 물어봐도 우리 딸이 가장 큰 선물이라고 했던 엄마다. 그런 엄마가 팩트로 폭격을 가했고 꼭꼭 숨겨두었던 내 죄책감을 아프게 건드렸다. 사랑이 거세된 혈육 간의 대화는 치명적인 무기로 서로를 때리는 싸움이 되었다. 나는 엄마의 자존심을 건드리는 것이 유일한 무기였고 내 생애를 오롯이 아는 엄마의 폭언은 시간이 지날수록 날카로운 메스가 되었다.

교통사고 현장의 벗겨진 신발처럼 부엌 바닥에 깨진 소주병은 불길한 일을 의미한다. 병 조각을 치우며 나는 우리의 앞날이 이 병처럼 깨질 것이라 직감했다. 숨바꼭질로 시작한 엄마와의 전쟁은 지속되었고 강도는 높아졌다. 술 취했을 때와 맨정신의 엄마는 전자제품 전원 스위치를 누를 때처럼 극단을 오갔고 중간은 없었다. 하지만 전원 스위치가 오프인 상태에서도 상처받은 기억만큼은 저장된다는 것을 몰랐다. 엄마는 술에 취해 필름이 끊겨버리면 아무것도 기억하지 못하는 나와 달랐다. 엄마의 메스에 베인 상처만큼 나도 모욕적인 말로 갚아주었고 그것은 엄마의 기억에 누적돼갔다.

어느 날 밤, 거실에서 TV를 보다가 이상한 소리가 들려 안방 문을 열었다. 엄마는 술에 취해 꺽꺽거리며 짐승처럼 울고 있었다. 술병을 빼앗아 들자 엄마는 내게 손찌검을 했다. 중학교 입학 이후 처음 당해 본 손찌검이었다. 엄마보다 더 커버렸고 힘으로도 월등한 나는 몸으로 대들었다. 악다구니를 부리며 우리는 서로를 비난하고 저주하는 험한 단어를 늘어놓았다. 한참을 싸우다가 엄마는 갑자기 잠들어버렸고 나는 서럽게 혼자 울며 밤을 새우기 일쑤였다. 코를 드르릉 고는 엄마의 모습도 싱크대에 쌓인 설거짓거리도 낯설었다.

그런 와중에 전공 수업의 발제문 발표는 늘 스트레스를 주었다. 주말에도 학교에 나와 과방과 도서관 세미나실을 오갔다. 발표 준비를 마친 일요일 오후, 여자 동기들과 뒤풀이로 술을 마셨다. 학교 앞 막걸릿집에서 시작한 술자리는 호프집으로 이어졌고 노래방을 찍은 후 소주방까지 갔다. 수다를 떨다가 사소한 말다툼으로 편이 갈렸는데 티격태격하다가 감정이 상할 지경까지 이르렀다. 아이돌 그룹에 대한 얘기였다. 대중음악이라면 신해철 노래만 알던 나는 두 편 사이를 중재하느라 바빴다.

2000년에 한나라당과 새천년민주당 중 어느 당을 지지할지 고민하는 대학생은 없었다. 국민의 정부는 IMF 조기 졸업에 이어 첫 남북 정상회담을 성사시키며 안정적인 지지율을 유지했다. 오히려 H.O.T와 젝스키스, 핑클과 S.E.S 중 하나를 택하는 것이 중대 문제였다. 젝스키스 팬인 서현이와 민지가 H.O.T 팬인 혜령이를 몰아붙였다. "젝스키스는 해체했지만 팬 가슴속에 영원할 것인데, H.O.T는 현역인데도 벌써 팬심이 시들해졌으니 경쟁 구도는 역전되었다"라는 유치한 내용이었다.

혼자 밀리고 있던 혜령이가 자꾸 나와 눈을 마주치려고 했다. 은근히 내게 동조를 구하는 신호였다. 국어국문학과에 와서야 알게 된 사실은 남자 둘이 만나면 서열이 갈리고 여자 셋이 만나면 편이 갈린다는 것이다. 실시간으로 편이 갈리는 여자 무리에서 스트레스를 받지 않으려면 당장은 욕을 먹어도 중립을 지켜야 했다. 직장인이 된 후에도 마찬가지였다. 나는 혜령이의 눈빛을 외면하고 담배만 피웠다. 일방적으로 밀리던 혜령이가 갑자기 내게 화살을 날렸다. 남자들 시선을 끌기 위해 가슴이 도드라지는 옷을 입었다는 것이다.

"남자들이 네 가슴만 쳐다보잖아. 안 쪽팔려?"

어릴 때부터 꾸미고 화장하고 멋 내는 일에 큰 관심을 가진 적 없다. 중고등학교 모두 남녀공학이었는데 사내 녀석들과 서슴없이 지냈고 동성 친구들도 죄다 털털했다. 다만 학원 애들은 조금 달랐다. 남자애들은 대놓고 내 가슴을 쳐다봤고 여자애들은 사복 패션과 화장에 지나치게 신경 썼다. 폭력적인 외모 평가를 당한 것도 학원이 처음이었다. 내 얼굴은 조금 밋밋한 편인데 조금이라도 색조 화장을 하면 야해 보인다는 소리를 들었다. 살짝 달라붙는 옷을 입고 가는 날이면 남자고 여자고 수군거리는 게 느껴졌다. 대학에서도 회사에서도 마찬가지였다.

가슴 크기가 유전의 영향을 받는 것인지는 모르겠다. 엄마를 닮아 그런지 초등학교 때부터 가슴이 발달하기 시작했다. 남들보다 큰 가슴을 가졌다는 것은 약간의 우월감과 상당한 스트레스를 함께 안고 산다는 뜻이다. 부러운 시선을 받는 경우가 많지만, 말도 안 되는 편견에 피해를 보기도 한다. 과학적으로 가슴 크기는 성적 개방성이나 지능 중 어느 것과도 비례하지 않는다. 오히려 남의 가슴 크기에 대한 집착이 성적 개방성과 비례하고 지능과 반비례한다.

글래머는 아무거나 걸쳐도 섹시해 보여서 좋겠다는 얘기를 하는 사람이 있지만 정작 옷 입는 게 쉽지 않다. 특히 여름에 달라붙는 옷을 입으면 내가 봐도 가슴만 도드라진다. 가슴에 옷 사이즈를 맞추면 허리와 배 부분이 붕 뜬다. 박스티를 입으면 거울 안에 웬 뚱뚱이가 서 있다. 결국 적당히 달라붙는 옷을 선택할 수밖에 없다. 그날 입은 옷도 이대 앞 보세 매장에서 겨우 고른, 무난하고 적당하면서 그저 그런 티셔츠였다.

혜령이의 말을 듣고 보니 맞은편 테이블 남자들이 힐끔거렸지만, 그네들의 관심사가 내 가슴인지, 민지의 짙은 화장인지, 서현이의 핫팬츠인지 특정할 수 없었다. 아니면 여자 넷 모두가 담배를 피워서일 수도 있다. 그것도 아니면 당시만 해도 보기 힘든 음식이었던 파르페를 보고 신기했기 때문일 수도 있다. 아메리카노보다는 헤이즐넛이나 비엔나커피가 유행하던 때였다.

"안 쪽팔려. 왜? 혜령이 넌, 쟤네들이 신경 쓰이니?"

"아니 그건 아닌데. 자꾸 우리 쪽 쳐다보니까 부담스럽잖아."

"쟤네보다 네가 더 부담스러워. 지난 학기에도 그러더니 이번에도 무임승차하고 있잖아. 쟤네 말고 발표 준비나 신경 쓰는 게 낫지 않아?"

과제 모임 때마다 이런저런 핑계를 대며 얌체처럼 빠지던 혜령이를 다들 벼르던 참이었다. 그 핑계 중 몇 개는 거짓말로 밝혀지기도 했다. 서현이와 민지는 과도하게 고개를 끄덕이며 내 편을 들어주었다. 궁지에 몰리자 프레임을 전환하며 나를 공공의 적으로 만들어 삼 대 일 구도를 꾀하던 혜령이의 전략은 실패로 돌아갔다. 나는 됐으니 앞으로 잘하자고 혜령이에게 술을 권했고 〈이브의 모든 것〉이란 드라마를 봤느냐며 화제를 돌렸다. 정작 나는 〈태조 왕건〉을 보느라 그 드라마는 내용도 몰랐다.

민지는 그 드라마가 결국 신데렐라 스토리라며 대중문화 속 페미니즘에 대해 일갈했다. 서현이는 요즘 마마보이가 너무 많다며 최근 소개팅에서 만났던 남자 얘기를 해주었다. 그러다가 지질한 남자들에 대한 성토로 이어졌다. 주눅 들어 있던 혜령이도 대화에 합세했다. 과제에 소홀했던 것도 남자친구의 집착이 심해서였는데 최근에 헤어졌단다. 결국, 네 명이 그 남자를 마른안주처럼 씹으며 단결했다. 우리는 다시 하나가 되었다. 막걸리와 생맥주, 레몬 소주에 이어 참이슬이 식도를 타고 넘어갔다.

독한 술이 더 들어가자 계집애들은 미안했던 얘기를 하나씩 꺼내며 질질 짜더니 끌어안기도 했다. 훈훈하게 마무리됐지만 돌아오는 내내 기분이 좋지 않았다. 여전히 혜령이는 괘씸했다. 집에 들어가면 엄마가 어떤 모습일지도 뻔했다. 버스에 올라 자리에 앉자 술기운이 올라 내내 머리로 방아를 찧으며 졸았다. 문득 정신이 들어 창밖을 보니 생경한 풍경이 펼쳐졌다. 서울의 밤거리는 낮에 보는 것과 정말 다르다는 생각을 하며 쓸쓸한 기분에 젖다가 정말 낯선 곳이라는 걸 깨달았다. 버스를 잘못 탄 것이다.

이미 막차가 끊긴 시각이어서 택시를 잡았다. 심야에 여자 혼자 택시 타는 게 위험하다는 건 남 얘기라 생각했다. 그런데 내가 탄 택시 기사는 룸미러로 나를 연신 힐끔거렸다. 차가 사거리에 멈추자 자기가 요즘 외롭다는 둥, 이혼하고 나니 집에 들어가기 싫다는 둥 이상한 얘기를 해대기 시작했다. 뭐라고 툭 쏘아붙이고 싶었지만, 그가 잡은 핸들이 내 도착지를 결정한다는 걸 깨달았다. 이상한 곳에 내려줄 수도 있고 최악에는 범죄자로 변할지도 모른다는 두려움이 생겼다.

있지도 않은 아빠에게 전화하는 양 연기를 했다. 인자한 아버지가 딸을 대로변으로 마중 나오기로 했다는 내용의 가짜 통화를 마치자 기사는 말을 걸지 않았다. 내가 다 왔으니 세워달라고 한 곳은 이런 곳에 내릴 거면 왜 택시를 탔나 싶을 정도로 집에서 먼 곳이었다. 기사는 내가 내리기도 전에 담배에 불을 붙였다. 휴대폰을 꺼내 나를 데리러 오는 아빠와 통화하는 척하며 집 반대편으로 걸었다. 택시가 멀어진 후에야 집까지 한참을 되돌아왔다. 몸도 마음도 고단했지만, 현관을 열고 들어가니 부엌에서 또 술을 마시고 있는 엄마가 보였다. 온갖 짜증이 몰려왔다. 이제 내 모든 불운과 고통이 엄마 때문이라고 단정하는 수준이 되어버렸다.

술 좀 그만 마셔라, 마실 거면 안주라도 챙겨가며 마셔라, 집에서 마시지 말고 밖에서 친구를 만나서 마셔라, 내 레퍼토리는 늘 비슷하게 진행됐다. 결혼한 이후로 엄마의 친구는 교회 사람들뿐이라는 것을 알면서도 그랬다. 나는 친구들과 그렇게 술 먹고 다녔으면서, 정작 엄마에게 밖에서 술 한잔 먹자고 한 적도 없으면서 그랬다. 죄책감이 들면 되레 험한 말이 나오곤 했다. 엄마는 내게 대꾸하는 대신 술을 더 마셨다. 누가 더 타락했는지 대결이라도 하듯 나는 엄마 앞에서 여봐란듯이 담배를 피웠다. 풀린 눈으로 멍하니 나를 보던 엄마는 듣는 사람도 목이 쓰릴 정도로 격격거리다가 화장실로 달려가 구토하기 시작했다.

"엄마 진짜 왜 살아? 이 모양 이 꼴로 살 거야? 이럴 거면 같이 죽자, 죽어!"

나는 화장실 문 앞에서 꽥꽥 소리 질렀다. 토하는 소리가 멈추고 변기 물 내리는 소리가 들렸다. 그리고 잠시 침묵이 흘렀다. 불안한 마음에 문을 열자 화장실 거울에 비친 엄마와 눈이 마주쳤다. 그때 엄마의 눈빛은 내가 알던 그녀의 것으로 변했다. 육신을 떠났던 영혼이 되돌아온 것처럼 순간 사람이 바뀌었다.

"우리 딸. 엄마가 미안해. 엄마가 잘못했어."

미안하다며 나를 안고 울던 그녀에게서 여전히 독한 술 냄새가 났지만 진심이 느껴졌다. 나도 그동안 참았던 울음이 터져나왔다. 엄마는 눈이 퉁퉁 부은 채 지쳐 잠들었다. 잠든 엄마의 머리맡에 앉아 예전과 많이 달라진 얼굴을 한참 동안 바라보았다. 조심스럽게 엄마의 얼굴을 만져보았다. 엄마는 그동안 많이 늙어 있었다.

그날 남반구에서 열린 올림픽에서 한국 축구 대표팀은 스페인전 패배를 딛고 이천수의 결승골로 모로코를 꺾었다. 대한민국의 모두가 행복한 밤을 보냈다. 나 역시 이 밤이 지나면 모든 게 정상으로 돌아올 것 같은 좋은 예감이 들었다. 2000년 들어 처음으로 편한 마음으로 침대에 누웠다. 긴 하루였다. 모처럼 숙면을 했다.

다음 날 아침 개운하게 눈을 비비며 일어났다. 화장실에 가려는데 식탁 위에 낯선 병이 놓여 있었다. 근시가 심한 나는 엄마가 식혜라도 사놓았나보다 생각했다. 세안하고 렌즈를 끼고 온 나는 식탁 위의 그 병에 고딕체로 적힌 '농약'이라는 두 글자와 그 옆에 그려진 해골 그림을 보고 경악했다. 그 500밀리리터짜리 병은 식혜가 아니라 요즘엔 시중에서 구할 수도 없는 그라목손이었다. 아빠가 자살했다는 소식을 들었을 때보다 더 큰 공포가 몰려왔다.

가슴이 두근거렸고 식은땀이 흘렀다. 거실 시곗바늘 소리가 크게 들릴 정도로 집 안은 적막했다. 엄마는 어디 있지? 긴장한 채 떨리는 손으로 조심스럽게 안방 손잡이를 돌렸다. 문이 열리자 나타난 침대 위에 엄마는 없었다. 미쳐버릴 것 같았다. 손발이 떨렸고 숨도 제대로 쉴 수 없었다. 세상이 진공 상태인 듯했다.

그때 화장실 문틈을 통해 새어나오는 아주 미세한 소리를 들었다. 분명히 엄마의 신음이었다. 쿵쾅쿵쾅 층간소음을 내며 화장실로 달려갔다. 달칵달칵. 화장실 문손잡이는 잠겨 있었다. 몇 걸음 앞에 있는 식탁에는 농약병이 올려져 있고 화장실 안에서는 엄마가 신음하는 소리가 들리고 있었다. 이런 상황에서는 상상력이 가장 큰 공포다. 다리 힘이 풀려버려 바닥에 주저앉고 말았다.

어떻게 해야 하지?

기어가듯 방까지 겨우 이동해 충전기에 꽂아둔 휴대폰을 집어들었다. 119에 전화를 건 것은 난생처음이었다. 통화연결음이 멈추자 친절하고 차분한 목소리가 들려왔다. 119 대원의 목소리를 듣는 것만으로도 안도감이 들어 비로소 눈물이 나기 시작했다.

무슨 말을 하지? 그냥 도와달라고 그러면 되나?

"화, 환자가 발생한 것 같아요."

바보 같은 말이 튀어나왔다. 119 대원은 침착하게 내가 무슨 말을 해야 하는지 알려주었다. 그는 환자의 상태와 집 주소를 물었다. 나는 유치원 아이처럼 하나씩 천천히 답을 했다. 그러다가 문득 전화를 끊어야겠다는 생각이 들었다.

"잠깐만요. 제가 다시 전화드릴게요."

"네? 위급한 상황이라고 하시지 않았나요?"

"조금 더 살펴보고요."

"네? 여보세요?"

전화를 끊고 방으로 뛰어 들어갔다. 목에 때가 낀 티셔츠와 고무줄이 늘어난 반바지를 벗었다. 도시락 냄새와 땀 냄새로 범벅이 된 교복을 입은 채 달려갔던 아빠의 장례식이 생각나서였을까. 빨리 입을 수 있는 원피스로 갈아입고 싱크대 위에 있던 빈 소주병을 치웠다. 그리고 다시 거실로 달려갔다. 거실 TV 옆에 놓인 도자기 중 하나엔 오래된 동전과 금붙이가 섞여 있었다. 집 안의 모든 문을 열 수 있는 열쇠가 주렁주렁 매달린 플라스틱 바도 그 안에 있었다.

철컥!

화장실이라는 글씨가 적힌 견출지 스티커 옆에 달린 열쇠로 화장실 문을 열었다. 내 눈에 들어온 것은 하체를 드러낸 채 바닥에 쓰러져 있는 엄마였다. 다행히 농약을 마신 모습이라기엔 평온한 얼굴이었다. 토한 흔적도 없었다. 그러나 화장실 바닥은 더럽혀져 있었다. 역한 냄새를 풍기는 갈색의 묽은 똥과 함께 혈흔이 물기를 따라 번져 있었다. 혈변이었다. 인상파 화가가 커다란 붓을 충동적으로 휘두른 것 같은 모양이었다. 밝은 아이보리색 타일 바닥에 대비되는 갈색과 선홍색 앞에서 멍하니 서 있었다.

거실에서 울리는 휴대폰 소리에 정신이 들었다. 119 상황실에서 걸려온 전화였다. 전화를 받아야 하나 망설였다. 내 위치까지 알고 있으니 전화를 받지 않으면 금방 들이닥칠 것 같은 생각이 들었다. 통화버튼을 누른 후 상황을 잘못 파악해서 오인 신고를 했으니 오실 필요 없다고 얘기했다. 전화를 끊고 화장실에 가려다 문 앞에서 잠시 망설였다. 엄마는 여전히 세상모르고 취해 잠들어 있었다. 엉덩이부터 허벅지까지 똥칠을 한 채로.

저대로 깨어나면 수치심에 괴로울까? 아니면 심각함을 자각하고 상태가 나아질까? 어젯밤 나를 껴안고 한 말도 술김에 한 것이었나? 그 진지한 눈빛과 표정으로 한 다짐이 어떻게 몇 시간을 못 갈까? 이렇게 계속 살아야 하나? 병원 치료가 필요한 상황 아닐까? 강제입원을 시킬까? 병원비는 얼마나 들까? 아니, 우리 집에 돈이 얼마나 남아 있지? 아빠 보험금 말고는 별다른 수익도 없지 않았나? 아니지. 보험금으로 빚도 갚고 십일조도 냈잖아? 지금 내가 무엇을 할 수 있을까?

문득 나는 내가 자신에게 솔직하지 못함을 깨달았다. 남편 잃고 혼자가 된 엄마에게 살가운 딸도 아니었고 별 도움도 되지 못했다. 그런데도 나는 대학 생활을 온전히 누리고 싶었다. 미팅도 수없이 했고 연애도 했고 술도 퍼마셨고 MT도 다녀왔다. 일 년 동안 자취를 하며 자유도 만끽했다. 알바는 용돈벌이였을 뿐 생활비는 엄마에게 받았다. 엄마가 번 돈도 아니라는 생각에 당연하다는 듯 받았다. 나 자신에게는 관대했고 엄마에게는 냉정했다. 제대로 된 딸내미라면 저렇게 누워 있는 엄마를 그냥 놔두지 않을 것이다.

크게 숨을 들이마신 후 욕실로 들어갔다. 엄마를 닮아 유난히 비위가 약한 나였다. 변기 한번 내 손으로 뚫어본 적이 없다. 샤워기 꼭지를 돌려 미지근한 물이 나오도록 수온을 조절했다. 엄마의 하체와 바

닦에 묻은 오물은 다행히 샤워기의 물줄기만으로 씻겨나갔다. 엄마를 깨끗하게 해주고 싶었다. 풍성한 거품을 만든 샤워볼로 엄마를 씻겨주었다. 엉덩이와 허벅지로 시작해서 온몸을 씻겨주었다. 하얀 거품이 엄마를 깨끗하게 해줄 것 같았다. 한참을 씻겨주었다.

뭔가 꾸물거리는 느낌이 들었다. 고개를 돌려보니 엄마가 눈을 떴다. 주위를 두리번거리며 상황을 파악하려 했지만 쉽지 않았으리라. 눈을 끔뻑끔뻑하며 벌거벗은 자신을 살펴보던 엄마의 동공이 나를 보고 더 커졌다. 그제야 나는 원피스를 입은 채 흠뻑 젖은 나를 발견했다. 엄마는 목욕타월을 꺼내 물기를 닦더니 아무 말 없이 안방으로 돌아갔다.

지금도 엄마에게 묻고 싶다. 그날 욕실에서 있었던 일을 기억하는지. 전날 밤 나에게 했던 다짐이 진심이었는지. 대체 그 농약은 언제 산 것인지. 같이 죽자는 내 말에 대한 대답이었는지, 그냥 홧김에 산 것인지. 사무치게 궁금했다. 하지만 단 한 번도 묻지 않았다. 당연히 대답도 들을 수 없었다.

월요일 아침이어서 나는 별수 없이 학교에 가야 했다. 수업을 마치고 집에 오니 엄마는 없었다. 밤늦게야 들어온 엄마는 조용히 안방으로 들어갔다. 혹시 내 방문을 두드릴까 기다렸지만, 엄마는 다시 나오지 않았다. 그러고는 다음 날 아침 일찍 집 밖으로 나갔다. 다음 날도 그다음 날도 그랬다. 나는 매일 아침 강박적으로 주방 구석구석을 뒤졌지만 소주병은 보이지 않았다. 엄마의 전용 소주잔이었던 머그컵도 찬장에 그대로 있었다. 엄마는 이제 술을 마시지 않는 것 같았다.

주말이 되어서야 엄마와 마주칠 수 있었다. 바지 정장에 곱게 화장도 한 엄마에게서 생기가 느껴졌다. 내가 지켜보는 줄도 모르고 분주하게 외출 준비를 하던 엄마에게 뭐라고 말을 걸까 고민했다. 월요일 강의실에서 만난 혜령이에게 태연하게 말을 걸기는 쉬웠는데 이십 년 넘게 같이 산 엄마에게 말 걸기가 힘들었다. 현관에서 구두를 신으려는 엄마에게 다가갔다. 먼저 말을 건 것은 엄마였다.

"우리 딸, 주말인데 일찍 일어났네?"

"요즘 엄마 얼굴 보기 힘드네. 어디 약속 있어요?"

우리는 천연덕스럽게 대화를 나눴다. 전쟁 같던 며칠 전 일을 서로 잊은 것처럼. 엄마는 양 권사라는 사람을 만나러 간다고 했다. 그분 소개로 사업을 준비한다는 엄마의 표정은 밝았다. 다음 날 엄마는 교회에도 나갔다. 이십 년 넘게 다녔던 교회 대신 선택한 강남의 크고 좋은 교회라고 했다. 엄마는 내가 마음의 준비가 되면 함께 교회에 나가자고 했다. 나는 엄마가 다시 교회를 다니고 사업을 시작하며 안정을 찾는 게 행복했다.

일 년 만에 모든 것이 제자리로 돌아왔다. 늘 집에서 취해 있던 엄마는 양 권사와 함께 새로 시작한 화장품 사업 때문에 바빴다. 나도 학교 공부에 정신이 없었다. 전공 수업과 씨름하다 보니 기억에 남는 일도 없이 몇 학기가 후다닥 지나가버렸다. 그 시절의 기억은 아직도 부옇다. 성적증명서를 보면 분명히 많은 과목을 공부했는데 대체 뭘 배웠는지 모르겠다.

늘 붙어 다녔던 서현이와 민지, 혜령이도 고학년이 되자 각자 수업이 엇갈리는 경우가 많았다. 도서관에서 가끔 만나 커피와 함께 담배를 피우며 안부를 나눴을 뿐이다. 멋 내기 좋아하던 그녀들도 전공 공부에 치이자 감지 않은 머리를 질끈 묶은 채 두꺼운 안경을 쓴 모습으로 변했다. 사흘이 멀다고 부어라 마셔라 했던 것도 옛일이 되었다. 어쩌다 기분전환 겸 친목 도모를 위해 가볍게 치맥 정도로 달렸다.

버스는 백석터미널을 지나 두 번 연속 좌회전을 했다. 집까지 얼마 남지 않았다는 뜻이다. 차창 밖으로 커다란 가방을 멘 학생들이 보였다. 학교를 마치고 학원에 가는 길일 것이다. 대학 졸업반 때 학원 강사를 했던 기억이 떠올랐다. 그때만 해도 취업은 어렵지 않아서 나 역시 취업이 확정되자 수업을 면제받았고 과제물만 제출하면 되는 상황이었다. 전공 과목은 계절학기를 통해 모두 이수했고 교양 몇 개만 남았기에 가능했다. 동네의 작은 학원에 영어 강사로 지원했다. 간단한 이력서와 자기소개서를 제출한 후 원장 면접과 시강으로 이어지는 절차였다.

학원에는 직접 수학을 가르치는 원장을 포함하여 여덟 명의 강사가 있었다. 전공을 생각하면 국어 강사가 맞지만, 애들을 가르치려면 나도 다시 공부해야 한다는 부담이 있었다. 고급영어면 몰라도 대입 수준의 영어를 가르치는 건 부담되지 않았다. 팝송 가사를 이해하려고 중학교 때부터 《성문종합영어》를 달달 외우다시피 공부했다. 효과는 충분해서 고등학교에 가서도 영어 과목은 따로 공부할 필요가 없었다. 아이러니컬하게도 수능시험에서 영어 만점을 받은 덕으로 국어국문학과에 합격했던 나다. 학원에 제출한 이력서에는 '영어 강사 경력 2년'이라고 허위로 기재했다.

처음 해보는 시강엔 뻔뻔함이 필요했고 나는 적당히 뻔뻔했다. 원장에게 어느 부분을 다루면 되겠냐고 물어보자 원장은 마음대로 하라고 했다. 예상한 시나리오였고 나는 철저하게 준비한 동명사 부분을 노련한 척 강의했다. 준비한 예문과 설명은 지금 생각해도 재치가 넘쳤다.

학생이라기엔 삐딱한 자세로 내 수업을 듣던 원장과 배가 불룩한 영어 강사는 고개를 끄덕였다. 전임 영어 강사의 출산으로 인해 땜빵 강사가 필요했던 학원으로서 나는 나쁘지 않은 인재였다. 나 역시 출근 전에 사회 경험도 쌓고 돈도 벌 수 있었다. 돈이 필요했던 것은 남자친구 때문이기도 했다. 2002 월드컵 길거리 응원이 맺어준 인연이었다.

대한민국이 가장 뜨거웠던 2002년 6월, 그 한 달 동안 수많은 커플이 맺어졌다. 콘돔 판매율은 28% 증가했고 이듬해 출산율은 10% 상승했다. 첫 월드컵 개최라는 이벤트는 학사일정도 변경시켜서 모든 과목이 조기에 종강했다. 이탈리아와 16강전이 있던 날에는 모처럼 서현, 민지, 혜령과 강남역에서 만났다. 우리뿐 아니라 길거리를 가득 메운 사람 모두 명도와 채도만 조금씩 다른 빨간 티셔츠 차림이었다.

지하에 있는 호프집은 발 디딜 틈도 없어서 발걸음을 돌리려 했다. 그때 한 남자가 다가와 합석을 제안했다. 깔끔한 카키색 티셔츠에 청바지 차림이었다.

"저기, 지금 다른 곳 가셔도 자리 없어요. 저희 자리가 남았는데 괜찮으시면 함께 앉으시죠?"

그 제안은 거부할 필요도, 거부할 수도 없는 것이었다. 잠시 고민하는 시늉을 하던 우리는 마지못한 척 그들의 자리에 앉았다. 남자 여섯이 테이블 두 개를 잡고 있었다. 옷차림이나 말투, 매너를 종합해볼 때 다들 양아치와는 거리가 멀어 보였다. 재수 학원 동기라던 그들은 다들 명문대에 재학 중이거나 대기업 신입사원이었다. 우리보다 세 살이 많던 그들에게 혜령이가 먼저 오빠라는 호칭을 쓰기 시작했다. 남자에게 '오빠'라는 단어는 마법과 같다.

산소 학번이라고 불렸던 02학번까지 들어오자 이십대 초반에 불과했던 우리는 학교에서 퇴물이 되어버렸다. 하지만 세 살 많은 오빠들에게는 제법 괜찮은 대접을 받았다. 원래는 분당에서 두 명이 더 오기로 했는데 차가 막혀 오다가 포기하는 바람에 자리가 남았단다. 나와 민지도 재수를 했다는 말을 하자 그들은 손뼉을 치며 흥분했다. 재수생끼리 통하는 전우애란 게 있다. 호프잔을 강하게 부딪칠 때마다 맥주가 튀었고 그때까지만 해도 옷이 젖는 게 찝찝했다.

서로 인사를 나누며 피처 몇 개를 비우자 경기가 시작되었다. 전반 초반에 페널티킥을 얻자 술집이 떠나갈 듯 좋아했지만, 안정환의 실축으로 기세가 꺾였다. 대형TV 앞엔 담배 연기가 자욱했고 곳곳에서 욕설이 난무했다. 곧이어 이탈리아의 선제골이 나오자 생맥주 주문이 폭주했다. 히딩크는 코뼈가 깨진 김태영 대신 스트라이커 황선홍을, 진공청소기 김남일 대신 이천수를, 대표팀의 주장이자 최종 수비수인 홍명보 대신 차두리를 투입했다. 나는 축구를 잘 몰랐지만, 일행이 된 남자들 말에 의하면 엄청난 승부수를 던진 것이라고 했다.

후반전이 거의 끝나갈 무렵 그 큰 술집에 잠시 적막이 흘렀다. 이탈리아 문전에서 어물어물 흐르던 공이 설기현의 발을 맞고 골대 안으로 천천히 파고드는 순간이었다. 찰나의 침묵을 깨고 건물이 무너질 듯한 함성이 울려퍼졌다. 세계 최고의 수비를 자랑한다는 이탈리아를 상대로 동점골을 넣은 것이다. 그때부터는 맥주에 옷이 젖건 안주가 테이블 위를 날아다니건 그런 것 따위 신경 쓸 겨를도 없었다. 난생처음 보는 사람과도 하이파이브를 하고 끌어안고 함께 방방 뛰었다. 격하게 끌어안은 채 바닥에 뒹구는 사람도 있었다.

경기 막판에 차두리가 멋진 오버헤드킥을 날리며 대표팀의 기세를 올렸다. 아름답고 역동적인 동작에 잠시 소름이 돋았다. 사람이 어느 정도까지 흥분할 수 있는지 그 한계를 시험하는 듯한 시간이 흘렀다. 연장전에 돌입하자 황선홍의 프리킥과 이운재의 선방이 이어졌고 이미 최고점에 다다른 흥분 지수가 또 올라갔다. 그 정점에는 이영표의 크로스를 극적인 헤딩으로 연결한 안정환이 있었다. 그의 머리에 맞은 공은 골대 오른쪽 구석으로 빨려들어갔다. 중계진은 목청이 터지라고 외쳤다.

"안정환 헤딩……! 골! 한국이 8강에 진출했습니다! 한국이 이겼습니다! 역전승입니다! 한국이 이탈리아를 물리쳤습니다! 세계 축구를 다시 썼습니다!"

페널티킥을 실축한 역적은 구국의 영웅이 되었고, 그가 반지에 키스하자 한반도 남쪽 지진계가 흔들렸다. 아니, 지구 자전축이 흔들리지 않을까 싶을 정도였다. 옆에 있는 아무하고 어깨동무를 하고 방방 뛰며 함성을 질렀다. 혜령이는 그때 오줌을 찔끔 지렸다고 나중에 고백했다. 벤처기업을 한다는 젊은 남자가 모든 테이블에 맥주를 돌리자 환호가 쏟아졌다. 술집 사장도 서비스 안주를 돌리는 것으로 호응했다. 그토록 많은 태극기가 펄럭이고 온 국민이 동시에 대한민국을 연호하는 모습은 광복 이후 처음이었을 것이다.

그리고 나는 남자 일행 중 한 명과 키스를 하고 있었다. 여섯 명 모두 괜찮은 남자였지만 강영민, 그는 특별했다. 얼굴만 봐도 배부르다는 말은 과장이 아니었다. 동점골을 넣었을 때 방방 뛰다가 붙잡은 그의 팔뚝은 단단했다. 역전골을 넣었을 때 그는 나를 번쩍 안아 올렸다. 경기가 끝나고 나서도 한동안 흥분은 가라앉지 않았고 우리 테이블 열 명은 함께 거리응원에 나섰다. 계산을 누가 했는지도 모른다. 강남대로 는 수많은 인파의 함성과 차량 클랙슨에 점령되었다. 사람들은 시내버 스 지붕 위와 공중전화 부스 위에 올라 태극기를 흔들었다. 왕복 십차 선 도로 전체가 파티장이었다.

자정이 지났지만 인파도 열기도 사그라지지 않았다. 오히려 술집에 서 나온 이들이 도로에 합세해 광기가 더해졌다. 우리는 길거리에서 와인을 돌려가며 병째 마셨다. 담배를 피우며 노래를 불렀고 남이 보 건 말건 춤까지 추었다. 외국인 몇도 우리 일행에 껴서 소주 나발을 불 었다. 강영민의 친구들 모두 모델처럼 키가 컸고 패션 감각도 남달랐 다. 교복처럼 모든 이들이 맞춰 입은 붉은 티셔츠 대신 빨간 스카프나 팔찌로 포인트만 주었다. 근사한 남자들을 독점하고 있으니 지나가는 여자들이 다 우리를 힐끔거리는 것 같았다.

강영민과 나는 손을 붙잡기도 하고 팔짱을 끼기도 했다. 내 어깨에 팔을 올린 그가 조용한 곳으로 가겠느냐며 귀에 대고 속삭였다. 그의 부드러운 저음과 따뜻한 숨이 귓바퀴에 닿자 팔뚝에 닭살이 돋았다. 고개를 돌리니 그는 나를 뚫어지게 바라보고 있었다. 오뚝한 코와 그 윽한 눈을 바라보니 정신이 아득해졌다. 입술이 닿을 듯 가까운 거리, 우리는 강하게 끌어안은 채 서로의 혀를 탐했다. 달콤한 와인 향이 났 다. 내 허리와 등을 쓰다듬던 강영민의 손이 은근히 엉덩이와 가슴을 정탐했다. 젖꼭지가 단단해졌다. 새내기 시절 풋사랑 이후 이토록 강한 끌림은 처음이었다.

집에 일찍 들어가야 한다고 했던 혜령이는 우리에게 먼저 말을 걸었던 청바지 남자의 팔짱을 낀 채 매미처럼 들러붙어 있었다. 마스카라가 번졌다고 문자를 보내줬지만, 계집애는 휴대폰을 꺼내지도 않았다. 집에 갈 생각은 없는 것으로 보였다. 혼자 구두를 신고 온 서현이는 발이 아프다며 도로 끝 경계석에 민지와 함께 앉아 있었다. 강영민은 서양인 같은 제스처로 남자들을 주목시킨 후 서현이를 가리키며 편한 곳으로 이동하자고 했다. 다들 그의 말에 따르는 것을 보니 모임의 리더임이 분명했다. 역삼역 방향으로 한 블록을 지나니 믿을 수 없이 한적했다.

그가 이끈 곳은 한 업무용 빌딩의 지하였다. 낮에는 양복 입은 성실한 이들이 가득했을 공간이다. 해가 떠 있는 동안 참아왔던 욕망이 제 알몸을 드러내는 게 강남의 밤이라는 것을 잘 알고 있었다. 뭔가 나쁜 짓을 하는 것 같은 느낌이었다. 사실 어른들이 말하는 나쁜 짓은 대부분 재밌는 짓인데, 특히 하기 직전까지의 두근거림이 제일 재미있다. 재수할 때 고교 동창을 따라 처음 나이트클럽에 갈 때도 그랬다. 입구 계단을 내려가는 동안 둥둥 울리던 베이스 소리에 고막뿐 아니라 온몸이 진동하며 두근거렸다.

계단의 끝에 다다르자 'Cafe arc'라는 흰색 상호가 적힌 커다란 문이 외부인과 내부를 분리했다. 묵직한 문이 열리자 실내는 생각보다 어두웠고 담배 연기로 자욱했다. 빨간 원피스를 입은 재즈 가수가 끈적한 목소리로 노래를 부르고 있었다. 강영민은 단골인 듯 익숙하게 정장 차림의 여자에게 인사를 건네고 자리를 안내받았다. 세련된 메이크업과 몸의 윤곽을 살려주는 바지 정장을 스틸레토 힐이 완성했다. 어린 여자애들의 구부정한 걸음과 달리 허리를 꼿꼿이 편 채 당당하게 걷는 모습이 멋있어 보였다.

　우리 자리는 문이 따로 있지는 않았지만 주단으로 홀과 분리된 공간이었다. 벽에는 흑인 가수와 연주자들의 흑백사진이 걸려 있었다. 정갈한 안주와 함께 싱글몰트 위스키가 테이블 위에 놓였다. 강영민의 친구 하나가 시가를 권했다. 시가와 위스키를 즐기며 시간이 어떻게 흘렀는지 모른다. 청바지 남자는 혜령이가 너무 취했다며 바래다주고 온다고 했다. 물론 그가 돌아올 것이라 믿은 사람은 아무도 없었다. 그에게 몸을 맡긴 채 비틀거리며 나가는 혜령이를 나는 걱정하지 않았다. 우리는 불과 오 분 전 함께 화장실에 갔고 내가 소변을 볼 때 그녀는 열심히 눈 화장을 고치고 있었다.

　서현이와 민지는 네 명의 남자를 두고 저울질을 계속했다. 어느새 새벽 두 시, 그들은 매력을 자랑하기 위해 온 힘을 다했다. 인문학 지식이 담긴 화술과 익살스러운 개인기를 뽐내는 그들 덕분에 우리 자리는 웃음이 끊이지 않았다. 네 시쯤이 되어서야 술자리가 끝났고 강영민은 나를 바래다준다며 택시를 잡았다. 택시에 오른 후 그는 기사에게 목적지를 말했다. 당연히 우리 집은 아니었다. 눈빛을 맞추는 것으로 목적지에 대한 동의를 묻는 세련됨이 좋았다.

　서울대를 졸업한 후 경영대학원에 다니던 그는 서울대입구역 근처 오피스텔에 살고 있었다. 방 세 개에 화장실 두 개가 딸린 집이었다. 좋은 향기가 나는 거실에는 그랜드 피아노가 있었다. 잘 정리된 책장에는 그의 전공 분야는 물론 다양한 종류의 책이 꽂혀 있었다. 책장 가운데에는 대학교 입학식 때 찍은 가족사진이 걸려 있었다. 형과 누나도 다들 인물이 좋았다. 부모님과 함께 다섯 식구가 화목하게 웃고 있었다.

　나는 거실 화장실에서, 그는 안방 화장실에서 각자 샤워했다. 개운하게 샤워를 마치고 그가 준비한 흰 가운을 입었다. 역시 가운을 입은 그가 나를 바라보며 웃었다. 다음 순서야 뻔했지만, 그의 눈과 마주치자 뭔가 부끄럽고 어색했다. 밤새 딱 달라붙어 술을 마셨고 오피스텔 엘리베이터 안에서도 격정적인 키스를 나눴지만 바로 침대에 들어가기엔 어색했다. 머리를 말린다고 내가 다시 화장실에 가자 그는 과일과 함께 위스키를 준비했다. 미지근한 노란 액체가 식도를 타고 들어갔다. 부끄러움은 방울방울 날아갔고 욕망은 부글부글 끓어올랐다. 온더록스 한 잔을 다 마시기도 전에 우리는 침대 위에서 날아올랐다.

　그는 잠자리에서도 일류였다. 이류대에 다니며 이류 연애만 했던 나는 일류대 남자의 부드럽고 섬세한 기술에 넋을 잃었다. 강영민은 피아니시시모부터 포르티시시모까지 강약을 조절하며 내 몸을 연주했다. 라르고부터 프레스토까지 박자를 가지고 놀며 예측할 수 없는 만족을 주었다. 사랑을 나눈 후 함께 담배를 피울 때도 그는 사랑이 가득한 손길로 내 몸을 만져주었다. 자신의 욕망만 배설하면 되는 남자들과 달랐다. 잠들기 전까지 두 번의 샤워를 더 했다.

　커튼 사이로 아침 햇살이 밝아질 때 잠시 눈을 떴다. 나는 그의 품 안에 아기처럼 안겨 있었다. 그의 은근한 스킨 냄새가 내 안정감을 더해주었다. 부드러운 곱슬머리를 쓸어주며 잘생긴 얼굴을 한참 바라보았다. 강남역 술집에서 그를 본 후 잠시 상상했던 모든 일이 현실이 되어 내 앞에 펼쳐졌다. 그동안 살며 겪은 모든 불운에 대한 보상 같았다. 이것이 한여름 밤의 꿈으로 끝난다고 해도 감사할 수 있었다. 그리고 강영민은 그 하룻밤이 원나잇스탠드도 불장난도 아니었음을 증명해주었다.

서울대 남자친구가 생겼고 그는 나를 보석처럼 반짝이게 해주었다. 가끔 그의 차를 타고 한적한 곳으로 나가 드라이브를 했다. 고시촌 맛집부터 강남의 이탈리안 레스토랑까지, 그가 소개해준 식당은 모두 맛있었다. 그의 집 화장실에 내 칫솔이 걸렸고 나를 위한 샴푸, 린스와 클렌징폼까지 따로 자리를 마련했다. 작은방 책상은 내 전용이 되었고 서랍에는 안경, 속옷, 생리대까지 놓이게 되었다. 귀엽다는 그의 말에 여자치고 덩치가 큰 내가 아기가 되기도 했고 대부분의 경우 공주님이 되었다. 외모 가꾸는 것에 도통 흥미가 없던 내 허전한 화장대에도 새로운 상품이 놓이기 시작했다.

졸업을 앞두고 취업이 확정되자 남자친구는 축하파티를 열어주었다. 그리고 취업과 졸업을 함께 기념하며 여행을 가자고 했다. 비행기부터 호텔까지 모두 책임지겠다는 그의 제안을 거절할 명분이 없었다. 굳이 찾자면 첫 해외여행은 꼭 둘이 가자고 했던 엄마와의 약속이었다. 하지만 어차피 엄마는 사업하느라 바빴다. 현지에서의 식비와 액티비티 따위에 필요한 돈, 여행에 어울릴 만한 옷을 사야겠다는 생각이 들어서 땜빵 학원 강사를 했던 것이다. 기존 강사에 비하면 턱없이 낮은 월급이었지만 할 만했다. 이미 수염이 거뭇한 남학생들이 내 가슴과 치마 속에 지나친 관심을 보였던 것은 빼고 말이다.

여행은 환상적이었다. 아무도 우리를 알아볼 수 없는 곳에서 자유를 만끽했다. 선글라스를 끼고 오픈카의 핸들을 잡은 그는 모두의 시선을 사로잡았다. 외국에 가서도 그의 시선은 나만 독차지했다. 우리는 과감했다. 호텔 바에서 칵테일을 마시다 키스를 나눴고 야자수 아래에서 달빛을 맞으며 섹스를 했다. 낮과 밤을 가리지 않고 사랑을 나눴고 나는 비로소 내 몸에 대해 제대로 알게 되었다. 꿈같은 일주일을 보낸 후 한국에 돌아와서도 우리의 열정은 사그라지지 않았다.

해가 바뀌고 신입사원 연수를 받은 후 회사에 출근했다. 기대하던 신입사원이 되었지만 회사 일은 그리 즐겁지 않았다. 그나마 공채 동기들과 함께 술을 마시며 직장 뒷담화 하는 게 낙이었다. 그리고 강영민이란 남자도 내 곁에 있었다. 그는 내 치마 정장과 검정 스타킹 차림이 섹시하다고 좋아했다. 내가 자기 집 현관에 들어서자마자 끌어안더니 코트부터 스커트와 스타킹, 속옷까지 차례로 벗기며 진심으로 좋아했다. 카니발을 즐기던 중세 유럽인처럼 그는 욕망에 솔직했고 충실했다.

신입사원 연수 교육이 끝난 날에도 강영민과 데이트를 하기로 했지만 생리통이 심해 집에 일찍 오게 되었다. 1층 우편함에는 배가 터지도록 고지서와 서류봉투가 가득했다. 꼼꼼하지 못한 엄마를 탓하며 엘리베이터에 올랐다. 현관문을 열고 들어가자 엄마와 나만 있던 집에 낯선 이들이 가득했다. 권사니 집사니 하는 호칭을 들어보니 교회 사람들인 것 같았다. 엄마는 그들 가운데에 초라하게 주저앉아 있었다. 스데반 집사를 쳐 죽인 유대인처럼 사람들은 엄마를 비난하고 정죄했다. 그제야 나는 엄마가 했던 사업이란 것이 다단계였다는 것을 깨달았다.

다 커버린 딸은 겁부터 났다. 방에 들어가 그들이 가기만 기다렸다. 밤이 되어서야 조용해졌고 퉁퉁 부은 눈을 한 엄마는 자세한 얘기는 나중에 해줄 테니 외가에 잠시 있겠다며 짐을 싸서 나갔다. 이후 일주일에 한 번 정도 통화하거나 문자를 주고받았다. 엄마는 사람들과 오해가 조금 있었다며 거의 다 해결됐으니 조금만 기다리라고 했다. 회사에 출근하기 시작하자 나도 정신없이 바빠졌다. 엄마가 말한 그 조금은 두 달이 넘어갔다. 연락이 뜸해졌고 오히려 나는 신경 쓸 곳이 하나 줄어 홀가분했다.

입사 후 첫 월차는 졸업식 참석을 위해 쓰게 되었다. 엄마는 물론 누구에게도 졸업식을 알리지 않았다. 강영민만 초대했다. 언젠가 헤어지게 되더라도 그와 함께 졸업식 사진을 찍어 남겨두고 싶었다. 혜령이도 그 청바지 남자를 초대했다. 졸업식이 끝나면 커플끼리 사진도 찍고 점심도 함께하기로 했다. 하지만 나는 졸업식에 참석하지 못했다. 인생 첫 월차는 오 일 휴가로 바뀌었다.

졸업식 당일, 미용실에 가기 위해 아침 일찍 일어나 분주하게 준비했다. 혼자 있는 조용한 거실에 갑자기 전화벨이 울렸다. 집 전화번호를 바꾼 후로 걸려오는 전화 대부분은 스팸 전화였다. 하지만 그날따라 꼭 받아야 할 것 같은 기분이 들었다. 망설이다 수화기를 들었고 상대의 목소리를 듣는 동시에 머리칼이 쭈뼛 서는 느낌이 들었다. 낮고 침착한 목소리의 남자 목소리, 경찰이었다. 엄마가 죽은 채 발견되었다고 했다.

상상도 못한 일이었지만 나는 못 믿을 정도로 덤덤했다. 문득 예전 식탁 위에 놓였던 그라목손이 떠올랐다. 그 순간 엄마가 농약을 마신 게 아닐까 하는 생각이 들었다. 가장 고통스러운 죽음의 방법이다. 망설이다가 경찰에게 조심스럽게 물었다.

"혹시, 농약인가요?"

"네?"

"저희 엄마 사인이요."

"아니에요. 사이안 씨, 서로 오시면 자세히 말씀드리겠습니다."

교복을 입은 채 아빠의 장례식에 갈 줄 몰랐다. 졸업식 복장으로 경찰서에 가게 될 줄 몰랐다. 함박눈이 펑펑 내리는 날이었다.

아빠가 죽었을 때도, 1999년과 2000년에도, 나와 엄마는 세기말을 잘 견뎌왔다. 결국, 2003년 2월이 엄마의 세기말이었다. 그리고 혼자 남은 나에게는 이후 매해가, 매일 밤이 세기말이었다.

6820

내 이름은 사이안. 아빠가 지어준 이름이다. 성과 함께 붙여 읽으면 꽤 예쁜 이름이라고 생각한다. "이 안에 너 있다"라는 대사로 유명했던 드라마가 방영된 2004년에는 사무실에서도, 버스 안에서도 누군가 내 이름을 부르는 것을 흔히 들었다. LG에서 만든 휴대폰 브랜드와도 발음이 비슷하다. 이안, 영국에서 비교적 흔한 남자 이름이라는 건 대학 실용영어 시간에 처음 알게 되었다.

이마트에서 우회전한 버스가 삼거리에서 신호를 받고 멈췄다. 일산에서 유일하게 영업 중인 나이트클럽이 보였다. 아직 해가 저물지도 않았는데 남자 몇이 클럽 입구 앞에서 서성이며 담배를 피우고 있었다. 나이트클럽 입장 전에 전략을 짜고 있나보다. 근처 식당에서 반주를 곁들여 저녁을 먹은 후 사케나 맥주를 더 마시다가 나이트클럽에 입장할 것이다. 하룻밤의 쾌락을 꿈꾸며.

　지금의 남자친구는 작년 겨울에 클럽에서 만났다. 솔직히 내 나이에 클럽은 어색한 곳이다. 우리 세대에게 클럽이란 공간은 홍대나 대학로 앞에서 록밴드가 공연하는 곳이었다. 담배 연기가 자욱한 지하 벙커에서 병맥주나 칵테일을 한 잔 시켜놓고 머리를 흔들며 라이브 음악을 즐겼다. 비슷한 운영 방식이지만 댄스 음악에 맞춰 춤을 추러 가던 곳은 록카페였다. 당시 웬만큼 놀 줄 아는 사람이라면 신촌의 블루몽키즈나 강남역의 벤츄리에서 한 손에는 병맥주, 한 손에는 담배를 들고 춤춘 기억이 있다. 나 역시 힙합과 하우스 음악에 몸을 맡기며 놀았다.

　그 록카페가 요즘의 클럽이 되었다. 나이트클럽과 부킹이 친근하면 늙다리고 강남 클럽과 감주(감성주점)가 친근하면 요즘 애들이다. 그리고 나는 요즘 애들인 척할 욕심도 필요도 없었다. 동생 둘이 그런 나를 클럽에 끌고 갔다. 동안인 얼굴 덕을 본 것인지, 동생들이 꾸며준 메이크업 때문인지, 단지 운이 좋아서였는지 '입구빼찌'를 당하지 않고 무사히 입장했다. 어릴 때와 달리 귀청을 뚫을 듯한 음악은 시끄럽기만 했다. 번쩍이는 레이저 조명도 촌스러웠고 눈만 아팠다.

　동생 둘은 노조를 만들다 알게 된 녀석들로 전우에 가까운 사이다. 전문대를 나와 CS 부서에 근무하고 있는 스물세 살, 스물다섯 살의 꽃다운 아가씨들이다. 띠동갑도 넘는 나이 차이가 있지만 우리는 죽이 잘 맞았다. 그러니 그 시궁창 같던 시간을 함께 버텼겠지. 그녀들의 직장이 있는 구로디지털단지의 식당에서 닭발에 소주를 기울이다가 충동적으로 클럽에 가게 됐다. 창밖에 내리는 눈을 바라보다가 그저 90년대 음악이 나오는 감성주점이 있다던데 어떤지 물어봤을 뿐이었다. 가장 싱그러웠던 때의 음악을 들으면 그때의 나를 잠시나마 만날 수 있을 거라고 생각했다.

그리고 그네들은 90년대 감성 대신 최신 트렌드의 클럽으로 나를 이끌었다. 클럽 입구부터 엉덩이를 흔들기 시작한 동생들은 어느새 스테이지에서 흥을 올렸다. 난간에 다리 하나를 걸치고 춤을 추기도 했고 남자와 부비부비도 했다. 나는 역시나 이방인이었다. 그네들의 춤은 번쩍이는 조명이 아니라면 민망할 몸짓으로 보였다. '나는 진정 음악과 춤을 즐기기 위해 이곳에 왔고 행복하다'라고 말하는 듯한 과장된 표정도 가식으로만 보였다. 헐벗은 여자들과 예쁘장한 남자들이 페로몬을 뿜어내며 매력을 자랑했다.

연령대를 보나 옷차림을 보나 나처럼 나이 많은 여자가 있을 곳이 아니었다. 가뜩이나 연말이라 사람도 많았다. 거기서는 돈이 없으면 앉지도 못했다. 술이라도 시켜 먹으면 좋으련만 바 앞은 젊은 애들로 북적여서 다가갈 엄두도 나지 않았다. 집에 가려고 해도 물품보관함에 맡겨둔 내 가방을 어떻게 찾는지도 몰랐다. 연신 담배만 피우며 동생들이 춤추다 지쳐 돌아오기만을 기다렸다. 동양 여자의 나이를 가늠하기 힘들었을 백인 남자가 다가와 수작을 걸었지만 고개를 돌렸다.

"야니 언니, 저기 봐. 쟤네 야구선수 아니야?"

"응?"

"쟤네 말이야."

거친 숨을 쉬며 돌아온 동생들이 부스를 가리켰다. 애들이 나를 부르는 '야니 언니'는 '이안이 언니'를 줄인 것이다. 그녀들이 지목한 곳에는 덩치 좋은 남자 셋이 앉아 있었다. 그 어두운 클럽 안에서도 진한 선글라스를 썼다. 꽤나 주변을 의식하는 것 같았는데 연예인 느낌은 들지 않았다. 게다가 굵은 체인 금목걸이를 한 남자는 질색이다. 내가 별 관심 없이 심드렁한 반응을 보이자 막내가 나섰다. 겁도 없이 그들을 향해 성큼성큼 걸어갔다. 굽 높은 샌들을 신고 춤을 추고 와서도 꼿꼿하게 걷는 게 내겐 기인열전처럼 보였다.

나는 원래 무뚝뚝하고 무관심하다. 평균보다 한참 큰 키에 애교도 없다. 겉으로도 그게 느껴진다고들 했다. 성격 때문에 머리도 기르지 못해서 숏컷이나 단발을 유지한다. 몸도 무뚝뚝해서 그 흔한 웨이브도 할 줄 모른다. 이런 나를 귀엽다고 말해준 건 강영민이 처음이었다. 어쩌면 그도 지금쯤 미국의 한 클럽에서 파티를 하고 있지 않을까? 나는 키 크고 잘생긴 데다 매너도 좋은 동양인이 비싼 샴페인병을 든 채 세련된 영어를 구사하며 모두의 시선을 받는 장면을 상상했다. 그러면, 강영민이라면 굵은 금목걸이는 하지 않았을 것이다.

덩치들을 향해 갔던 막내가 우리를 향해 빠르게 손짓했다. 나는 끌려가다시피 그들의 자리로 갔다. 거기에 앉아 있던 세 명 중 하나가 오영일이었다. 동생 둘은 프로야구 선수를 만난 게 그리 신나는지 팔짱을 낀 채 인증 샷을 찍고 사인을 받고 호들갑을 떨었다. 그 상황이 어색하기만 했던 나는 담배만 피워댔다. 스피커를 찢을 듯 시끄러운 음악이 나오는데도 동생들은 그들과 대화를 나누는 데 어려움이 없어 보였다. 지나가는 이들이 우리 자리를 흘끔거렸고 휴대폰을 만지작거리는 척하며 몰래 사진을 찍기도 했다.

오영일은 대화에서 빠져 있던 내 쪽으로 몸을 밀며 술을 권했다. 마침 술이 고팠던 내게 반가운 일이었다. 단숨에 들이켠 술은 감기약 맛이 났다. 휴가를 맞아 서울에 왔다가 원정 경기를 마친 팀 후배들과 놀러 왔고 클럽은 처음이라고 했다. 나도 이런 클럽은 처음이고 회사 후배들을 따라왔다고 했다. 월드컵 축구 외엔 스포츠에 관심이 없던 나는 프로야구 선수가 얼마나 인기가 많은지도 몰랐다.

달콤하지만 매력이 없던 술을 여러 잔 들이켰다. 술이 들어갈수록 닭발집에 남기고 온 소주가 생각났다. 업체 사람들과의 회식 자리에서처럼 영혼 없이 술만 마시다 조금 취한다 싶을 무렵 정신을 잃었다. 눈을 뜬 것은 해가 중천에 뜬 후였다. 화들짝 놀라 주위를 보니 다행히 내 방 내 침대 위였다. 어제 입었던 옷을 그대로 입은 채 렌즈까지 끼고 잤던 것이다. 다행히 가방, 지갑, 휴대폰까지 모두 무사했다.

냉장고에서 찬물을 꺼내 벌컥벌컥 들이켰다. 담배 냄새와 땀 냄새로 범벅이 된 옷을 벗어 세탁기에 넣었다. 침대 시트와 이불까지 빨 생각을 하니 갑갑했다. 샤워하고 나와 떨리는 손으로 휴대폰을 확인했다. 필름이 끊긴 다음 날 소지품 점검 이후 두 번째로 중요한 절차다. 부재 중 전화 여러 통은 모두 전날의 전우들이었다.

언냐 잘 들어갔죠? 확인하는 대로 톡해용.

왜케 일찍 뻗으셨음? ㅋㅋㅋㅋㅋㅋ 울 야니 언니도 나이는 못 속이나?

메신저 대화창에는 동생들이 보낸 메시지와 함께 기억나지 않지만 내가 찍은 게 분명한 사진이 올라왔다. 대화 내용과 사진을 보니 큰 사고를 치지는 않았나보다. 술에 취하면 과장되게 행복한 척하는 억지 미소. 목젖이 보이도록 웃고 있는 내 모습이 어색했다. 모르는 사람들과 함께한 술자리에서 이렇게 필름까지 끊긴 적은 없었다.

　모자를 눌러쓴 채 슬리퍼를 질질 끌고 현관을 나섰다. 담배를 피우려면 추위를 감수하고 건물 밖으로 나가야 한다. 야외주차장으로 내려가는 계단 앞 흡연 구역까지 터덜터덜 걸었다. 비상문 손잡이는 생각보다 더 차가웠다. 간밤에 내린 눈이 소복이 쌓여 주차장의 녹색 방수 페인트를 완전히 가려버렸다. 건물 옥상마다 발라둔 그 촌스러운 색이 꼴도 보기 싫었지만, 자동차 타이어와 마찰하며 내는 그 소음은 더 싫었다.

　노출된 슬리퍼 앞으로 나온 발가락은 찬바람에 무방비였다. 꼬챙이로 찌르는 듯한 추위에 발가락을 꼬물거리며 담배를 피우다 헛구역질이 나왔다. 양치를 두 번 했는데도 전날 마신 술과 매운 닭발 냄새가 속에서 올라왔다. 그 속에 섞인 리큐르 향이 역했다. 주머니 속 휴대폰이 울리기에 확인해보니 모르는 번호로 문자가 왔다.

　속은 괜찮으세요? 즐거운 대화를 나눠서 좋았어요. 저랑 약속한 거 잊으신 거 아니죠? 어제 폭탄주 퍼포먼스는 정말 압권이었어요. 담에 또 꼭 보여주세요.

　누군가 잘못 보낸 메시지인 줄 알았다. 담배를 다 피우기도 전에 연달아 다음 메시지가 도착하기 전까지는.

　아. 저 오영일입니다. 이안씨 마니 취하신 거 같아서 델다드렸는데 오해살까바 오피스텔 입구까지만. 약속 꼭 지키세요. 그럼 이만. ㅎㅎㅎ.

국어국문학과 전공자로서 틀린 맞춤법이 먼저 눈에 들어왔지만 그 내용이 나를 더 당황하게 했다. 오피스텔 입구까지 나를 바래다줬다니. 생각도 못한 일이었다. 주차장 바닥이 하늘로 솟구치는 듯 술기운이 다시 올라왔다. 내 기억은 이랬다.

클럽에서 엎드려 자고 있다가 동생들의 부축을 받으며 자리를 옮겼다. 몹시 추운 날씨 속에서 잠시 걸었다. 달콤한 간장새우장 냄새에 정신을 차렸고 남자 셋 여자 셋이 미팅하는 것처럼 마주 보고 앉은 상태였다. 눈앞에 소주가 보이자 잠시 정신이 번쩍 들었나보다. 회사 짬밥 먹은 것으로 치면 나도 영관급 장교, 행정보급관 수준이다. 폭탄주 마는 것 정도는 예술의 경지에 다다른 내가 제 버릇 못 버리고 쇼를 했나보다.

다시 방으로 돌아와 전기장판이 깔린 따뜻한 침대 안으로 몸을 숨겼다. 카톡카톡 하는 소리에 휴대폰을 보니 막내가 채팅방에 어제의 사진을 수십 장이나 더 올리는 중이었다. 자기가 잘 나온 사진 위주로 필터까지 적용해가며. 막내에게는 거지 같은 일상을 보내던 연말에 즐거운 일탈이었을 것이다. 내게는 지난밤 조각난 기억들을 맞춰줄 디지털 증거물이었다.

그래, 클럽에 이어 간장새우장이 유명한 실내포차에서 폭탄주를 말았다. 거기서 끝이 아니었다. 3차로 봉천동 실내포차까지 갔나보다. 내 단골집이니 분명 내가 밀어붙여서 그곳까지 이동했으리라. 사진 속 동생들은 계속 화장을 고치는지 취한 기색도 없이 뽀얀 얼굴이었고 나만 촌년처럼 얼굴이 발그레했다.

야구선수 세 명은 촌스러운 브이자를 그리며 성실하게 팬서비스에

임했다. 3차 사진부터는 그들도 살짝 눈이 풀렸다. 그리고 오영일이라는 덩치 큰 남자의 목을 감고 있는 여자는 분명히 나였다. 대체 무슨 일이 있었던 것일까? 오영일에게 내가 했다는 약속은 무엇일까? 동생들에게 묻고 싶었지만 모양 빠지는 짓이다. 오영일의 문자에는 답장하지 않았다. 연말 내내 근신했고 어느덧 해가 바뀌었다.

이안씨. 새해 복 마니 받으세요. 저 전지훈련 명단에 들었어요. 일본 가기 전에 꼭 뵈여요.

오영일은 새해에도 성실하게 문자를 보내왔다.

며칠 되지 않아 나는 경찰서에 잡혀갔다. 우리 노조에 합류한 게임업계 노동자와 공동쟁의를 벌이다 벌어진 일이었다. "정당한 쟁의행위는 업무방해죄에 해당한다고 볼 수 없다"라고 했던 헌법재판소 판결따위는 우리를 지켜주지 못했다. 경찰서는 저마다 다른 죄목과 사연을 가진 나쁜 놈과 피해자가 모이는 곳이다. 우리는 "업무방해죄"라는 죄를 지은 나쁜 놈이었던 동시에 정당한 쟁의를 하다 공권력에 희생된 피해자였다.

과도한 업무 때문에 결국 사망한 젊은 게임개발자의 유가족은 오열했다. 그들의 눈물을 향해 회사 측의 노조 대응팀과 가짜노조는 경멸 어린 시선을 보냈다. 그 가족을 지키려 했지만, 우리 자신조차 지키지 못했다. 시간이 지날수록 우리의 피해자 측면은 사라졌고 나쁜 놈으로 확정되느냐만 남았다. 돈 한 푼 안 받고 가족 일처럼 도와줬던 강변호사는 눈시울이 붉어진 채 내 손을 잡았다. 나와 같은 학번이지만 이미 머리가 훌렁 벗어진 그를 끌어안고 등을 토닥여주었다.

수괴로 지목된 나는 참고인 조사를 받기 시작했다. 한 선배 노조원은 언제 피의자 조사로 바뀔지 모르니 미리 준비하라고 했다. 그동안 노조 활동을 하면서 수많은 사람을 만났다. 많은 이들이 변절했다. 비단 노조뿐 아니라 사람은 자신의 상황에 따라 변하기 마련이다. 세상 사람 대부분은 자신의 신념이나 믿음이 아닌 남들이 자신에게 부여한 역할에 충실하게 산다. 경찰 조사 초반에 봤던 그 사람도 그랬다.

2003년 2월, 졸업식 날 엄마의 사망 소식을 듣고 경찰서에 온 이십 대 초반 사회초년생의 머리는 하얬다. 내게 전화를 걸어주었던 경찰은 친절했다. 그의 안내에 따라 떨리는 손발로 경찰서 1층과 2층을 오가며 묻는 말에 대답하고 서류도 작성했다. 내가 누구와 어떤 말을 하는지도 몰랐다. 검시의라는 사람이 시체검안서를 발급해주었다. 장례를 치를 때도, 화장터와 봉안당에도, 사망신고를 할 때도 제출해야 했던 중요한 서류였다. 이력서처럼 통일된 양식이었다.

서류 내용은 별거 없었다. 사망 원인 항목에 직접사인은 다발성장기 부전(추정), 선행사인은 추락이라고 적혀 있었다. CCTV와 목격자 진술은 사망의 과정을 일관되게 설명해주었다. 사망의 종류는 외인사, 사고 종류는 추락, 의도성 여부는 자살. 쉽게 말해 스스로 몸을 던져 떨어져 죽었다는 뜻이다. 나는 졸업식장 대신 장례식장에 갔고 졸업식 가운 대신 상복을 입게 되었다.

유일한 유족이자 상주인 내게 상조니 뭐니 하는 죽음 장사꾼들이 달라붙었다. 엄마는 기독교 신자였으니 관혼상제 전문인 교회에 맡기는 게 가장 좋았을 것이다. 하지만 그 강남의 크고 좋은 교회에 연락할 수 없었다. 경찰의 말에 의하면 엄마가 했던 다단계에 그 교회 사람들이 엄청 많이 연루되었단다. 애인인 강영민도, 친척도, 친구도, 지도 교수도, 누구에게도 도움을 구하거나 연락할 수 없었다. 엄마가 자살했다는 것을 알리고 싶지 않았다. 다행히 내가 다니던 대학교 병원 장례식장을 이용하면 '동문 40% 할인'이 가능하다는 것을 알게 되어 거기로 결정했다.

산 자가 사자(死者)가 된 후 이승에서 저승으로 옮겨간다는 점이 유사해서일까? 처음 치러보는 장례는 처음 포장이사 할 때와 비슷하다. 돈을 내면 사람이 오고 무언가 진행되는데 그게 어느 정도인지 나는 모른다. 진도가 지지부진해 불안해하다 보면 어느새 말끔히 정리되고 있다. 그래도 뭔가 아쉬운 게 없는지 살펴보려는데 이미 내가 지급한 만큼의 일은 끝났다고 한다. 장례식장을 예약한 후 도착하니 이미 안치가 끝났고 빈소가 차려져 있었다. 시스템의 힘은 대단했다.

상조에 가입하지 않으면 몇천만 원이 든다던 죽음 장사꾼들 말은 모두 거짓이었다. 먼저 가장 작고 싼 분향실과 접객실을 잡았다. 수세비, 안치비, 염습, 운구와 장의용품까지 내가 가지고 있던 돈으로 일단 해결할 수 있었다. 수의와 관도 저렴한 것으로 했다. 비싼 걸 한다고 엄마가 더 좋은 곳으로 가지 않는 건 뻔했기 때문이다. 수의를 입고 천국에 가지는 않을 것이다. 아니, 그 목사 말이 맞는다면 지옥에 갔겠지. 문상객을 부르지 않을 것이기에 다른 사람 눈치 볼 필요도 없었다.

상주의 검은 상복과 왼팔에 단 상장, 삼베로 만든 수의는 일본 식민 통치의 산물이다. 원래는 죽은 자가 입던 옷 중 가장 비싸고 좋은 것을 입혔다. 백 년 이상 된 묘를 이장하다 보면 화려한 비단옷이 발견된다. 일제 잔재를 입고 멍하니 앉아 있으니 도우미 아주머니 두 분이 오셨다. 그중 엄마 또래로 보이는 분이 친절하게 이것저것 알려주셨다. 지인뿐 아니라 친척들도 안 불렀다고 하니 접객실 대여 시간도 최소가 되도록 도와주었다. 다른 도우미분은 심심한지 여기저기 전화 통화를 하며 시간을 보냈다.

상주로서 사흘을 보내는 동안 나는 매 시간 시들어갔다. 첫날 문상객은 경찰과 노숙자를 포함해 모두 모르는 사람뿐이었다. 도우미 아주머니 중 친절한 분이 유일한 말동무가 되어주었다. 그녀는 장례식장과 계약한 업체의 하청업체 소속이라고 했다. 시급 칠천 원을 받는데 야간에는 그나마 조금 높게 쳐준단다. 원래 더 큰 병원의 장례식장에서 일했었는데 노조 활동을 하다가 잘렸다고 했다.

장례식 도우미라면 고단한 육체노동자라고 생각했는데 상주와 용역업체의 비위를 맞추는 감정노동자란다. 내 또래 딸이 있다며 사진도 보여줬다. 엄마와 함께 활짝 웃고 있던 그녀는 나보다 조금 더 좋은 대학에 다녔고 조금 더 예뻤다. 장학금도 받는 우등생이라며 자랑했다. 우리 엄마도 누군가에겐 나를 자랑하고 다녔을까.

"참 좋은 분이셨어."

노숙자 중 하나가 내 어깨를 짚으며 위로의 말을 건넸다. 도우미 아주머니는 노숙자들에게도 친절하게 대해주었다. 엄마는 그들의 동료였을까, 아니면 급식봉사라도 했던 것일까. 노숙자들이 어떤 인연으로 엄마의 장례식에 찾아왔는지 알 수 없었다. 묻고 싶지도 않았다. 코를 찌르는 지린내에 머리가 아플 뿐이었다. 결벽증이 있는 내게 또 다른 시련이었다.

주머니 속 휴대폰을 꺼내 보니 부재중 전화 수십 통이 와 있었다. 하기야 졸업식 날에 갑자기 연락이 두절됐으니 다들 걱정했겠지. 함께 식사하기로 한 혜령이는 나 때문에 졸업식 데이트를 망쳤을 거다. 하지만 엄마가 돌아가셔서 그랬다면 이해해주겠지. 강영민에게만은 전화하고 싶었지만 꾹꾹 눌러 참았다.

지루한 오후는 더디게 흘렀고 든든하게 배를 채운 노숙자들은 저녁이 되자 거리로 나갔다. 도우미 아주머니 한 분이 뭐를 가지러 간다며 자리를 비웠고 착한 도우미 아주머니와 둘이 남아 커피를 마셨다. 아주머니는 자기가 커피 마셨다는 건 업체 직원에게 비밀로 해달라고 했다. 고작 커피 한 잔 마시다가 걸려도 잘린다고 했다. 파리 목숨이 따로 없었다. 아주머니는 초등학교만 나온 자신이 노조를 설립한 얘기를 들려주었다. 생소한 얘기를 듣다 보니 시간이 빨리 흘러 좋았다.

유족 휴게실이라는 건 참 좋은 공간이었다. 문을 닫고 누워도 됐고 담배도 피울 수 있었다. 문상객이 없으니 편하게 쉬면 됐는데 아주머니 둘은 계속 뭔가를 하려고 했다. 괜찮으니까 편히 쉬고 계시라고 말씀드렸다. 그새 친해진 착한 아주머니 말고 다른 분은 훨씬 젊었다. 꽤 오래도록 자리를 비우다 돌아온 그녀는 내내 전화기를 붙들고 있었다. 냉장고의 음료수를 꺼내 먹다 나와 눈이 마주치자 멋쩍게 웃었다.

밤이 되자 다른 빈소는 더욱 시끌벅적해졌고 나는 외롭고 초라한 모양이 되었다. 시선 때문에 화장실에 다녀오는 것도 불편했다. 빈소의 향을 계속 피우는 게 유일한 소일거리였다. 영정 사진 속 엄마는 웃고 있었다. 마지막으로 그런 미소를 본 게 언제였는지 기억이 나지 않았다. 도우미 아주머니는 유족 휴게실에서 쉬라고 등을 밀었다. 그녀들이 퇴근한 뒤 혼자 남아 편육에 소주를 마셨다. 자정 무렵이 되니 장례식장도 적막해졌다.

쪽잠을 자려고 쪽방에 가서 누웠지만 장례식장에서도 불면은 여전했다. 엄마와 함께한 이십여 년을 떠올렸다. 자꾸만 죄책감이 몰려왔다. 숨을 쉬기도 힘들어 자리에서 일어나 앉기도 했고, 밖에 나가 걸어보기도 했다. 그러다 다시 들어와 누웠다. 눈을 감으면 아빠 장례식 때의 엄마가 떠올랐다. 십대 시절까지는 너무 어려서, 이십대 이후에는 다 커버려서, 엄마와 함께한 추억이란 게 보잘것없었다.

이렇게 허망하게 죽는 게 삶이라면 국·영·수 공부 따위 집어치우고 엄마와 함께 놀이공원이라도 가볼걸 하는 후회와 죄책감. 딸 졸업식 구경도 못 할 거였다면, 딸 첫 월급 받는 것도 못 볼 거라면…… 나를 등록금도 비싼 사립대학에 보내는 대신, 다단계 같은 거나 하는 대신, 함께 장사나 하자고 하지 그랬냐는 원망. 소주를 넘길수록 생각은 복잡해졌다. 엄마는 왜 모든 것을 혼자 감당하려 했을까.

숨을 쉬기 힘들어져서 머리를 비우려 해도 자꾸만 이어지는 생각. 그래도 대학생이라고 남들 해보는 거 다 해봤지. 엄마가 술에 의지할 수밖에 없던 그 무거운 짐, 엄마가 혼자 짊어진 덕에 나는 그것으로부터 자유로웠지. 두 개의 자아로 나뉜 나는 원망과 변명, 후회와 체념을 오가며 그 속에서 허우적거렸다. 그러다 잠깐 잠들었는데 꿈에 엄마가 나왔다. 엄마는 무표정한 얼굴로 내 머리를 쓰다듬고는 천천히 사라졌다. 눈물이 주르르 흘렀다.

둘째 날은 염습과 입관을 마친 후 머리핀을 달았다. 부르는 대로 끌려다니다 보니 정신이 없었는데 아침부터 조문객까지 왔다. 자신들이 누구인지 설명도 못하는 중년 여성들이 조의금을 내고 엄마 사진 앞에서 기도하더니 내 손을 꼭 붙잡아주고 갔다. 이어서 전날 친절하게 도와준 경찰 아저씨가 들렀다. 그의 말에 따르면 엄마는 다단계 업체에서 합숙했다고 한다. 두 달 넘는 기간 동안 외가에서 지낸 게 아니었다.

점심 무렵에는 어떻게 알았는지 아빠 쪽 친척들이 찾아왔다. 큰아버지 내외와 작은아버지, 고모가 함께 왔다. 다행히 엄마를 두고 '지 서방 잡아먹은 년'이라 욕하지는 않았다. 나를 두고 박복한 년이라고 하기는 했다. 큰아버지는 고모와 둘이서 소주를 많이 마셨다. 연락이 끊긴 칠 년 사이에 친할머니는 돌아가셨다고 했다. 부음을 전해주지 않았으니 나와 엄마는 알 길이 없었다.

"아이고, 우리 이안이가 이제 고아가 됐어."

긴 세월 동안 남남으로 지낸 고모는 나를 끌어안고 울었다. 스물이 한참 넘은 어른이자 대기업에 다니며 경제활동을 하는 내게 그녀는 고아라는 호칭을 또박또박 붙여가며 말을 붙였다. 뭐라고 항의하고 싶기도 했지만 가만히 있었다. 나를 동정하며 눈물을 쏟고 가야 제 할 일을 다 했다고 홀가분해할 것이기 때문이었다.

술 취한 큰아버지는 내가 몰랐으면 더 좋았을 일을 알려주었다. 우리 엄마의 엄마, 나의 외할머니 역시 자살로 생을 마감했다는 것이었다. 그때까지 나는 외할머니가 병으로 돌아가신 줄 알았다. 내 엄마도 자살했고 엄마의 엄마도 자살했다니. 끔찍했다. 모르는 편이 더 나았는데 굳이 알려준 이유는 무엇일까?

큰아버지는 소주를 세 병이나 비우는 내내 콩가루 집안인 사돈네

흥을 열심히 보았다. 따지고 보면 그쪽 집안도 차남이 자살한 집안인데. 내가 묵묵히 듣고만 있자 그는 주위를 둘러보다가 장례식장과 음식을 타박했다. 충혈된 눈으로 나를 노려보며 왜 기독교 방식으로 안 했느냐고 트집을 잡기도 했다. 아빠가 죽고 난 후 나와 엄마에게 향했던 것과 같은 그 경멸 섞인 눈빛이 싫었다. 여전히 트라우마로 남은 거센 억양의 사투리를 가만히 듣고 있을 이유도 이제 내겐 없었다.

"가세요. 아버지 사십구재 끝나고 연락 한번 없더니 왜 오셨어요?"

"뭐라꼬? 이기 지금 큰아버지한테!"

아빠 장례식 때도 큰아버지는 대체 뭐가 그리 당당한지 모를 모습이었다. 여고생이었던 내게 장례식의 마지막 이미지는 큰아버지가 나눠준 돈 봉투였다. 그는 작은아버지와 고모에게 봉투를 나눠준 뒤 우리 엄마에게도 얼마를 주었다. 가장 많은 문상객을 모집한 본인의 봉투가 가장 두꺼웠다. 구석에서 쭈그린 채 앉아 있던 나를 보며 혀를 차던 그가 봉투 하나를 내밀었다. 바비큐 파티를 내내 지켜보던 강아지한테 마지못해 탄 고깃덩이 하나 던져주듯이.

나와 큰아버지가 대치하고 있자 큰어머니가 끼어들어 떼어놓았다. 이어 그녀는 내게 봉투를 건넨 후 만취한 남편을 끌고 밖으로 나갔다. 소주 때문에 얼굴이 발그레해진 고모가 둘을 따라갔다. 나는 그들의 뒤에서 말없이 고개를 숙여 인사했다. 작은아버지가 내게 뭔가 말을 하려다가 머뭇거렸다. 그러더니 도우미 아주머니에게 다가가 속삭였다.

"주차 도장은 어디서 받습니까?"

외가에서는 아무도 오지 않았다. 빈소를 덮쳤던 쓰나미가 빠져나간 후 도우미 아주머니가 자리를 치운 다음 내게도 식사를 챙겨주었다.

냄새도 맡기 싫은 육개장을 깨작거리며 늦은 점심을 해결한 후 다시 쭈그려 앉았다.

다시 한가한 오후의 빈소에 한 예쁜 아가씨가 쭈뼛거리며 들어왔다. 고등학교 동창 여진주였다. 대학생이 된 뒤로는 자주 얼굴을 보지 못했지만 그나마 속마음을 터놓는 유일한 친구였다. 엄마가 돌아가셨다는 문자에 답이 없기에 공부 때문에 바쁜가 싶었는데 노량진 학원에서 바로 온 것이었다.

"이안이 너, 되게 일찍 연락했다? 다 끝나고 문자 보내지 그랬어?"

"연락도 없다가 이런 일로 전화하기 미안하니까."

"친구끼리 그런 말이 어디 있니?"

"미안해."

학창 시절부터 우리의 대화는 늘 짧았다. 흔한 여자의 수다 같은 것과 거리가 멀었다. 진주는 한참 동안 나를 끌어안아주었다. 그제야 큰아버지 앞에서 내내 참았던 서러운 눈물이 터져나왔다. 무뚝뚝하고 무관심하며 무표정한 나와 달리 진주는 귀엽고 배려가 많으며 잘 웃는 친구였다. 그녀는 밤 열 시가 넘어 내가 등을 떠밀 때까지 옆에 있어주었다. 함께 밤샘을 해주겠다고 하는 녀석을 겨우 뜯어말렸다.

자정이 될 무렵 강영민이 왔다. 그에게 이틀간 수십 통의 전화가 왔지만 받지 못했다. 그러다가 119에 신고하겠다는 그의 문자를 받았다. 그가 진심으로 나를 걱정하고 있으며 119에 전화할 사람이라는 것을 아는 나는 바로 전화를 걸었다. 엄마가 돌아가셨다고. 경황이 없어서 말하지 못했다고. 그러자 그는 곧바로 달려오겠다고 했다. 내 가족사를 보여주는 건 정말 싫었지만 그의 목소리를 들으니 든든했고 보고 싶었다.

"괜찮아?"

"응. 오빠 술 마시다 왔나보네?"

"걱정되니까. 졸업식에도 안 오고, 연락도 안 되고, 얼마나 애가 탔는데."

자주 얼굴을 마주쳤던 다른 빈소의 유족들이 문 앞에서 힐끔거리는 게 보였다. 온통 죽음의 그늘이 점령하고 있는 장례식장에, 젊은 여자 혼자 초라하게 앉아 있던 빈소에 훤칠하고 잘생긴 청년이 등장했기 때문이었다. 급하게 차려입었을 검은 양복 차림의 그는 나의 구원자였다. 강영민은 내 머리칼을 쓸어주었다. 감지 않아 떡 진 머리여서 부끄러웠다.

보통의 이십대에게 장례식장은 어색하고 무엇을 할지 모르는 불편한 곳이다. 하지만 그는 어른스러웠고 의젓했다. 조심스럽게 향을 들어 끈 후 향로에 꽂고 영정을 향해 절을 했다. 나와 맞절을 하고 나서 그 큰 손으로 내 손을 꼭 감싸 잡아주었다. 어떻게 돌아가셨는지, 왜 조문객이 아무도 없는지 묻지 않는 배려도 고마웠다. 나는 터무니없이 많이 남은 육개장을 데워 상에 올려주었다. 전원이 꺼진 냉장고에서 소주도 한 병 꺼내 조용히 그의 잔에 따라주었다.

"너도 한잔해."

"그래도 되나?"

"그럼. 마시고 눈도 좀 붙여야지. 피곤해 보여."

"알았어."

우리는 말 없이 소주를 계속 비웠다. 그가 내 곁에 있어주는 것만으로도 큰 위로였다. 어느덧 나는 그의 어깨에 기대고 있었다. 이 시간에도 내 연락을 받고 뛰어오는 든든한 남자친구가 있는 게 좋았다. 내 주변 모두가 나를 떠났다. 이제 가족도 없이 정말 혼자만 남은 내가 의지할 곳은 강영민밖에 없었다. 그의 어깨는 언제까지 내 것일까? 빈속에 술을 마셔서 그런지 갑자기 울컥 눈물이 나왔다. 그는 부드러운 손으로 내 눈가의 눈물을 닦아준 후 안아주었다.

맥주 몇 병을 들고 유족 휴게실로 자리를 옮겼다. 누구와 술을 마시고 있었는지, 안주는 뭐였는지, 낮에 갑자기 눈보라가 쳤는데 괜찮았는지, 쓸데없고 사소한 질문을 했다. 그는 내 모든 질문에 조곤조곤 답해주었다. 그러다가 그는 꾸벅꾸벅 졸기 시작했다. 전날에도 내 걱정에 제대로 잠을 자지 못했다고 했다. 그를 살짝 흔들어 깨운 후 씻고 자라고 말해주었다.

강영민이 간단히 씻고 나온 후 나도 샤워를 했다. 이틀 만에 머리를 감으니 개운했다. 그는 잠시라도 눈 좀 붙이라며 내게 팔베개를 해주었다. 그의 따뜻한 체온과 숨소리는 내 몸과 마음 모두를 치유해주었다. 그 포근함에 나도 모르게 깜빡 잠이 들었나보다. 알람 소리에 놀라 몸을 일으키니 이불까지 덮은 채였다. 내게 베개를 베어주고 이불까지 덮어주었을 그는 방 안에 없었다. 속옷과 양말을 사러 편의점에 간 줄로만 알았다.

세안하고 나니 잠시나마 정들었던 착한 도우미 아주머니가 출근했다. 사무실 직원이 찾아와 정산과 발인에 대해 다시 한번 확인해주었다. 예약이 많아 오후 시간으로 밀렸다는 화장장은 정확한 위치도 짐작이 안 가는 멀고 낯선 곳이었다. 문제는 발인 이후 운구에 여섯 명의 남자가 필요하다는 것이었다. 도우미 아주머니는 장례식장 직원과 화장장 직원에게 말하면 어떻게든 도와준다고 했다. 돈도 사람도 없으니 모든 게 부실하고 초라한 것만 같았다. 누구에게든 어리광 부리고 투정하고 싶었다.

강영민은 해가 뜨기도 전에 다시 나타났다. 건장한 친구들과 함께였다. 내가 의지할 유일한 사람이었던 그는 내가 가장 힘들 때 나를 구원해주었다. 처음 보는 얼굴의 세 남자가 운구를 도와주었다. 그의 전화 한 통으로 화장장도 변경되었다. 그나마 가까운 벽제에서, 그것도 오전에 화장할 수 있었다. 친구들의 번쩍거리는 세단이 에스코트를 해주었다. 납골당에 안치 후 집에 올 때까지 강영민은 나와 함께 있었다. 지금도 그날의 고마움은 잊을 수가 없다.

사흘의 장례 일정이 끝나고 이틀간 집에서 누워 있었다. 오 일간의 경조사 휴가를 마치고 출근하니 동료들이 위로해주었다. 장례식은 끝났지만 엄마의 죽음이 남긴 숙제는 많았다. 이번에도 친절한 경찰이 도와주었다. 사망신고, 엄마 명의로 되어 있던 인터넷과 휴대폰 해지, 상속 문제, 금융거래 명세와 보험 관계 확인. 휴가를 마치고 일상에 돌아와도 할 일은 많았다.

"어머님이 다른 사람에게는 피해를 안 주려고 하셨던 거 같아요. 따님에게도 그렇고요. 벗어놓은 신발에 신분증하고 휴대폰을 가지런히 놓아주신 덕에 저희도 신원확인을 금방 했어요."

친절한 경찰의 말은 나를 위로하기 위한 것이었으리라. 고개를 끄덕였지만, 그의 말에 동의했던 것은 아니다. 죽음의 방식부터 타인에게 피해를 주었다. 엄마의 자살을 목격한 사람에게도, 출동했던 구급대원과 경찰에게도. 딸을 놔두고 스스로 삶을 포기한 것은 또 얼마나 이 기적인가. 나야말로 가장 큰 피해자 중 하나다. 찾아온 사람이 없어서 확인할 수는 없지만 엄마의 다단계 판매로 인한 피해자도 있을지 모른다.

얼마 뒤 난생처음 보는 사람이 집주인이라며 벨을 눌렀다. 월세가 밀렸으니 집을 빼달란다. 나는 그동안 우리가 자가 거주자인 줄 알았다. 알고 보니 아빠와 함께 살던 집을 팔고 그곳에 전세로 들어왔고, 엄마는 죽기 몇 달 전 전세금마저 빼서 보증금 천만 원짜리 월세로 돌려놓았다. 그 천만 원에서 두 달 치 월세를 뺀 것과 내 통장에 있던 이백만 원을 보태 나 혼자 살 곳을 찾아야 했다. 엄마는 내 삶의 터전마저 앗아갔다. 장례식 이후 이사를 고민한 적은 있지만 엄두가 안 났었다. 하지만 이제 선택의 문제가 아니었다.

신입생 때 자취방을 알아보는 것과 이제 진짜 이사를 준비하는 것은 차원이 달랐다. 이사만큼은 강영민의 힘을 빌리지 않고 스스로 해결하려고 했다. 장례식 이후에도 내가 일상으로 빨리 돌아오도록 그는 내게 최선을 다했다. 주말은 물론이고 평일에도 일찍 퇴근하는 날이면 틈틈이 집을 보러 다녔다. 엄마와 공유한 추억이 없는 곳으로 알아봤다. 회사와 가까우면 좋겠지만 주변 집값이 너무 비싸서 신입사원 월급으로는 감당할 수 없었다. 여러 부동산을 오가며 수십 개의 집을 구경했고 결국 내게 익숙한 서울대입구역 근처의 작은 원룸으로 이사하기로 했다.

강영민의 집 근처이기 때문은 아니었다. 서울에서 혼자 살기에 가장 편한 동네 중 하나였고 2호선 라인이라 출퇴근하기에도 편했다. 이사하기로 마음먹은 원룸 건물은 1층 현관에서 번호키를 눌러야 들어올 수 있었고 CCTV도 있었다. 풀 옵션이라 냉장고, 세탁기, 에어컨이 다 있는 데다 방음도 괜찮았다. 마음을 정하고 나니 제사보다 제삿밥에 마음이 팔렸다. 퇴근 후 강영민과 손 붙잡고 마트에서 장을 볼 생각, 함께 심야 영화를 볼 생각을 하니 실없는 사람처럼 웃음이 새어나왔다.

이사 날짜를 잡은 후 미리 짐을 싸기 시작했다. 가져갈 것과 버릴 것을 정리했는데 안방과 거실에 있던 것들은 대부분 버릴 것에 속했다. 안방 장롱 서랍에는 이사 올 때 엄마가 따로 챙겼던 아빠의 유품이 있었다. 옷가지와 007 가방 하나. 엄마가 신줏단지처럼 아꼈던 아빠의 손때 묻은 가방에는 그의 사진 몇 장과 노트가 담겨 있었다. 나 몰래 가끔 울면서 읽곤 했던 아빠의 편지도. 나는 비밀번호 네 자리를 몰랐다. 엄마와 나의 생일, 예전 집 전화번호 뒷자리를 눌러도 가방은 열리지 않았다. 버릴까 하다 나중에라도 확인해야겠다는 생각에 가져갈 것에 포함했다.

전자제품은 중고로 팔아버렸고 필요 없는 옷가지도 수거함에 집어넣었다. 솜이불과 베개는 재활용이 안 된다고 해서 큰 종량제 봉투를 사야 했다. 이사를 앞둔 주말이 되니 내다 버릴 가구를 제외하면 빈집이나 다름없게 되었다. 마지막으로 주방과 작은방을 정리했다. 내 옷방이 되어버린 작은방에는 대학 시절 추억도 함께 남아 있었다. 짐 정리를 하면서 예전에 친구들과 주고받은 편지, 대학노트, 스티커 사진을 발견했다. 옛 감상에 빠져 날이 새는 줄도 몰랐다.

작은 종이상자 안에는 한때 소중하다 여겼던 물건이 담겨 있었다.

가족사진, 여진주에게 받은 연하장, 그리고 대학교 학생증이 있었다. 학생증 한가운데에 크게 박힌 학교 마크는 장례식장에서 하도 보아 친근했다. 늘 촌스럽기 마련인 학생증 사진을 쳐다보다가 나도 이제 졸업생이라는 생각이 새삼 들었다. 이제 회사에서 발급한 신용카드가 있으니 이 체크카드를 쓸 일은 없다. 학생증 아래에는 통장이 있었다.

통장을 펼치니 장마다 지난 추억이 박혀 있었다. 새내기 시절 남자친구가 천 원을 입금해준 것은 당시 잔액이 구천 얼마였기 때문이었을 것이다. 만 원을 채워 출금할 정도로 급했다면 아마도 택시비였을 것이다. 서현, 민지, 혜령에게서 십만 원씩 입금된 것은 석모도에 놀러 갔을 때일 것이다. '신정자'라는 이름으로 들어온 삼십만 원은 쉽게 기억나지 않았다. 한참 생각하다 보니 진주 어머님 성함이었다.

임용고사를 준비한다고 고시원에 들어갔던 진주가 학원비까지는 납부했는데 고시원 월세가 선불인 줄 몰라서 내게 돈을 꾼 적이 있었다. 갚은 뒤에 고맙다고 노량진 식당에서 밥도 사준 기억이 있다. 짧은 문자와 숫자의 나열인 통장 기장 속에 수많은 스토리가 재생되었다. 통장이 들려주는 이야기는 2002년이 될 무렵에 멈추었다. 문자 알림 서비스를 이용하며 통장 기장을 안 했기 때문이다. 그 뒷이야기가 궁금해 이사를 마치면 은행에 가기로 작정했다.

미리 준비한 덕분에 반포장이사는 수월했다. 인도에서 건너온 '손 없는 날' 미신은 믿지 않았다. 손 있는 날이라 비용도 적당했다. 가구를 버리는 데 생각보다 많은 돈과 수고가 들었다. 딱 원룸에 들어갈 만한 짐이 실린 작은 트럭의 조수석에 타고 한강을 건넜다. 짐 싣는 것은 오래 걸렸는데 도착해서 방까지 짐을 옮기는 것은 순식간이었다.

워낙 작은 원룸이어서 이사를 마친 후 두어 시간 만에 정리는 물론 청소까지 마쳤다. 점심도 이미 늦은 시간이어서 컵라면이라도 먹고 싶었지만 이사한 날이니 짜장면이라도 시켜 먹는 게 나을 것 같았다. 싱글족이 가장 많은 동네라 대부분의 식당이 1인분도 배달을 해준다. 원룸촌의 건물 입구에는 거의 모든 종류의 식당 전단지가 붙어 있다.

주문을 마친 후 엄마와 둘이 살 때부터 함께한 남자 구두를 현관에 놓아두었다. 생각보다 일찍 도착한 배달부는 눈도 마주치지 않고 철가방에서 그릇을 꺼내 내려놓았다. 게 눈 감추듯 짜장면을 바닥까지 긁어 먹은 후 샤워를 하고 집 밖으로 나왔다. 예전엔 남자친구의 동네였지만 이제는 내 동네다. 이어폰으로 음악을 들으며 큰길로 나가자 높고 멋진 주상복합 건물이 보였다. 그가 사는 그 건물이 시야에 있다는 것만으로도 든든했다. 노래 세 곡을 다 듣기도 전에 은행에 도착했다.

창구에는 사람이 많았지만 ATM 앞은 줄이 길지 않았다. 통장을 넣고 '통장정리'를 선택했다. 은행 서버는 2002년 한 해의 내 삶을 짧은 숫자와 문자로 알려줄 것이다. 찌직찌지지직. 90년대 도트프린터의 요란한 소리가 난 후 기계는 통장을 뱉어냈다. 예상대로 통장에 가장 많이 찍힌 건 휴대폰 요금 출금 따위였는데 최근 거래 명세에 생각도 하지 못한 내용이 있었다.

거래	내용	찾으신 금액	맡기신 금액	남은 금액
20021224	CD공동	윤경희	*6,820	*6,820

윤경희는 우리 엄마 이름이다. 크리스마스이브에 엄마가 이체한 돈 육천팔백이십 원. 만 원도 안 되는 돈을 왜 하필 그때 입금했을까? 문

득 짚이는 게 있어서 서둘러 집으로 돌아왔다. 원룸 책상에 붙어 있는 책장, 맨 아래에 사진 앨범과 함께 놓아둔 아빠의 007 가방을 꺼냈다. 낡은 다이얼을 돌려 6820을 눌렀다. 딸칵, 007 가방이 입을 열었다. 6820은 아빠의 가방 비밀번호였다. 그 안에는 예의 아빠의 사진과 편지가 있었고 생각도 못한 돈이 들어 있었다.

다 세어보니 삼천만 원. 편지나 메모 한 장 없이 그저 백 장씩 묶은, 꾸깃꾸깃한 만 원짜리들. 아찔해졌다. 2002년 겨울은 엄마가 술을 끊었다는 것만으로 안도하던 시절이었다. 모든 게 제자리로 돌아온 줄 알았다. 그해 크리스마스이브에는 강영민과 해외에서 가장 방탕하게 놀고 있었다. 엄마가 다단계의 늪에 가장 깊이 빠져 있을 때였다는 건 상상도 못했다.

내게 남긴 삼천만 원, 엄마가 저 돈을 자신을 위해 썼어도 두 달 뒤에 몸을 던졌을까? 그녀에게 묻고 싶었다. 대체 이 돈은 어떤 돈이냐고. 왜 내게 남겼느냐고. 아빠의 007 가방을 내가 버렸으면 어떻게 하려고 그랬느냐고.

묻고 싶지만, 너무도 궁금하지만, 이제 그녀의 대답을 들을 방법이 없다. 버릴까 말까 수없이 망설였던 엄마의 사진을 꺼냈다. 야속하게도 활짝 웃고 있는 그녀를 보며 나는 짐승처럼 울었다. 차라리 엄마를 알코올중독자로 놔뒀으면 어땠을까? 그랬으면 다단계는 하지 않았을 텐데. 그날 그 그라목손을 둘이 같이 마셨으면 어땠을까? 나는 6월 8일 20시에 태어났다.

십오 년이라는 시간 동안 사람은 얼마나 변할 수 있을까? 십오 년 전 고아가 된 신입사원은 이제 닳고 닳은 전직 시니어 기획자이자 마흔 살 노처녀 신분으로 변했다. 졸업식 날 엄마가 죽었다는 전화를 받고 경찰서에 왔던 사회초년생은 이제 업무방해죄 혐의를 받은 노조의 수괴로 경찰 조사를 받으러 왔다. 물론 나만 변한 것은 아니다. 십오 년 전 골든골을 넣었던 판타지스타는 테리우스에서 웃긴 아저씨로 변했다. 나를 달래주던 그 경찰 역시 호리호리했던 몸매는 어디 가고 배 나온 아저씨가 되었다.

그는 나를 알아보지 못했지만 나는 그를 단번에 알아볼 수 있었다. 엄마를 잃은 날, 철없던 이십대 초반의 내게 한없이 친절했던 눈빛을 보냈던 그 경찰이다. 그랬던 그가 이제 경멸 어린 시선으로 우리를 훑어보았다. 나와 눈이 마주쳤지만, 알아보지는 못하는 듯했다. 나 역시 그가 만난 수많은 시민 중 하나였겠지. 그의 순박했던 얼굴 위를 잔뜩 찌푸린 표정의 단단한 가면이 덮고 있었다. 이제 그는 꽤 높은 자리의 간부가 된 듯했다. 다른 경찰들이 그의 눈치를 보는 것을 보면 분명하다. 높은 자리에 오르면 그만큼 두꺼운 가면을 쓰게 된다.

네 번째 경찰서 조사를 마치고 나오니 그때처럼 함박눈이 내리고 있었다. 함께 조사를 받은 노조원들이 뜨끈한 국밥이나 먹으러 가자고 팔을 잡았지만 사양했다. 스튜디오에서 만나자며 강 변호사와 인사를 나눈 후 버스 정류장을 향해 걷다가 다시 발걸음을 돌렸다. 경찰서에 들어가기 전 강 변호사의 차 안에서 커피를 마시며 함께 피운 게 마지막 담배였다. 조사받는 내내 부족했던 니코틴을 충전하기 위해 흡연 구역으로 향했다. 여느 때처럼 서울역 광장은 삶을 초탈한 느긋한 눈빛의 노숙자와 불안해 보이면서 분주한 여행객이 뒤섞여 번잡했다.

담배를 입에 물려고 할 때 노숙자 할아버지가 다가와 담배 하나만 빌려달라고 했다. 언제 되받을지 모를 담배 한 개비를 빌려준 후 육백 원짜리 라이터로 불을 붙였다. 노숙자 할아버지는 지포 라이터로 불을 붙였다. 여섯 살 정도 되어 보이는 꼬마가 엄마 손을 잡고 걷다가 내리는 눈을 먹기 위해 입을 벌렸다. 하이힐을 신은 엄마가 등을 때리며 더럽다며 말렸다. 고개를 들어 하늘을 보니 아직 미세먼지로 뿌옇다. 겨울 해가 일찍 저물며 도시가 어둠에 잠기고 있었다.

어릴 때는 눈이 오는 날이면 친구들과 입을 벌리고 골목을 뛰어다녔다. 별 맛 없었고 살짝 먼지 냄새도 났지만 눈이 입으로 들어가는 게 좋았다. 이제 눈을 보고 솜사탕 같다고 하는 것은 문학적인 표현이자 추억이 되어버렸다. 고사리손으로 흙장난을 하는 대신 스마트폰 액정을 태핑하고 스와이핑하느라 바쁘다. 우리는 무엇을 얻고 무엇을 잃으며 사는 걸까. 내게 담배를 빌린 노숙자가 입을 벌려 눈을 받아먹고 있었다.

서울역 계단을 내려가다 보면 바로 건물 하나가 보인다. 그 6층 건물의 네 개 층이 대부업체 사무실이다. 이것이 서울의 적나라한 모습이다. 군중은 애써 외면한 채 저 멀리 N타워를 향해 조리개를 맞춘다. 원경은 아름답지만, 근경은 늘 위태롭고 삭막한 곳이 서울이다. 비둘기들이 눈발을 뚫고 날아다니며 일용할 양식을 찾고 있었고 그들의 날갯짓에 소녀들이 꺄악 소리를 질렀다. 나는 입김을 뿜으며 코트 깃을 세웠다.

봄이 성큼 다가섰다는 뉴스와 달리 아직 겨울은 겨울이었다. 손가락, 발가락, 귀, 코, 몸에서 뾰족한 부분은 다 얼어붙은 것 같았다. 내리는 눈을 보며 뜨끈한 국물에 소주를 떠올렸다. 그렇다고 노조원 무리에 끼고 싶지는 않았다. 회사 노조 대응팀과 가짜노조에 대한 뒷담화도 지겨웠고, 경찰서에서 종일 했던 노조 얘기는 진절머리가 났다. 동네 순댓국밥집에 가서 혼술이나 하려고 마음먹은 그때 오영일에게서 문자가 왔다.

오영일입니다. 눈이 오네요. 지옥에서 돌아왔습니다. 스프링캠프 마치고 공항이에요. 가기 전에 했던 약속 기억하시죠? 1군에서 끝까지 버텼습니다.

늘 지나치게 긍정적이고 의욕이 넘치는 오영일. 전지훈련 전에 보기로 했던 약속은 노조 일정 때문에 지키지 못했다. 다만 스프링캠프에서 안 다치고 오면 축하주를 마시기로 했었다. 문자에 답하기도 전에 전화가 걸려왔다. 파이팅 넘치는 목소리에 귀가 따가웠고 통화를 하다 보니 엉겁결에 집 근처 라페스타에서 약속을 잡게 되었다. 공항에서 오기에도 편했다.

"짠!"

오영일이 맥주잔을 내밀며 해맑게 웃었다. 마지못해 잔을 부딪쳐 '짠'을 해준 후 신선한 생맥주를 삼켰다. 미세먼지와 토하지 못하고 참아낸 울분으로 꽉 막혔던 목구멍에 시원한 액체가 들어갔다. 식도에 흐르는 따가운 포말의 청량감에 나도 모르게 탄성이 나왔다. 순댓국 대신 동네에서 꽤 유명한 단골 튀김집을 선택했다. 오래 참았던 소주를 마시기 시작했다가는 지난 연말 오영일 앞에서의 만취 사태를 되풀이할 수 있기 때문이었다.

"선배님, 여기 튀김 진짜 맛있네요."

"많이 드세요. 와사비를 살짝 올려서 먹으면 더 맛있어요."

튀김집 사장은 오영일과 같은 대학에 다니긴 했지만 중퇴했다. 그런데도 오영일은 선배라며 악수도 하고 너스레를 떨며 금세 친해졌다. 겨우내 훈련을 열심히 하긴 했는지 과하게 그을린 피부였다. 선글라스로 빛을 막은 눈 주변만 하얗게 남아 있어서 해상구조대처럼 보였다. 유난히 큰 목소리도 그렇지만 입을 다물고 있어도 일반인과 확연히 구분되는 떡 벌어진 어깨 때문에 사람들의 시선을 끌었다. 거기에 두꺼운 허벅지는 스트레이트 바지를 스키니 핏으로 만들어버렸다.

"이안 씨, 이번에는 약속 지켜주셨네요."

"응? 전에도 약속한 적이 있었나?"

"저 전지훈련 명단에 들면 술 한잔하기로 했잖아요."

"그랬어?"

내가 시큰둥한 반응을 보이자 그의 표정은 금세 시무룩해졌다.

"그런데 왜 반말하세요?"

"너도 반말해."

"에이, 그건 아니죠."

"괜찮아. 나 위아래 스무 살까지는 맞먹어."

언제부터인지는 모르겠다. 오영일과 주로 메신저로 얘기하면서 나는 말을 놓고 있었다. 나이, 학번, 계급에 따라 서열을 나누는 것이 당연한 사회에서 반말은 권력 관계를 명확하게 해주는 효율적인 수단이다. 친해진다며 말을 놓는 순간 예의도 존중감도 내려놓는다. 직장 생활을 하며 난 누구에게도 말을 낮추지 않았다. 사적인 관계에서는 웬만하면

서로 반말을 했다. 그게 편했다.

"그럼 나 진짜 말 놓을게요, 누나."

"누나?"

"그럼 뭐라고 해요?"

누나라는 낯선 호칭과 함께 지은 오영일의 한없이 순진한 표정에 나는 무장해제 되고야 말았다. 갑자기 웃음이 터졌고 오영일의 역시 튀김집 사장과 대화할 때처럼 표정이 밝아졌다. 십오 년을 혼자 살다 보니 호의적으로 접근하는 사람에 대한 조건반사적인 경계심을 가지게 되었다. 그와 나는 띠동갑, 내가 먼저 바리케이드를 쳐놓는 것도 남이 보면 꼴불견이다. 귀여운 야구선수 동생 하나 생겼다고 치기로 했다. 별 내용도 없는 문자 메시지를 자주 보내는 건 성가시지만.

"그래. 이안 씨보다는 누나가 낫네."

"알았어, 누나."

"말 놓으니까 좋네."

튀김은 맛있었고 생맥주는 쭉쭉 들어갔다. 오영일은 덩치에 걸맞게 튀김 대 자를 해치운 후 오뎅볶이와 치즈피자까지 먹고도 역시 튀김이 맛있다며 추가 주문을 했다. 서빙하던 직원이 우리 테이블에 수북이 쌓인 빈 그릇을 보고 인증 샷을 찍어도 되냐고 물었다. 생맥주 네 잔을 비우는 데는 한 시간도 걸리지 않았다.

다행히 오영일을 알아보는 사람은 없었다. 이 동네는 워낙 유명인이 흔해서 웬만해선 신경도 안 쓰는 것도 있다. 새벽에 순댓국을 먹다가 옆 테이블 남자가 낯이 익어 집에 가서 생각해보니 유명한 영화배우였던 일 같은 건 흔하다. 주말에 해장하기 위해 자주 찾는 카페는 아이

돌 가수의 단골집이다. 운동 삼아 호수공원을 걷곤 하는데 늘 같은 시간에 같은 코스를 도는 모델이 있다. 처음에는 나와 다른 세상의 몸매에 주눅이 들었지만, 이제는 그녀가 안 보이면 서운하고 걱정도 된다.

"그 남자친구는 이제 다 잊었어요?"

"남자친구? 언제 적 남자친구?"

"왜, 그 서울대 나왔다는. 거실에는 그랜드 피아노가 있고, 섬세하고, 세련되고, 키도 크고, 미국에서 NBA 했다는."

"NBA가 아니라 MBA."

"그거나 저거나."

오영일과 문자 메시지를 자주 주고받았지만 내용은 극히 사소했다. 그는 내가 무얼 하고 있는지, 언제 만날 수 있는지를 묻거나 자신의 훈련 일정을 얘기해줄 뿐이었다. 그러니 오영일이 말하는 '그 남자친구' 얘기는 두 달 전, 그러니까 2017년 연말 버전임이 분명하다. 만취했다고 해도 왜 푼수같이 예전 애인 얘기를 했을까. 그것도 생전 처음 보는, 열두 살 어린 야구선수에게. 정에 굶주린 사람이 술에 취하면 그런 치명적인 실수를 저지르는 수가 있다.

단골 튀김집에서 강영민을 주제로 대화하고 싶지 않았다. 주제를 돌리는 방법으로 시비를 거는 것은 치졸하다. 하지만 나는 그 짓을 하고야 말았다.

"그거나 저거나라니. NBA는 미국 프로농구잖아. MBA는 경영학 석사고."

"둘 다 들어가기 어려운 건 마찬가지 아니에요?"

"쳇. 맞네. 그거나 저거나 마찬가지네."

"거봐요."

그때까지 야구에 관심은 없었지만, 한국에서 급여를 받는 운동선수가 된다는 게 얼마나 힘든지 정도는 알고 있었다. 지덕체를 겸비한 인재 따위는 대한민국에서 찾기 힘들다는 것도. 공부만 잘하는 소시오패스는 직장에서 흔히 볼 수 있다. 특히 예체능 분야는 더 심하다. 초등학교 때부터 학교 공부는 뒷전으로 하고 죽어라 매달려야 좋은 중학교, 고등학교에 진학할 수 있다. 고등학교 졸업 때까지 전국 대회에서 수상하고 MVP 정도는 받아야 국가대표가 되거나 프로선수가 되거나 연예인이 될 수 있다.

십대 시절, 우리들의 우상은 대학농구선수였다. 고등학교 때는 H.O.T와 젝스키스 중 하나를 선택해야 했고, 중학교 때는 연세대와 고려대 중 한 팀을 선택해야 했다. 나는 아빠를 따라 어릴 때부터 중앙대를 응원했다. 애들이 '컴퓨터 가드' 이상민이나 '스마일가이' 김훈, '에어본' 전희철에 열광할 때 나는 조용히 '허동택 트리오'가 이끌던 실업팀 기아를 응원했다. 굳이 양자택일하라고 하면 시원한 덩크슛을 꽂아넣던 현주엽의 고려대 쪽이었다.

주말 오후 아빠와 함께 농구대잔치를 보고 있을 때였다. 설거지를 마친 엄마가 함께 TV를 보다 혀를 차며 내게 말했다.

"쯧쯧. 쟤는 저렇게 밥 먹고 농구만 했는데도 연대 법대씩이나 다니네. 이안이 너도 빨리 들어가서 공부나 해. 기집애가, 기말고사가 낼모렌데."

엄마가 본 장면은 '코트의 황태자' 우지원이 자유투를 넣는 순간이었다. 화면 아래 자막에는 '우지원, 연세대학교 법학과, 193cm' 따위의 프로필이 적혀 있었다. 사회체육학과나 들어갈 것이지. 나 역시 저 오빠는 어떻게 연대 법대에 들어갔는지 의아해하며 방으로 들어갔었다. 그 비밀을 대학에 들어가서야 알게 되었다. 늘 결석하던 학생이 중간고사 때 들어와서 십 초 만에 답안지를 제출하고 나갔다. 동기는 그가 체육특기생이라고 일러주었고 그날 집에 가서 엄마에게 자초지종을 설명해주었다.

"그래서?"

"그러니까, 우지원이 공부로 연대 간 게 아니라니까?"

"그래서 연대 들어갔어, 안 들어갔어?"

"들어갔지."

문득 엄마와 오영일이 묘하게 닮은 점이 있다는 생각이 들었다. NBA와 MBA를 헷갈려 하는 그가 마지막 튀김까지 해치운 후 생맥주를 들이켰다. 사장이 우리 테이블로 다가오더니 그에게 사인해달라고 했다. 오영일은 익숙한 듯 네임펜으로 쓱쓱 사인을 했다.

"이번에는 개막전 나올 수 있나요?"

"그게 제 맘대로 되나요."

"고연전 완투승 할 때가 엊그제 같은데. 파이팅 하세요."

"네. 선배님, 맛있게 잘 먹었습니다."

오영일 덕분에 공짜로 먹었다. 프로야구 2군 선수이자 한참 어린 그에게 얻어먹을 수도 없던 내게 찾아온 행운이었다. 사실 두 달 넘게 만나자고 칭얼대던 그를 밀어낸 것에는 주머니 사정도 있었을 것이다. 쪽팔리게 마흔이 되었는데도 예상 못한 소비를 감당할 능력이 없다. 겨우내 치과 치료를 받느라 목돈이 나가버려서 꼭 사고 싶던 롱패딩도 내

년으로 미뤄버린 차였다.

2차로 선택한 곳은 LP 바였다. 내 단골집을 연달아 그에게 알려주는 것이 찝찝했지만 다른 선택지가 없었다. 다행히 손님이 별로 없어 한산했다. 마른 수건으로 잔을 닦고 있던 주인장이 메뉴판을 건넸다. 오영일은 1차에서 내 덕에 잘 먹었다며 2차는 자기가 쏘겠다고 했다. 내가 낸다고 했지만 그의 우직한 고집을 꺾을 수 없었다. 그의 고집은 이어졌다.

"누나 데낄라 좋아한다고 그랬잖아."

"내가?"

"응."

"됐어. 그냥 병맥주나 시켜."

모처럼 너바나를 들으며 병맥주나 홀짝이려고 했는데 그는 내 만류에도 기어이 테킬라를 시켰다. 그에게 테킬라를 좋아한다고 말했던 건 기억난다. 그 클럽에서 감기약 맛이 나는 술을 마시다가 뱉은 말이다. 그걸 기억하고 있다니. 말총머리를 한 주인장이 잘 닦인 잔과 커다란 술병을 내왔다. 레몬 조각과 커피, 소금이 앞에 놓이자 나도 모르게 침이 돌았다. 테킬라에 빠지게 된 것은 강영민 때문이었다.

나와 뜨거운 연애를 하던 시절의 그는 지금의 오영일보다도 어린 나이였다. 애처럼 떼나 쓰고 단순하며 대책 없이 긍정적인 오영일과 달리 배려가 깊고 철두철미했으며 명민했던 남자. 그와의 추억은 희미해졌지만, 그와 함께 마신 테킬라의 강렬한 맛은 잊을 수 없었다. 우리는 서로의 몸에 라임즙과 함께 소금을 묻혀두었다. 내가 테킬라를 머금으면 그는 탐스러운 입술과 혀로 내 술을 나눠마셨다. 그리고 짭짤한 소금, 시큼한 라임, 서로의 체취를 핥았다.

강영민은 나와 이별한 후 미국으로 떠났다. 항상 욕망에 충실했던 그는 자신의 미래만큼은 철두철미하게 준비하는 타입이었다. 그러니 나와 헤어진 것이 그가 도미한 이유는 아닐 것이고 이미 오래전부터 계획한 것이 분명하다. 다만 술에 취한 밤이면 문득 궁금한 게 있었다. 만약 나와 헤어지지 않았다면 원격연애를 했을지, 아니면 나를 미국에 함께 데리고 갔을지.

우리가 사귀었다는 어떤 증거물도 내게 남지 않았다. 둘이 함께 찍은 사진은 그의 서재에만 존재했다. 그에게 받은 편지도 이메일도 없다. 그 흔한 싸이월드 일촌도 아니었다. 목말랐던 내게 그는 잠깐 나타났던 오아시스의 신기루였을지도 모른다. 이따금 혜령이는 자신의 남자친구를 통해 들은 강영민의 소식을 전해주곤 했다. 한국인에겐 낯선 이름이지만 글로벌 MBA 순위에서도 최상위권 비즈니스 스쿨에 들어갔고, 서머 인턴십으로 컨설팅그룹에 들어갔다는 게 마지막 뉴스였다.

그랬던 혜령이도 남자친구와 삼백 일을 채우지 못하고 헤어졌다. 이후 공무원 된 그녀와 연락을 끊은 지 벌써 십 년이 넘었다. 민지와 서현이도 취업 후 결혼과 함께 각자의 삶을 살았다. SNS 프로필에 올린 아기 사진으로 안부만 짐작할 뿐이다. 그네들은 어른의 삶을 살고 있었고 나는 십수 년 동안 한 뼘도 자라지 않았다.

"설탕을 찍어 먹어? 안 끈적거려요?"

"소금이야. 얘 술알못이네. 너 술 잘 마신다더니 질보다 양이냐?"

"나 평소에 술 안 마셔. 운동선수잖아."

"그 말을 믿으라고?"

시간이 지난 뒤 안 사실이지만 그의 말은 모두 사실이었다. 거짓말을 할 줄 모르는 사람이라는 말이 맞다. 의외로 오영일의 삶은 절제 그 자체였고 모든 운동선수가 그와 같지는 않다는 것도 나중에서야 알았다. 종목과 관계없이 밤새 술을 마시고 낮 경기에 나가는 선수도 있었다. 일반인과 비교할 수 없는 체력이기에 술도 금방 깬다. 그렇다고 해도 경기력에 영향을 줄 것은 분명하다. 담배 역시 마찬가지여서 야구선수 중 상당수가 흡연자란다.

오영일은 휴대폰으로 찍은 훈련 사진을 보여줬다. 그때까지는 야구에 관심 없던 나는 심드렁하게 쳐다보았다. 그는 헬스클럽 같은 곳에서 역기를 드는 사진, 굴러오는 공을 향해 몸을 날리는 사진, 방망이로 타이어를 치는 사진을 자랑스럽게 보여주었다. 그리고 자신이 팀 전체에서 벤치 프레스와 데드리프트 일인자이며 트레이닝 파트의 사랑을 듬뿍 받는다고 했다.

"그래서 뭐?"

"가능성이 충분하다는 거죠."

"1군에 갈?"

"1군에서도 성공할."

눈빛을 빛내며 말하는 오영일을 보니 복잡한 생각이 들었다. 화장품 사업을 시작하던 엄마의 눈빛과도 닮았다. 학원 강사 시절, 자기는 꼭 서울대에 갈 거라던 중학생 제자와도 닮았다. 엄마의 사업은 결국 다단계에 빠진 것이었고 그 제자는 동네 오빠와 가출했다가 자퇴했다.

누구나 꿈은 꾼다. 중학교 때는 서울대를 꿈꾸며 공부하고 고등학교에 들어가면 SKY를 꿈꾼다. 2학년이 되면 인서울을, 3학년이 되면 수도권 4년제 대학을 꿈꾼다. 어릴 때는 어른이 되기를 꿈꾸고 늙으면 더 오래 살기를 꿈꾼다. 부모의 장수를 자식의 성공을 꿈꾼다. 부자도 거지도 더 많은 돈을 꿈꾼다. 누군가는 불멸을 꿈꾼다. 하지만 모두의 꿈이 다 이루어지는 일은 없다.

불멸을 꿈꾸던 이들은 모두 영멸했다. 철이 든다는 것은 불가능한 꿈을 버리고 현실적인 목표를 세워 하나씩 차근차근 이룬다는 것을 의미한다. 백마 탄 왕자님 대신 안정적인 직장을 가진 남자를 선택한다는 것을 의미한다. 그런 의미에서 나는 여전히 철이 들지 않았다. 그리고 이 스물여덟 먹은 2군 선수도 철이 들지 않았다.

"누나 담배 땡기죠?"

"어떻게 알아?"

"담배 피우고 싶을 때 짓는 표정이 있거든."

"내가?"

나도 모르는 나에 대해 잘 안다는 듯한 그의 말투가 싫었다. 내 속을 아는지 모르는지 그는 사람 좋은 미소를 띠며 배시시 웃고 있었다. 이 약육강식의 밀림에서 그런 미소를 짓는 사람은 최상위 포식자의 먹이가 될 뿐이다. 생각해보니 남자친구 얘기나 테킬라까지, 그는 내가 했던 모든 말을 기억하고 있었다. 그것도 싫었다. 시작부터 이미 잘못됐다. 처음 만난 자리에서 나눈 대화 대부분은 내 해마에 담기기도 전에 날아가버렸다. 취중에 했던 그 모든 단어를 오영일은 기억하고 있었다. 회사 생활할 때도 그런 사람이 있었다.

서른이 되기까지

공채 후배가 들어오기까지 일 년 동안 신입사원 딱지를 붙이고 살았다. 이 년 차가 되니 IT 바닥을 대충 이해할 수 있었고 삼 년 차에는 대리로 진급했다. 강산이 변했을 만큼 오래된 얘기지만 그 시절 기억의 파편은 엊그제처럼 생생하게 떠오른다. 그때는 아무렇지 않았던 일상이 지금은 미개한 만행이 되어버려 시대가 많이 바뀌었다 싶은 기억도 많다. 당시 팀장들은 자기 책상에 앉아 담배를 피우며 일했고 회의실마다 커다란 재떨이가 있었다. 팀 막내가 입사했는데도 여자인 내가 팀장의 커피를 탔고 오전과 오후에 재떨이를 갈아주는 게 일과였다.

홈페이지 만드는 기술만으로도 먹고살 수 있던 시절, IT 버블의 충격에서도 살아남은 기업은 SI, 외주용역만으로도 충분히 잘 먹고 잘살았다. 그때는 자신의 일상을 중계하고 과장하여 전시하는 역할을 카카오나 페북, 인스타 대신 토종 브랜드인 싸이월드가 수행했다. 네이트 온은 한국에서 영원히 1등 메신저일 것 같았다. 같은 건물에도 PC방 여러 개가 들어섰지만, 빈자리 찾기가 힘들었다. 봉천동 PC방에 스타 크래프트 고수가 나타나면 직관을 위해 인파가 몰려들었다. 피처폰의 WIPI 따위로 무선 인터넷을 쓰면서 모바일 인터넷 시장을 얘기했다.

중견 IT 기업은 다음카페 같은 커뮤니티나 지식인, 버디버디를 따라 한 서비스를 경쟁하듯 개발했고 99% 실패했다. 이동사를 비롯한 대기업은 정부지원을 받아 로봇과 IPTV, VoIP 연구에 큰돈을 퍼부었다. 그 돈이 들어간 곳은 협력업체였고, 협력업체의 임원은 연구용역을 준 그 대기업의 임원 출신이었다. 이런 낙수효과와 낙하산 부대의 존재는 예나 지금이나 IT 업계에서 흔한 일이다. 그나마 제대로 경쟁하여 돈을 번 건 게임회사나 PC방 관리프로그램 개발업체였다. 성인 콘텐츠와 도박 업체는 개발자의 등골과 자존심을 빨아먹으며 아직도 사장의 배를 불리고 있다.

공채 동기들도 그랬겠지만 나는 IT의 ABC도 모르고 대기업이니 좋으리라 생각하며 회사에 들어갔다. 처음 배치된 조직은 기업용 소프트웨어를 만드는 사업본부였다. 내가 속한 기획팀은 고객사의 요구사항을 바탕으로 프로그램을 기획한 후 개발팀, 디자인팀과 함께 제작하여 배포하는 게 주된 임무였다. 프로그램이 다 그렇듯 완전할 수 없어서 버그가 발생하는 건 흔한 일이고 종종 장애가 발생하기도 했다. 내역할은 그럴 때 고객사를 응대하는 것이었다. 사내 R&R(역할 및 책임) 상으로는 납품한 프로그램의 유지, 보수 업무라고 점잖게 적혀 있었다. 하지만 쉽게 말해 화가 난 고객사가 개발사의 담당자에게 욕하기 위해 전화를 걸면 내 책상 위 전화가 울리는 욕받이 역할이었다.

CS 부서가 따로 있는 경우가 많지만 팀에서는 그게 '운영기획'의 영역이라고 했다. 그래서 나는 욕을 먹고 버그를 고치고 장애보고서를 쓰는 기획자로 일했다. 파워포인트로 기획안을 만들고 PT를 하는 것은 남자 선배들의 몫이었다. 새로운 기획안 발표 일정이 잡히면 나는 회의실을 예약하고 참석자에게 메일을 보냈고 삼십 분 전에 '세팅'을 해야 했다. 세팅의 시작은 총무팀에 빔프로젝터 대여 신청을 하는 것이었다. 내 업무용 노트북을 가져와 빔프로젝터와 연결한 후 재떨이, 음료수, 커피를 인원수에 맞게 책상 위에 준비해야 했다.

고객사에 우리 회사가 만든 불완전한 프로그램이 납품되면 그 프로그램에 투입됐던 이들은 곧바로 다른 프로젝트에 투입됐다. 기술회사임에도 불구하고 고객의 클레임을 방지하기 위한 대책은 원시 부족처럼 하늘에 맡기는 것이었다. 장애가 나고 버그 신고가 들어오면 나 하나만 욕을 먹으면 됐다. 어차피 나는 매월 월급이 들어오는 게 중요했다. 동기들이 하는 일도 별반 다르지 않았다. 전략팀에 들어간 동기는 조사회사의 리포트와 내부 통계자료를 분석해 엑셀에 입력하는 게 일이었다. 그의 사수는 그 엑셀로 파워포인트 자료를 만들어 팀장에게 보고했다. 디자인팀 동기는 선배가 만든 이벤트 페이지 시안을 수정하고 배너를 만드느라 매일 야근했다.

IT 기업의 실무 교육은 보통 도제식으로 이루어지기에 첫 사수를 잘 만나야 한다. 내 사수였던 천 대리는 숙취 때문에 늘 눈동자가 흐렸다. 그는 늦게 출근해서 오전 내내 졸기 일쑤였다. 출근하자마자 회의가 있다며 없어졌다가 사우나에 다녀온 적도 종종 있었다. 여느 사수처럼 커피 한잔 함께하며 조언을 해준 적도, 맥주 한잔 사준 적도 없다. 점심 시간이 지나면 그는 조금 쌩쌩해져서 친한 개발자들과 회의를 잡으며 바쁜 척을 했다. 나중에서야 그게 회의가 아니라 잡담을 나누며 담배를 피우는 시간이었다는 걸 알았다.

이 년 차가 되니 조금 더 제대로 된 일을 하고 싶었다. 아무도 일을 안 주니 내가 만들어서 했다. 고객사에서 일 년 동안 발생했던 장애와 버그를 취합한 후 유형별로 분석하여 엑셀 시트로 정리했다. 기획안 발표를 여러 번 지켜보니 선배들의 기획안이란 게 그다지 전문적이나 어려운 게 아니었다. 중등교육 수준의 논리력과 약간의 창의성, 그리고 좋은 레퍼런스를 베끼는 게 핵심이었다. 표준양식이란 것도 없어서 웹에이전시에서 받은 기획안 포맷을 재활용했다. 정리한 수정·보완 사항에 우선순위를 정해 솔루션 개선을 위한 기획안을 작성해서 사수에게 이메일로 보냈다.

사수는 다음 날 오후가 되어서야 출근했고 팀장은 아무런 말도 하지 않았다. 알고 보니 전날 협력업체와 늦게까지 술을 마셨다고 하는데 팀장 빼고 우리 팀원은 모두 몰랐다. 기획안에 대해 말해주기를 기다렸는데 퇴근 시간이 될 때까지 그는 아무 말이 없었다. 참지 못한 내가 다가가 기획안 보냈으니 확인해달라고 했다. 그러자 그는 건성으로 기획안을 훑어보더니 팀장에게 전달했고, 다음 날 입사 후 처음으로 기획안을 발표했다. 팀 내에서만 리뷰할 줄 알았는데 개발팀까지 모이게 되었다. 조금 당황스러웠지만 나는 세팅을 마친 후 침착하게 발표했다.

"여기까지가 저희 솔루션 개선을 위한 기획안이었습니다. 질문 있으신가요?"

"이안 씨. 아주 좋아. 언제 이렇게 준비했어? 사수가 훌륭하니까 일을 금방 배웠네."

우리 팀장은 흐뭇한 미소를 지으며 담배 연기를 내뿜었다. 사수가 대체 내게 무엇을 가르쳤는지 알고나 있냐고 묻고 싶었다. 무골호인인 팀장은 명문대에서 석사까지 마쳤고 명석한 두뇌를 가졌지만 사내 정치에서 밀린 사람이었다. 누구보다 일찍 출근하는 대신 업무 시간이 끝나면 칼같이 퇴근했다. 모니터를 종일 보다 보면 거북목이 되어 스트레칭을 하곤 했다. 그러다 가끔 우수에 잠긴 눈빛으로 창밖을 쳐다보는 그를 발견하곤 했다. 언론사 출신이었던 그는 PC 통신 회사를 거쳐 우리 회사에 왔는데 그다지 즐겁게 지내는 것 같지는 않았다.

다른 팀장과 달리 술도 잘 마시지 않았다. IT 기획은 농업적 근면성으로 하는 것이 아니라 창의력이 중요하다는 주의였다. 일 년 동안 팀 회식은 손에 꼽았고 그나마 1차에서 삼겹살에 소주 몇 잔을 먹으면 팀장은 법인카드를 테이블 위에 놓고 택시로 귀가해버렸다. 사수가 눈치를 주면 나도 집으로 갔다. 나중에 듣기로는 천 대리를 필두로 남자 직원끼리 여자 나오는 술집을 들락거렸다고 한다. 다른 동기들은 팀장과 자주 면담도 하고 OJT(직장 내 교육훈련)라며 별도의 과제도 부여받았다. 하지만 나는 면담도 과제도 없이 편하게 지냈다. 아니, 방치된 상태로 지냈다.

"그런데 우리 개발팀 일정이 밀렸잖아. 기획안도 아직 정책적으로 픽스되지 않은 부분도 있고. 저거 개발하려면 두 달은 걸릴 텐데 이건 개발실에 얘기해야 되는 거 아니야?"

개발팀장은 내 발표를 듣기 전부터 못마땅한 표정이었다. 개발팀은 우리와 함께 사업본부에 속했지만, 개발실은 기조실과 함께 CEO 직속이었다. 세 개의 개발팀으로 구성된 조직인 개발실과 우리 본부 개발팀이 하는 일은 크게 다르지 않았다. 개발실은 대형 프로젝트와 R&D(연구 개발)를 주로 다뤘고, 우리 본부의 개발팀은 영업본부가 물어 오는 솔루션을 개발했다. 기조실장과 개발실장이 각각 사내 문과 원탑, 이과 원탑의 정치력을 가지고 있었고, 개발팀은 마이너리그 취급을 받았다.

"개발팀에 문의해봤는데 디자인만 빨리 나오면 적용하는 건 어렵지 않다고 했어요."

"뭐라고? 개발팀 누구랑, 어떤 놈이야?"

내 말에 개발팀장이 갑자기 게거품을 물기 시작했다. 개발 팀원에게 일정에 대해 문의하는 것은 흔한 일이고 보통 스케줄이 꽉 차 있다는 대답을 듣기 마련이다. 개발팀장이 과장되게 화를 내고 있다는 것은 그 자리의 모두가 알 수 있었다. 티가 나게 부자연스러웠고 맥락에 맞지 않았기 때문이다. 그리고 그는 비록 2군 팀이지만 자신이 보직자가 될 자격이 있음을 스스로 증명했다. 극히 짧은 시간에 분노한 관리자 모드로 재부팅한 그는 자기 몸을 불로 태우는 불사조처럼 화르르 타올랐다. 개발팀장 자격이 충분했다.

"개새끼들이, 지금 우리 프로젝트 밀린 거 몰라? 개발실 애들은 맨날 야근하는데 니들은 뭐 하고 자빠졌어? 니주가리 씨빠빠 같은 새끼들. 신입이 이딴 기획서 던져준 거 떵까떵까 검토할 시간이 있다? 알았어. 니들 오늘부터 업무일지 시간 단위로 작성해서 제출하고 퇴근해."

내가 쏘아 올린 작은 불씨가 폭탄이 되어 터져버렸다. 업무일지는 그날 진행한 일과 다음 날 예정사항을 적어 제출하는 것이었는데 사실 요식행위였다. 그런데도 기획팀원은 업무일지가 훗날 성과 평가를 위한 근거로 바뀌거나 블랙박스 노릇을 할지도 모른다는 생각에 상상의 나래를 펼치며 뭐 대단한 일을 한 것처럼 창작을 했다. 업무일지에 적으려고 필요 없는 회의나 외근거리를 만들기도 했다. 개발팀원은 안 그래도 야근하는데 그런 거 적기 귀찮다며 보통 한 줄에 끝냈다.

진행한 일: A 프로젝트 35% 완료 / B사에 견적서 요청

예정사항: A 프로젝트 40% 완료 / B사 견적서 수령, 검토 및 팀장 보고

업무일지를 시간 단위로 적는 것은 상당히 귀찮고 부담되는 일이었다. 똥군기를 잡고 감시하겠다는 말과 다름없다. 특히 개발 진도라는 것은 '100%가 어디까지냐'에 대한 것을 놓고 관리자와 실무자가 갈등을 겪기 일쑤인 부분이다. 실무자는 당연히 디버깅과 테스트까지 끝난 것을 100%라고 생각한다. 하지만 본인도 실무자였던 관리자는 올챙이 시절과 다르게 코딩 완료 시점이 100% 개발 완료된 것이며, 별도의 디버깅과 테스트가 필요 없을 정도로 애초에 잘 설계하고 테스트해야 하지 않느냐는 억지를 부리곤 했다. 잘 갈구는 관리자, 야근과 철야를 자주 시키지만 화끈하게 술 한잔 살 줄 아는 관리자가 사내에서 유능하다는 평가를 들었다. 개발팀장은 유능한 팀장이 되고 싶었나보다.

"이안 씨. 괜찮아요."

"죄송해요. 괜히 제가 일을 벌여놔서."

"괜찮다니까요. 개발실장 눈 밖에 났다고 저러는 거 누가 모르나. 우리 팀장은 내가 잘 달랠 테니까 디자인팀에 기획안 던져줘요."

불똥이 튄 개발팀 성 과장이 되레 나를 위로해주었다. 내가 개발 일정 검토를 의뢰했던 당사자다. 어떤 수완을 부렸는지 개발팀장은 정말 화를 누그러뜨렸고 성 과장이 개발을 담당하게 해주었다. 디자인팀에서도 협조를 해주어 담당 디자이너를 배정해주었다. 중요도가 떨어지는 업무인 만큼 팀 막내이자 내 동기인 상지가 맡게 되었다. 입사 초에는 공채 동기들과 전우애를 다졌지만 각자 팀에 적응하다 보니 소원해졌는데 모처럼 동기와 일로 만나서 반가웠다. 상지도 '노가다'에서 잠시 벗어날 수 있다며 좋아했다.

프로젝트라고 하기에는 민망한 수준이었지만 나름대로 킥오프 미팅도 했다. 성 과장, 상지와 셋이 회의실에 들어가 기획안을 두고 실무 차원의 검토를 했다. 상지는 분주하게 UI 아이디어를 제안했고 대부분 내 마음에도 쏙 들었다. 성 과장은 내가 아직 DB 쪽 지식이 없는 것을 참작해 이용자가 입력 칸을 채우지 않으면 어떻게 할지, 즉 NULL 값을 허용할 항목이 무엇인지 정의해달라고 했다. 개발팀장이 말한 '정책적으로 픽스되지 않은 부분'이 어떤 내용인지도 알려주었다. 둘의 얘기를 들으며 내 기획력은 실시간으로 급상승했다.

회의실에서 두 시간이 넘는 시간을 보내며 기획안의 보강할 부분과 개선사항에 대해 아이디어를 모았다. 내 노트북을 자리로 옮겨 기획안을 수정한 후 메일로 다시 보내 개발과 디자인 관점에서 다시 검토하는 게 일반적인 순서였다. 우리는 그럴 게 아니라 셋이 같이 모인 김에 곧바로 기획안을 보완하기로 했다. 내가 노트에 적어놓은 수정사항을 파워포인트에 옮기는 동안 성 과장은 잠시 밖으로 나가더니 커피를 사왔다. 사수에게도 못 얻어먹은 커피를 드디어 마셨다.

IT 회사에 입사한 뒤 일 년 동안 전화선 끝에 닿은 상대에게 욕만 받아먹고 살았다. 사실 그 회사 입장에서는 욕할 만한 게 유지보수비도 내면서 매달 똑같은 유형의 장애가 계속 발생했다. 우리가 취한 조치라곤 대부분 서버를 내렸다 올리거나 하는 임시방편뿐이었다. 고객사에 보낼 장애보고서에 딱히 쓸 내용이 없어서 매번 자기소개서를 쓸 때처럼 창작의 고통이 수반되었다. 과제가 쌓이던 개발팀 입장에서는 우선순위에 밀리니 근본적인 조치를 할 수 없었다.

게다가 우리가 납품한 프로그램도 협력업체에 하청을 준 것이었고 유지보수 계약도 만료된 구식을 껍데기만 살짝 바꿔 납품한 것이었다. 업계 용어로 '똥덩어리'였는데, 레거시라 부르는 기존 코드를 분석해서 수정 보완하느니 재개발하는 게 낫다는 게 개발팀 의견이었다. 물론 재개발은 엄청난 비용과 시간을 잡아먹는다. 재개발을 통해 운영 요소를 줄이는 것은 가치가 있지만 그렇다고 돈이 더 되는 일은 아니었다. 그래서 욕받이 하나로 버티면서 그동안 똥을 묵혀온 것이고 나와 성 과장은 이번 참에 적어도 된장 수준으로 개선하려고 했던 것이다.

열다섯 페이지에 불과한 기획안이었지만 병아리 기획자로서 처음 삐약 소리를 낸 날이었다. 내가 만든 기획안을 여러 명 앞에서 발표하고 본부 내 모든 팀장에게 검토받아 정식으로 진행됐다. 투입된 담당자들과 모여 길고 치열한 회의까지 마치고 함께 커피를 마셨다. 그때가 직장인으로서 내 전환기였다. 월급에 삶을 저당 잡힌 노예의 삶에서, 도살장 끌려가는 소처럼 출근하는 생활에서 벗어났다. 취업준비생 시절

꿈꾸던 멋진 직장인이 된 것 같았다.

회의를 마치고 돌아오니 퇴근 시간이 다 되었고 우리 팀 자리엔 팀장만 앉아 있었다. 두꺼운 안경 너머 창밖의 앙상한 가로수를 쳐다보고 있었다. 나머지는 외근을 하러 갔거나 외근을 빙자해 놀러 갔을 것이다. 그리고 저녁 시간에 맞춰 들어와 식사한 후 식대를 청구하고 야근을 한다고 앉아 웹서핑을 하다가 열 시쯤 퇴근하며 야근비를 신청할 것이다. 팀장이 곧 퇴근할 것이기에 키보드를 열심히 두드리며 업무일지를 작성해 보냈다. 팀장이 담배를 문 채 나를 불렀다. 예의 사람 좋은 미소를 지은 채.

"이안 씨, 킥오프 미팅 잘했어?"

"네, 잘 끝났습니다."

"모든 게 처음이 중요하거든. 첫 프로젝트에 첫 킥오프인데 멤버들하고 맥주라도 한잔해."

"네?"

팀장의 길고 하얀 손가락 사이로 얄팍한 플라스틱 카드가 끼워져 있었다. 월급쟁이에게는 직장생활의 꽃이고, 신입사원에게는 그림의 떡인 마성의 존재, 법인카드였다. 카드를 황공하게 받아 외투를 챙겨 입고 출입문을 빠져나왔다. 퇴근 시간이 지났지만, 눈치를 보느라 다들 자리에 앉아 있어서 그날도 엘리베이터 앞에는 아무도 없었다. 팀장보다 먼저 자리에서 일어선 것도, 아무도 없는 빈 엘리베이터를 타는 것도 처음이어서 기분이 묘했다. 엘리베이터 닫힘 버튼을 누르려는데 상지가 급한 발걸음으로 들어왔다. 눈이 마주친 우리는 입을 꼭 다문 채 침묵의 함성을 지르며 끌어안았다.

"Stay inside my dear, Don't you come out my dear."

회사 앞 호프집에 들어서니 당시 가요 프로 1, 2위를 달리던 넬의 노래가 흘러나왔다. 좋았다. 성 과장도 윗사람 없이 어린 여사원 둘과 함께한 자리니 좋았을 테고, 나와 상지는 모처럼 누리는 칼퇴근에 주머니 걱정 없이 술을 마실 수 있어서 좋았다. 치킨에 소시지 야채볶음까지 시켜놓고 시원한 생맥주를 벌컥벌컥 들이켰다. 학원 강사 시절에는 몇 시간 동안 들이마신 분필 가루와 황사를 씻어버린다며 동료들과 삼겹살에 소주를 곧잘 먹었다. 당연히 효과가 있을 리 없지만, 수학 선생이 시원하게 말아준 폭탄주는 목구멍을 씻어주는 기분이었다. 법인카드로 마신 첫 맥주의 맛도 그랬다.

"팀장님한테 디자인 나오고 이 주 걸릴 거라고 보고했어요."

"네? 과장님께서 며칠이면 된다고 하셨잖아요."

모든 게 완벽한 순간이었는데 성 과장의 말을 듣자마자 몸이 경직되었다. 늘 일정과 싸우는 개발팀인지라 나 때문에 다른 프로젝트에 지장을 주면 큰일이었다. 조직에서 예측 못한 일이 발생할 때 아랫사람은 자기 잘못이 없나 걱정하고 윗사람은 혼낼 사람을 찾는다. 내 잘못이 아니라고 힘주어 말하느라 굳어버린 내 표정을 읽은 성 과장이 웃으며 말을 이었다.

"원래대로 땜빵만 하고 디자인 붙이는 건 금방 하죠. 그런데 이참에 DB 쪽 손을 좀 보려고요. 장애 나는 게 거의 다 그쪽 일이거든요. 뒷단이 죄다 꼬여 있어서. 아싸리 제대로 분석해서 신 서버에 올리는 게 나을 것 같아요. 워낙 엉망이라 그동안 아무도 손을 안 댔어요. 이번에 IDC 들어가는 김에 싹 갈아엎어야죠."

그의 말을 나는 반도 알아듣지 못했다. 상지도 성 과장의 말을 전혀 알아듣지 못하는 표정이었다는 것이 위안이 되었다. 전공 수업을 들을 때와 마찬가지로 나만 모르면 불안하지만 친구도 모르면 안심이 된다. '앞단'이니 '뒷단'이니 하는 말은 회의할 때 종종 듣는 단어지만 IT 용어사전에도 나와 있지 않았다. 나중에서야 Front-end와 Back-end를 번역한 용어란 걸 알았고 '하드코딩으로 박아버린다'라느니 '누끼를 딴다'라느니 하는 표현도 자연스러웠다. 기획자로서 철이 들자 현란한 용어를 남발하는 사람이야말로 실속 없다는 것을 알게 되었다. 업계 전문가일수록 어려운 표현과 용어 대신 모두가 알아들을 수 있는 방식을 택한다.

경력사원으로 들어온 천 대리의 기획안은 엉망인 것으로 유명했다. 그는 발로 그린 듯한 기획안을 보여주며 입으로만 때웠다. 그리고 발표 말미에 "앞단은 어떻고 뒷단은 어떻고" 하는 얘기를 꼭 집어넣었다. 잘 나가던 초고속인터넷 회사의 기획자 출신이라 그런지 여기저기 주워들은 잡지식은 많았다. 기획의 오류를 지적받으면 이런저런 히스토리를 읊어대며 다른 대안이 없다고 얘기했다. 차장, 과장도 말로는 그를 이기지 못하기도 했고, 상대하고 싶어 하지도 않았다. 천 대리의 필살기는 상대가 내뱉은 말을 영락없이 기억하여 나중에 역공의 무기로 삼는 것이었다.

'짜친다'는 말도 그를 통해 전사에 퍼졌다. 알고 보니 지방에서 쓰는 방언이었는데, 천 대리는 디자인팀 시안을 보고 "저거 짜치네"라고 했고, 개발팀이 보내준 일정 계획을 보자 "짜치고 있다"라 표현했다. '거시기'라는 단어처럼, '짜친다'의 적확한 뜻을 몰라도 다들 그 표현을 따라

했다. 나는 그게 IT 기업에서만 쓰는 특별한 용어인 줄 알고 업체와 미팅할 때도 종종 써먹었다. 부끄러운 기억이다.

IDC라는 단어는 신입사원 연수 때 접한 익숙한 단어였다. 사람보다 쾌적한 온도와 습도를 제공받는 서버가 IDC센터에 잔뜩 들어서 있던 풍경은 경이로웠다. 모니터를 보며 관제하는 기술진은 NSC 정예요원처럼 비장한 표정을 하고 있었다. DB가 뭔지도 개념적으로 알고 있었다. 하지만 내가 만든 기획안에는 단 한마디도 언급되어 있지 않았다.

내 기획안을 보고 'DB 쪽 손을 봐야 하고 뒷단을 분석해서 신 서버에 올려야 한다, IDC 들어가는 김에 갈아엎는다'라고 성 과장은 처방했다. 과음으로 속이 쓰려서 약을 조제받으려고 집 근처 병원에 갔더니 의사가 심전도검사와 심장 초음파검사, 관상동맥 CT검사를 받아야 한다고 진단하는 것 같은 느낌이었다. 단지 전날 술을 많이 마셨던 것뿐인데.

"아, 사이안 사원이 기획안에서 문제점을 잘 짚었어요. 그걸 제가 개발 관점에서 풀려면 해야 하는 일을 말씀드린 거예요. 아직은 좀 복잡하게 들리죠?"

"네."

"기획안 보니까 금방 천 대리 뛰어넘겠던데요? 잘 부탁드려요, PM님."

PM님, 성 과장이 내게 PM이라고 했다. 프로젝트 매니저. 신입사원에게는 꿈같은 얘기였다. 물론 작은 회사에서는 기획자라는 이름이 붙으면 대부분 PM이지만, 내가 다니던 대기업에서는 '기획자 중에서도 잘나가는 리더'와 다름없었다. 쓱싹쓱싹 기획안을 멋지게 만들고 카리스마를 뿜으며 발표를 한 후 디자인과 개발 조직을 이끌며 프로젝트 일정과 비용을 관리하는 게 내가 아는 PM이었다. 개발실장도 인정한다는 성 과장이 'PM님'이라고 부르며 건배를 권하니 나도 모르게 어깨에 뽕이 들어갔다.

술이 들어가면서 우리 테이블은 나와 상지가 자기 팀에 대해 성토하고 성 과장은 큰오빠 같은 미소를 지으며 달래주는 훈훈한 분위기가 됐다. 여대를 나온 상지는 사내 유일한 여초 조직인 디자인팀 분위기에 적응하는 건 쉬웠다고 했다. 하지만 비슷한 규모의 회사라면 디자인실이나 디자인센터 규모의 조직이 돌아가는데 우리 회사는 겨우 팀 하나가 있는 게 그녀를 힘들게 했다.

스펙 좋은 개발자를 뽑아놓고 정작 중요한 건 외주를 주듯, 디자인팀 역시 에이전시에 콘셉트와 일정, 비용을 알려주며 외주를 주고 산출물을 관리하는 게 주된 일이었다. 하지만 긴급한 건 내부에서 해결해야 했고 우리 회사 전체에서 상지 혼자 하고 있었다. 그리고 그건 디자인 팀에서 대대로 내려오는 전통이라고 했다. 회사 설립연도를 생각하면 대대로 내려오는 전통 따위가 있을 리 없지만, 아무튼 그렇단다. 술 몇 잔에 상지는 볼이 빨개졌고 다크서클은 아래로 더 내려와 피곤해 보였다.

"너 되게 피곤해 보인다?"

"그렇지 뭐. 야니 언니, 영업 쪽은 진짜 미친 새끼들만 있는 거 아니야?"

"왜, 뭔 일인데?"

상지가 말해준 그녀의 이십사 시간은 디자인팀 막내의 실상을 오롯이 묘사해주었다.

우리 회사가 운영하는 사이트에 새로 나온 휴대폰의 광고가 들어왔단다. 디자인팀장은 콘셉트와 톤앤매너에 대한 가이드를 만들고 에이전시에 전달해줬다. 에이전시는 이틀 밤을 새워 이벤트 페이지를 디자인했고, 디자인팀은 검수를 거쳐 개발팀에 전달했다. 개발팀은 영업팀 요구대로 정확한 시간에 프로모션 페이지를 띄웠다. 그런데 로그인 영역에 작은 배너 하나를 급하게 추가해달라는 영업팀 요청이 들어왔다. 피곤에 찌들었던 에이전시 직원들이 퇴근한 상태여서 디자인팀이 자체 해결하기로 했단다. 그런 궂은일의 담당자는 당연히 막내인 상지였다.

저녁을 먹고 나서야 작업에 들어간 그녀는 에이전시가 만든 배너를 가지고 '베리'를 쳤다. 즉, 원본 디자인 파일의 요소를 활용하여 해당 배너 사이즈에 맞게 끼워 맞추었다. 그런데 광고주 쪽에서 배너 시안을 보더니 수정사항을 계속 요청했단다. 우리 회사 영업담당자가 수정사항을 중계했는데 정확한 요구사항 대신 "조금 더 밝은 느낌으로 해주세요.", "그래도 대기업 제품인데 품격이 조금 떨어지는 것 같아요" 따위의 추상적인 얘기만 늘어놓았단다.

결국 상지는 어머니 생신날에 자정이 넘어서야 퇴근을 했다고 한다. 한 시간이 멀다고 전화로 괴롭혔던 영업담당자는 그 시간에 정작 광고주의 담당자와 단란주점에 있었다고 했다.

"상지 씨가 착해서 그래요."

나와 상지가 깊은 분노에 잠겨 있을 때 우리보다 팔 년 더 IT 짬밥을 먹은 성 과장은 별것 아니라는 듯 그런 상황에서 디자인팀이, 상지가 해야 했을 일을 지적했다.

"이틀 밤새웠다고 업체를 봐주면 어떻게 해요. 버릇 나빠져요. 에이전시 대표한테 전화해서 요구를 해야죠."

"과장님, 에이전시하고 계약한 건 프로모션 랜딩 페이지 디자인이었다고요. 퇴근 시간 지났는데 어떻게 그걸 전화로……"

"거기 우리 회사 덕분에 먹고살잖아요. 배너 정도야 계약서에 없어도 서비스죠. 앞으로는 그냥 에이전시에 던져놓으세요."

놀랐다. 결국, 성 과장도 갑을 문화에 훌륭하게 적응한 사람이었다는 것에. 마음이 씁쓸해지자 맥주에서도 씁쓸한 맛이 났다.

"농담이에요. 그런데 다들 그렇게 하잖아. 저 원래 이 회사 일 받던 개발 에이전시 출신이에요. 그런데 돈 준 만큼만 시켜야 하는 게 맞지. 에이전시에 있을 때 이 회사라면 이를 갈았거든요. 연봉 많이 올려준다는 얘기도 그렇고 대기업 다녀야 장가가니까 큰맘 먹고 왔는데 겁나 짜증나요. 늙어 죽을 때까지 개발하고 싶은데 자꾸 관리 쪽으로 굴리려고 하니깐."

성 과장의 말에 나와 상지는 마음이 복잡해졌다. 성 과장은 어찌 됐든 이 회사에서 자리를 잡은 사람이다. 우리는 대기업 신입사원으로 시작했지만 끝은 어떻게 될지 모른다. 나는 이류대 국어국문학과 출신, 상지 역시 이류대 산업디자인학과 출신이다. 팀장급 이상은 거의 다 명문대 출신이다. 에이전시를 택한 이들 중에는 우리보다 좋은 학교를 나왔거나 유능한 이들도 많다. 일 년 동안 제대로 배운 게 없는데 우리의 미래는 어떻게 될지 불투명했다.

상지는 신입 시절부터 술을 잘 못했다. 그런데 모처럼 아군 같은 사람을 만나니 긴장이 풀렸나보다. 자꾸 화장실을 들락거리면서도 쉼 없이 맥주를 마셨다. 공채 동기끼리야 다들 친했지만 상지는 말도 없고 속내를 잘 알 수 없는 타입이었다. 동기끼리 술자리를 가져도 홀짝이다가 1차가 끝나면 약속이 있다며 중간에 가버리곤 했다. 상지가 살갑게 말을 건네는 것은 처음 겪는 일이었다. 그녀의 이십사 시간에 대한 이야기가 이어졌다.

"그래도 언니 덕분에 디지털 쓰레기 배출을 멈출 수 있어서 좋아."

"그게 무슨 말이야?"

"내가 어제 파일을 몇 개 만들었는지 알아? 두 시간 걸려서 '최종본.psd'를 만들었어."

"응."

"그다음엔 '수정_최종본.psd'를 만들어서 보냈단 말이야."

"그런데?"

"영업본부 그 사람이 또 수정해달라고 전화했잖아. '진짜_최종본.psd'를 만들었지."

"더 있어?"

"응. 칼라 바꿔달라고. 그래서 작업해서 '파이널_최종본.psd'를 보냈어."

"아직 남은 거지?"

"한 시간 있다가 전화 오더니 또 수정해달래. 작업해서 '파이널_진짜_최종본.psd'를 보내니까 한동안 조용하더라."

"최종본을 몇 개나 만든 거야?"

"스물두 개. 자정 넘어서야 '파파파이널_진짜_최종본.psd'를 보냈는데 전화가 더 안 오더라고. 컨펌 났냐고 전화해서 물어볼 수도 없어서 기다리다가 택시 타고 집에 갔지. 엄마는 주무시더라."

상지가 새벽에 집에 들어가니 식탁 위에는 그녀를 위해 남겨둔 생일

케이크가 놓여 있었다고 했다. 여기까지 얘기한 후 상지는 한숨을 폭 내쉬고는 담배를 달라고 했다. 그녀가 삼 년 동안 쌓은 금연의 공든 탑이 무너지는 순간이었다.

그때는 나도 상지를 위로했지만, 그녀가 겪은 일은 작은 규모의 에이전시는 물론 중견기업 실무자 모두의 일상이었다. 디자이너뿐 아니라 개발자, 기획자, 마케터, 갑에게 돈을 받는 IT 급여생활자 모두가 감당하는 일이었다. 영업담당자 역시 다른 방식으로 시달렸을 것이다. 욕받이로 생활했던 나의 일 년도 비슷했다.

"과장님, 솔직히 저 이거 디자인 금방 끝나거든요? 그런데 일주일로 잡았어요."

나 못지않게 낯가리는 그녀가 처음으로 성 과장에게 먼저 말을 걸었다.

"왜요?"

"저 요즘에 슬럼프라 고민 많았거든요."

"1, 3, 5······ 연차가 늘어날 때마다 슬럼프가 찾아오죠."

"그렇다고 하더라고요. 그런데 이안이 언니 덕분에 혼자 시안도 잡고 디자인 칠 수도 있잖아요. 붕어빵 틀처럼 찍어내기만 하다가 좀 재밌는 일이 생겼어요. 입사할 때 생각한 것처럼 창의적인 디자인 좀 해보려고요."

상지는 내가 발제한 프로젝트 덕분에 신입 일 년 차에 찾아온 사춘기를 넘길 힘이 생겼다고 했다. 직장인은 일 년 차, 삼 년 차에 큰 열병을 앓곤 한다. 이 일을 계속해야 하는지 갈등을 겪는 것이다. 대부분 그냥 버티며 힘든 시기를 넘기지만 이직하는 이도 많다. 새로운 직장에서 새로운 사람과 새로운 환경을 만나면 뭔가 달라지는 것 같다. 하지만 일 년이 지나면 깨닫게 된다. 여기도 마찬가지라는 걸.

"그래서 일주일의 방학을 준 거예요?"

"네. 좀 찔리지만."

"일주일 가지고 무슨. 이안 씨, 이 주는 걸리게 기획안 좀 수정해봐요. 상지 씨 재충전 좀 하게."

"어, 그럴까요? 아니다. 상지야, 아예 한 달 분량으로 고칠까?"

우리는 각자 팀장이라도 된 듯 일정을 가지고 농담을 하며 웃었다. 그러다가 문득 우리가 하는 장난이 팀장 이상의 높은 사람들이 하는 '사내 정치'라는 생각이 들었다. 라인이 다르면 전쟁을 벌이기도 하지만 경쟁 부서가 아닌 이상 보직자는 보직자끼리 아삼육으로 지냈다. 연말을 앞두고 매출을 초과달성한 팀장이 친한 부서에게 매출을 넘겨주는 일도 비일비재했다. TV 카메라 앞에서는 여야로 나뉘어 원수처럼 싸워도 퇴근하고 나면 여의도 일식집에서 폭탄주를 말아주며 러브샷 하는 국회의원처럼.

기득권에 대항하는 정의롭고 참신한 이미지로 당선된 초선 의원도 일 년이 지나면 야성을 잃고 만다. 자신이 존경했던 선배 정치인에게 다음 공천을 앞두고 준비하라는 얘기를 들었을 것이다. 그때는 이게 아니다 싶지만 결정할 수밖에 없는 상황이 자신에게도 온다. 불의로 생각했던 세력과 거래하기 시작한다. 거래가 트이기 시작하면 되돌릴 수 없이 관성이 붙게 된다. 처음만 어렵지 나중에는 쉽다. 바늘도둑이 소도둑 된다는 말은 인간 사회를 정확히 꿰뚫는다.

투명한 어항 속 한가득 담은 깨끗한 물도 검은 잉크 한 방울에 더러워진다. 그 더러워진 물을 정화하겠다고 굳게 마음먹은 물 한 방울이 뛰어 들어가봤자 깨끗해지지 않는다. 그 물 한 방울도 금세 수많은 검은 물방울 중 하나가 될 뿐이다. 그 어항을 깨끗하게 하려면 정말 많은 물이 필요하다. 차라리 물방울이 아닌 작고 뾰족한 망치가 필요하다. 어항을 깨뜨려 더러워진 물을 모두 빼낸 후 새 어항에 깨끗한 물을 붓는 게 빠를 수 있기 때문이다.

우리 역사에 기록된 위대한 인물은 뾰족한 사람이었다. 하지만 대중은 뾰족한 것보다는 부드럽고 쉬운 것에 끌린다. 어항을 깨자는 과격한 사람보다 더러운 물을 한 숟갈씩 떠내고 깨끗한 물을 한 숟갈씩 넣자는 사람의 말에 고개를 끄덕인다. 그래서 그런 말을 하던 사람에게 권한을 이양해주었다. 그렇게 권한을 얻은 이가 더러운 물을 떠낸 적도, 깨끗한 물을 넣은 적도 없다. 물이 더럽다고 하는 이의 뒤통수를 망치로 후려갈겨 조용히 시킨 후 깨끗해지고 있다고 소리칠 뿐이다.

그날 그 술자리는 즐거웠고 프로젝트 역시 성공적으로 마무리되었다. 고객사에서 발생한 장애와 버그가 눈에 띄게 줄어들었다. 그리고 나는 성 과장의 말처럼 진짜 PM이 되었다. 상지는 후배에게 노가다 자리를 넘겨준 후 큰 프로젝트를 몇 차례 수행했다. 어느 날 동기 중 가장 먼저 퇴사한 그녀는 게임회사를 거쳐 규모는 작지만 실력 있는 디자인 에이전시를 만들었다. 당시엔 이름도 생소했던 UX 전문가로 변신한 그녀는 지금 국내에서 가장 유명한 UX 컨설턴트로 활동하며 모교의 겸임교수도 맡고 있다.

나는 스물여덟 살이 된 2006년 2월에 대리가 되었다. 같은 날 우리 팀 천 대리는 과장으로 진급했다. 같은 연차의 누구보다도 빠른 진급이었다. 팀에서 진급 축하 파티를 열어주었는데 1차 곱창집은 천 과장이, 2차 호프집은 내가 쏴야 했다. 진급한다고 연봉이 오르는 게 아니라는 걸 알고 나니 하나도 기쁘지 않았다. 술자리를 파하고 집에 돌아와 혼자 침대에 누우니 서글픔이 몰려왔다. 축하해줄 가족이, 남자친구가 있다면 얼마나 좋을까 하는 생각에 울다가 잠들었다.

공채로 들어온 팀 막내가 천 과장의 부사수가 됐다. 그때부터 천 과장은 내게 찝쩍거리기 시작했다. 그동안 내 눈도 제대로 쳐다보지 못하던 주제에 말이다. 소문을 통해 그가 한참 어린 대학생을 만나다가 헤어졌다는 얘기를 들었다. 채팅으로 만나 비싼 식당에 데려가며 마음을 산 뒤에 차버렸다는 것이다. 그게 천 과장의 자존심을 끌어올렸나 보다. 열 살 어린 애에게도 통했으니 자신이 매력 있다고 착각했던 그. 찌질이들의 특성이다. 그는 내가 부사수가 된 뒤 그 오랜 시간 제대로 된 대화 한번 이끌지 못했다.

그동안 천 과장의 화법에서 묘한 특징을 발견했는데 호칭을 통해 상하 관계를 정리한다는 것이다. 직장에서 호칭을 쓰는 방식은 대개 그렇지만 천 과장의 쓰임새는 조금 더 미묘하다. 자기보다 직위와 연차가 높은 경우에는 '신 차장님'이라고 성 다음에 직위나 직책을 붙인다. 그런데 직위나 연차 하나라도 같은 경우에는 '수철 차장님'이라고 부른다. 직위와 연차 둘 다 자기보다 낮으면 학교 후배 대하듯 그냥 이름을 부른다. '사 대리'나 '이안 대리', '이안 씨'도 아니다.

"이안, 저녁때 약속 없으면 술 한잔할까?"

뒷자리에 앉아 있던 천 과장이 말을 걸었다. 사무실에서는 보통 의자를 돌려 말을 건네는 게 보통이다. 우리 회사는 옆자리에 있는 사람에게도 메신저로 말을 거는 게 통념이었다. 그런데 천 과장은 자리에서 일어나 곁으로 다가온 후 내 어깨에 손을 짚은 채 귓가에 대고 말했다. 섬뜩한 촉감과 함께 심한 구취가 몰려왔다. 싫은 내색하지 않고 태연하게 대답하려고 했다.

"좋죠. 멤버는요?"

"너랑 나."

"둘만요? 왜요?"

나도 모르게 퉁명스럽게 대답했다. 그래도 무뚝뚝한 내 성격을 고려하면 그리 삐딱한 답변은 아니었다. 하지만 천 과장은 당황했는지 귀가 빨개지며 얼굴이 굳었다. 다른 팀과 회의를 할 때에도 자기가 예상하지 못한 질문을 받거나 오류를 지적받으면 귀가 빨개지면서 잠시 머뭇거린다. 짧은 찰나지만 내 눈엔 다 보였다. 그러곤 여유 있는 척 표정을 바꾸며 수습을 하지만, 삐쳤으면서 안 삐쳤다고 하는 유치원 아이처럼 당황한 티가 난다.

"그게, 내가 그동안 이안 씨 제대로 챙겨주지도 못했잖아."

이름 뒤에 '씨'가 붙었다. 싸움도 못하면서 괜히 툭툭 건드리다가 상대가 파이팅 자세를 취하면 왜 그러냐고 어깨동무하며 엉기는 타입. 어디까지나 스테레오타입이지만 누적된 콤플렉스를 잘못된 방향으로 푼 결과물이다. 대학 때 비슷한 애들을 보았는데 흔한 '아싸'(아웃사이더)와는 달랐다. 대학 부적응자는 재수를 선택하거나 조용히 공부하다가 졸업한다. 그런데 이 부류는 다르다. 늘 부지런히 주위의 먹잇감을 찾다가 포착되는 즉시 거머리처럼 달라붙어 흡혈한다.

천 과장도 지방에서 공부 좀 한다는 소리를 들었으니 서울에 있는 이름 있는 대학에 갔을 것이다. 입학하고 나니 정작 서울 애들은 공부 못해서 이류대에 왔다는 열등의식을 갖고 있다. 그런 그들이 노는 것도 더 잘 놀고 말도 잘하고 세련되게 옷도 잘 입었을 것이다. 기가 죽어지내다가 고향 친구 중 자기보다 못한 대학을 다니는 애들을 만나 술을 사줬겠지. 지방에서 부동산으로 큰돈을 만진 부모님 덕에 넉넉했다고 하니까. 방학을 맞이해 집에 내려가면 동네 후배들을 불러 훈계도 하며 훈장질을 했을 것이다. 회사 앞에서 고향 후배들을 불러 술 사주는 걸 나도 종종 보았다.

그가 사주는 고기와 술을 마시고 유흥업소에 갔던 친구며 후배들은, 그리고 우리 팀 팀원들은 그게 그의 호의라고 생각했을 것이다. 거머리는 먹잇감의 피를 빨 때 히루딘이라는 마취제와 항응고제를 주입한다. 그래서 동물은 자신이 빨리는 줄도 모르고 피를 내주게 된다. 천 과장이 베푸는 마취제에 취하면 그에게 에너지를 내주게 된다. 수년간 관찰하며 알게 된 패턴이다. 나는 천 과장같이 흡반이 달린 사람을 '마이너스 에너지를 가진 사람'으로 분류한다.

천 과장의 흡반이 통하지 않는 상대도 있다. 신기하게도 그보다 더 돈이 많고 좋은 학교를 나오고 직위와 연차가 높은 사람은 그가 다가올 때 먼저 선을 긋는다. 사회생활 하며 비슷한 거머리를 한둘씩은 겪었기에 그의 마이너스 에너지를 느끼면 본능적으로 멀리하게 되는 것 같다. 그들에게 천 과장은 취기를 빌어 공격적으로 대하기도 했다. 먹지 못하는 감 찔러보기라도 하듯 툭툭 던지며 시비를 걸곤 했다. 영업

본부 1팀에 새로 들어온 양 과장에게도 그랬다.

다니던 IT 보안 전문회사가 더 큰 회사에 인수되자 양 과장은 우리 회사에 경력직으로 이직했다. 흰 피부와 작은 키에 동안이었고 늘 서글서글한 인상이었다. 나이도 비슷하다고 하니 천 과장이 만만하게 보았나보다. 영업본부가 따온 프로젝트 건으로 우리 팀과 영업 1팀의 과장급이 회식 자리를 가진 날의 일이다. 천 과장은 술에 취하자 뉴페이스인 양 과장 앞자리로 옮겨가 슬슬 건드리기 시작했다. 평소 영업 부서를 폄하하던 그는 양 과장에게 자기 밑으로 들어와 기획 일을 배우는 게 어떻겠냐는 말을 했고, 양 과장은 그냥 웃어넘겼단다.

그러다가 천 과장이 연봉 얘기며 대학 얘기를 꺼내자 분위기가 싸해졌다. 천 과장은 영업본부에 자기만 한 스펙을 가진 사람도, 자기보다 연봉이 높은 사람도 없다고 확신했다. 실제로 천 과장은 팀장급에 가까운 연봉을 제안받고 우리 회사에 들어왔다고 다들 알고 있었다. 조용히 앉아 있던 양 과장이 천 과장을 술집 밖으로 끌고 나갔다. 양 과장이 두꺼운 팔뚝으로 천 과장의 멱살을 잡은 채 참교육을 해주었다는데 그 내용은 전해지지 않았다. 그리고 양 과장이 명문대 출신이자 ROTC로 군 복무를 마쳤다는 것, 전 회사에서 받던 연봉이 워낙 높아서 연봉 대신 직위를 높여 스카우트했다는 내용이 우리 본부까지 퍼졌다.

그 사건이 있은 지 이 주가 지난 상황에서 천 과장이 내게 단둘이 술을 마시자고 제안한 것이다. 당연히 참교육으로도 천 과장은 달라지지 않았다. 정작 자신은 아무에게도 공격받지 않았으면서 그는 자신이 피해자인 것처럼 상황을 만들고 누군가를 교묘히 공격했다. 천 과장은 내 대답을 기다리며 뻘쭘하게 서 있었다. 눈을 돌리며 내 모니터 화면을 훑어보는 엉큼한 시선이 싫었다.

"네. 그래서 이제부터 챙겨주시게요?"

"에이, 왜 그래? 정리하고 로비에서 보자."

천 과장은 회식 때 잘 좀 챙겨달라고 농담으로 한 말을 내내 담아둔 것이다. 그는 내 등을 쓸며 어색한 웃음을 지은 후 자리로 돌아갔다. 그의 손이 닿은 곳은 정확히 내 브래지어 밴드 부분이었다. 노트북을 닫고 자리를 정리하는 동안 불쾌한 기분이 가시지 않았다. 깨끗한 계곡물에 발 담그고 놀다 수박을 먹으러 나왔는데 종아리에 붙은 거머리를 발견한 느낌이었다.

유독 내가 천 과장 같은 스타일을 더 밉상으로 보는 것뿐이지 세상은 거머리 천지다. 갑이 을에게, 을이 병에게 흡혈한 피로 산업이 돌아간다. 사람의 불안감을 빨아먹고 사는 보험, 상조, 종교, 음모론자, 언론인, 유사과학자는 또 얼마나 많은가. 정부지원금에 빨대를 꽂아 해마다 빨아먹고 사는 거머리 스타트업도 수없이 많다. 멀리 볼 것도 없이 가족이나 연인의 사랑을 빨아먹고 사는 거머리는 주변에서 흔히 볼 수 있다.

비공식적이긴 하지만 큰 회사는 대부분 급에 따라 다른 술집을 출입한다. 임원들만 가는 조용한 주점은 그들만의 아지트이며 접대용으로도 사용한다. 팀장급이 양주를 마시러 가는 바는 회사 근처 일식집 위층에 있다. 천 과장이 데려간 술집은 회사 근처의 호프집이었는데 주로 팀장 이상이 2차로 가는 곳이었다. 작은 바가 있긴 하지만 고급도 아니다. 대학가에 가면 반드시 있는 프랜차이즈 호프집이었다. 지겹

게 다니던 치킨집보다는 나았지만, 술집은 누구와 함께 가느냐가 중요하다.

"이안아, 나한테 그냥 오빠라고 그러면 안 돼?"

흑맥주 몇 잔에 혀가 짧아진 천 과장은 양주를 먹자며 호기를 부렸다. 내가 비싸다며 만류했더니 눈을 반짝이며 마음껏 시키란다. 그래서 내가 유일하게 마시는 양주인 테킬라를 주문했다. 그는 자신이 술을 잘 마신다고 한참을 자랑하더니 테킬라 네 잔을 마시고는 눈이 풀려버렸다. 회식 때도 그렇게 눈이 풀린 상태에서 한동안 주정을 하다가 다시 멀쩡해지기를 되풀이했다. 아무튼 자신을 오빠라고 부르라니, 정말이지 어이가 없었다.

"과장님 취했어요?"

"아니, 회사에서는 말고. 밖에서는 그렇게 부를 수 있잖아."

"저 대학 때도 선배한테 오빠라고 안 불렀어요."

거짓말이다. 밥과 술을 자주 사줘서 친해진 남자 선배에게는 자연스럽게 오빠라고 불렀다. 강영민처럼 매력적인 남자에게는 하루 만에 오빠라는 호칭을 붙였다. 하지만 사회에서는 다르다. 호칭이 권력 관계를 나타낸다. 작은 회사라면 몰라도 직장 내에서 오빠라는 호칭을 하는 사람을 이해할 수 없다. 제대로 된 시스템을 갖춘 회사에서 자기보다 나이 많은 여자 직원에게 누나라고 부르는 남자는 없다.

"웃기시네. 너 영철이한테는 오빠라고 부르잖아. 내가 들었거든?"

"영철이 오빠는 제 동기잖아요."

"야, 전략팀 영철이는 오빠고, 같은 팀 선배는 오빠 아니야?"

대학에서는 같은 학번이라도 나이가 많으면 오빠나 형, 언니, 누나라고 부른다. 호칭만 그럴 뿐 동기니까 서로 반말을 한다. 영철이 오빠는 석사를 마치고 MBA까지 하다 입사해서 동기 중 나이가 가장 많았다. 어느 회사건 공채 동기끼리는 편하게 지내는 게 보통이다. 천 과장의 억지에 나는 할 말을 잃었다. 아니, 더는 말을 섞고 싶지 않았다.

"야, 아니다. 됐다. 그만하자."

본인이 시작해놓고 그만하자고 한다. 그와의 대화는 늘 이런 식으로 끊겼다. 그는 테킬라 한 잔을 더 마시더니 이번에는 자기가 최근에 만난 여자친구에 대해 넋두리를 했다. 회사 동료와 나눌 수도 있는 얘기지만 친한 경우에나 해당한다. 게다가 잠자리를 묘사하는 건 헤어진 그녀에 대한 예의가 아니고 듣고 있는 내게는 성희롱에 해당한다. 요는 자신이 최선을 다했지만 전 여자친구는 침대 위에서 목석같았으며 처녀도 아니었다는 내용이었다. 내가 들을 필요도 이유도 없는 내용이었다. 정말 친한 친구끼리 할 얘기다. 팀 동료는 인터넷 익명게시판이 아니다.

"이안이 너는 남자친구 없어?"

하필 내가 테킬라를 마시고 레몬을 입에 넣을 때 그가 물었다. 바에 앉으니 마주 보지 않아도 되어 좋았는데 내 쪽으로 고개를 돌리며 가까이 다가올 줄은 몰랐다. 그의 시선은 분명히 내 가슴을 향해 있었다. 줄담배를 피우던 그가 내뿜은 담배 연기와 함께 시큼한 레몬즙이 숨구멍에 들어가며 사레가 들렸다. 고통스럽게 캑캑거리는데 그가 내 등을 두드렸다. 전혀 도움도 되지 않고 기분 나쁜 손길이었다. 뭐라고 말도 나오지 않는 상황이라 그의 손을 뿌리칠 수도 없었다. 조금 진정이 되니 그가 얼굴을 가까이 들이밀며 입을 열었다.

"그렇게 놀랐어?"

"아니요. 레몬이 기도로 들어가서."

"괜찮아. 나한테 남자친구 얘기하기는 부담되지? 영철이 오빠한테는 했을 텐데."

표정도 내용도 옹졸했다. 문득 성 과장이 떠올랐다.

첫 PM 역할을 한 후 성 과장과 프로젝트를 할 기회가 많이 생겼다. 밥도 술도 커피도 함께 할 기회가 많아졌다. 그와 대화를 나눌 때면 편했다. 업무에 관한 얘기뿐 아니라 개인적인 얘기도 많이 했다. 서로에 대한 배려가 기본으로 깔려 있기에 가능했다. 그는 남중, 남고를 거쳐 공대와 군대, 개발업체로 이어진 자신의 테크트리에서 모태 솔로를 벗어나는 건 불가능에 가까웠다는 슬픈 얘기도 유쾌하게 들려주었다. 시니어 기획자에게 어떤 역량이 필요한지, 개발자는 어떤 기획자를 좋아하는지 같은 얘기를 해준 것도 그밖에 없었다.

"요즘은 걔네 담당자 연락 잘 안 오지?"

"네. 지난번 개편 이후로는 거의 없어요."

"거기 상무가 우리 본부장님하고 친하잖아."

"네?"

천 과장이 말한 '걔네'와 '거기'는 내가 담당하던 고객사를 지칭했다. 내 첫 번째 프로젝트 이후 오류가 줄어들었고 전산실 대리의 태도도 변했다. 장애가 발생할 때마다 전화선을 통해 여과되지 않은 분노를 전하던 그는 외근 중에 들렀다며 찾아와 커피도 사주었다. 그는 사실 영업점에 있다가 본사로 발령받아 좋아했는데 하필 전산실이라 힘들었다고 했다. 하드웨어와 프로그램 구매, 사내 ERP(전사적 자원관리)와 커뮤니케이션 서비스 운영이 주된 롤이었단다.

구매 업무는 글로벌 기업의 접대까지 받으며 편하게 진행했는데, IT 서비스 운영은 협력사에 맡기기 때문에 힘들었다고 했다. 사내에 전산 관련 문제가 생기면 우리 같은 협력사에 전화해서 일부러 화난 목소리를 내는 것 외에는 조치할 게 없었단다. 인터넷 관련 문제면 초고속 인터넷 회사의 영업 담당자에게 전화해 당장 기술자와 함께 회사로 들어오라고 소리를 쳤다. 서비스 장애가 발생하면 나에게 전화해 언제 해결되는지 즉시 파악해서 보고하고 장애보고서에 원인과 재발 방지 대책을 자세히 적어 제출하라고 소리를 쳤다.

그런데 내가 성 과장과 함께 프로그램을 전면 개편하자 서비스 장애가 확연히 줄어들었단다. 그래서 자기 회사 내부 직원의 만족도도 높아졌는데, 문제는 그 덕에 전화해서 뭔가 일을 열심히 하는 것처럼 보여줄 퍼포먼스가 줄었다는 것이다. 그가 하던 업무를 사원급으로 내릴 계획이 있으며 아예 전산실 TO(인원 편성)가 줄어들 수도 있다고 했다. 그렇게 되면 자신은 다시 지점으로 발령받을 것 같다며 걱정이 태산이란다. 경기호황일 때야 성과급도 받을 수 있었지만 사실상 좌천이라 결혼 시기도 바꿔야 할 것 같단다.

직접 보니 상상했던 것과 달리 키도 크고 매너도 좋았으며 착한 사람이었다. 자신과 자기 부서의 성과를 어필하기 위해 얼굴도 모르는 '을'의 담당자에게 전화해 소리를 지르는 것. 그것이 그의 일이었다. 조직이라는 것에 속한 대부분은 자신이 원하는 것이 아닌, 사람들이 자신에게 원하는 것을 하며 산다. 역할놀이는 속한 회사, 부서, 직위, 직급에 따라 다르고 특히 회사 고위층의 정치적 상황에 의해서도 좌우

된다. 그렇게 자신의 본래 모습과 영혼을 출근과 함께 내려놓고 가면을 쓴 채 살아가는 껍데기들이 오전부터 밤까지 있는 곳이 회사다.

"본부장님이 그 상무하고 고등학교, 대학교 동기동창이야. 서로 밀어 주는 사이거든. 그 솔루션 우리가 맡게 된 것도 본부장님이 물어 온 거고."

천 과장의 얘기를 들어보니 이해가 됐다. 솔루션 납품 대가는 거의 후려치는 격이었다. 그게 그 상무의 성과가 됐고 '상무보'에서 '보'자를 떼고 진짜 임원이 될 수 있었단다. 우리 회사 입장에서는 어차피 원가도 별로 들지 않는 걸 납품한 후 매월 운영비를 받으니 알짜배기 매출 중 하나였다. 그게 우리 본부장의 성과가 됐고 그 대가로 우리 팀엔 욕받이 한 명이 필요했던 것이다. 실제로는 낮은 직급의 담당자 한 명, 즉 내가 전담했지만, 계약상으로는 유지보수를 위한 중급과 초급 개발자, 운영 담당 한 명의 인건비가 계상되어 있었다.

그의 입에서 나온 얘기 중 가장 들을 만한 얘기였다. 물론 피가 되고 살이 되는 얘기는 아니었다. 두 높은 분들의 이해관계, 각자의 정치에 희생양이 된 건 나였으니까. 실제 프로그램의 성능은 그들에게 중요한 게 아니었다. 내가 하는 일은 회사의 중요한 일이면서 동시에 별 가치가 없는 일이기도 했다. 조직에서 높은 자리에 올라간다는 것, 정치적 영향력을 가진다는 것이 무엇을 의미하는지에 대한 내 첫 경험이었다. 살다 보니 그런 자리에 올랐으면서도 본질에 충실한 사람은 극소수라는 것을 알았다. 그래도 세상은 돌아간다. 우리 팀의 주요 사업 역시 욕받이 한 명으로 돌아갔듯이.

천 과장은 내가 자신의 얘기에 흥미를 느낀다고 생각했는지 말투며 표정에 자신감이 넘치기 시작했다. 그 자신감은 기어이 술 취한 척 내 무릎에 손을 올리는 것으로 이어졌다. 내가 그렇게 우습게 보였는지 수치심과 자괴감이 함께 들었다. 내가 이류라면 그는 삼류였다. 성질대로라면 싸대기를 올려쳤겠지만, 화장실에 간다고 자리에서 일어났다. 그는 조심해서 다녀오라며 자상한 표정을 지었다. 내가 가장 조심해야 할 것은 본인이었는데. 나는 밖에 나가 담배를 피우며 분노를 삭이고 돌아왔다.

딸랑!

"안녕하십니까!"

내가 자리에 돌아오자마자 타이밍 좋게 팀 막내 혁진이가 들어왔다. 갑작스러운 그의 등장에 천 과장의 눈이 커졌다. 막내는 SKY 다음으로 꼽는 대학교 출신에 인물도 좋고 유머 감각도 있어서 모두가 좋아했다. 그런 '핵인싸' 스타일의 신입사원은 넉살 좋게 선배에게 충성하거나 그런 흉내라도 내는 게 보통이다. 지시하면 복종해야 하고 불합리하게 보이는 관습도 문화라고 생각하며 따라야 한다. 그런데 혁진이는 달랐다. 지시한 내용에 의문이 있으면 즉시 물었고 불합리한 관습은 거부했다.

천 과장은 처음부터 혁진이를 자신의 수족으로 부리려고 했다. 물론 비싼 술을 사준 후 유흥업소에 데리고 다니며 길들이는 것이 시작이다. 하지만 혁진이는 천 과장이 끌고 간 단란주점 입구에서, 안마방 올라가는 계단에서, 풀살롱 간판 앞에서, 유혹을 거부하고 집에 가버렸다. 약이 오른 천 과장이 그냥 노래만 부르자며 데려간 노래방에서도 아가씨가 문을 열고 들어오자 박차고 나가버렸다. 그러자 천 과장

140

은 태도를 바꾸어 그를 타박하기 시작했지만 혁진이는 굴복하는 모습을 보이지 않았다

혁진이가 숙맥인 것도 아니었다. 우리 회사에는 여느 대기업처럼 신입 공채에 장기자랑 따위를 시키는 악습이 있었는데 혁진이는 동방신기의 춤을 췄다. 그것도 보는 사람이 민망해지는 몸부림 수준이 아니라 고난도의 브레이킹까지 소화하는 방송 안무였다. 회식 때 마이크를 잡으면 SG워너비의 노래를 기가 막히게 불렀다. 술을 좋아하지만 회사 사람들과는 자정을 넘기지 않았다. 팀 사람들은 그가 보기 드물게 절제하는 스타일인 줄 알았다. 본부 워크숍 때 그는 자신이 신데렐라가 되는 이유를 고백했는데, 술이 어느 정도 들어가면 흥을 주체할 수 없어서 클럽에 춤추러 갔다고 했다. 대신 클럽에서 어떻게 노는지 보여주겠다며 멋진 댄스 공연을 펼쳤고 순식간에 양평의 펜션이 강남 옥타곤이 되어버렸다.

"어? 너 어떻게 왔어?"

"에이, 섭합니다. 사수님 계신 곳에 제가 없으면 되겠습니까?"

혁진이의 등장에 천 과장은 당황한 표정을 감추지 못했다. 내가 불렀다고 말할 필요는 없었다. 혁진이는 아무렇지 않게 천 과장 옆에 앉았다. 인사팀에서 주관하는 공채 모임을 통해 우리 팀으로 발령받기도 전에 혁진이와 친해졌다. 자기 취향이 확실하고 상대의 취향도 인정해주는 사람끼리는 쉽게 친해질 수 있다. 혁진이는 패기 있는 이십대의 미덕을 모두 가지고 있었다.

"저 데킬라는 별론데."

"그러면 다른 거 시켜."

"아닙니다. 한 잔 시원하게 따라주십쇼. 재밌는 거 알려드리죠."

혁진이는 천 과장이 따라준 테킬라를 반 잔만 마신 후 토닉워터를 주문했다. 당연히 테킬라 슬래머를 제조하려는 것이었다. 혁진이는 토닉워터를 테킬라 잔에 따른 후 냅킨을 덮고 힘껏 내려쳤다. 슬래머 제조의 핵심은 과감함과 민첩함이다. '탕!' 소리와 함께 활화산처럼 탄산이 넘치는 찰나, 시원하게 목구멍으로 넘겨버렸다. 나도 그를 따라 샷건을 제조한 후 내려쳤다. 우물쭈물하던 천 과장도 혁진이가 부추기자 호쾌하게 잔을 내려쳤다. 하지만 혁진이가 코스터에, 내가 냅킨 위에 잔을 내리친 것과 달리 천 과장은 바 테이블 바닥에 바로 내려쳤다.

다행히 다치지는 않았지만 잔이 깨지며 박살이 났고, 천 과장의 효리폰과 내 보세 청바지가 젖고야 말았다. 천 과장은 내게 미안하다는 말을 하는 대신 쓸데없는 걸 보여줘서 이 꼴이 났다며 혁진이를 타박했다. 직원이 가져다준 수건으로 대충 수습했다. 흥은 이미 깨졌지만 술은 많이 남았다. 천 과장이 내준 숙제 때문에 야근하느라 식사도 하지 못한 혁진이를 위해 안주를 추가 주문했다. 사장은 여느 때처럼 추가 안주가 나오기 전에 서비스 안주를 갖다주었다. 서비스로 나온 육포는 여전히 질기고 맛이 없었다.

"사 대리님, 여기 육포는 여전하네요."

"그러게. 질겨. 몽골군도 이런 육포를 먹었을까?"

천 과장을 가운데에 두고 나와 혁진이가 대화를 이어갔다. 사무실에서는 거의 대화가 없던 우리였다. 천 과장은 데면데면한 줄 알았던 우리 둘을 번갈아 보며 바쁘게 눈알을 굴렸다.

"보르츠요? 에이. 설마 이렇게 질겼게요?"

"그렇지? 이렇게 질겼으면 먼 나라까지 전쟁하러 가지도 않았을 거야. 잘 먹어야 싸우지."

"어? 그러면 고려 역사가 달라졌겠는데요?"

별 내용도 없는 대화다. 몽골군이 전투식량으로 먹던 육포가 어땠는지 우리가 알게 뭐람. 육포는 맛이 없었지만 사소한 것을 두고도 함께 즐기는 대화가 맛있었다. 천 과장과 그런 대화가 가능했으면 나는 그를 조금 덜 싫어했을지 모른다. 천 과장은 입맛을 다시더니 말없이 술을 마시다 다시 눈이 풀려 주정을 부렸다. 2차로 옮기자고 소리치더니 바 테이블에 두 팔을 올린 채 엎드려 잠들었다. 나와 혁진이는 술값을 계산하고 외투를 입은 채 그를 기다렸다. 그는 늘 그랬듯 곤충처럼 다시 변태했다. 멀쩡해진 그는 왜 우리가 계산했냐며 2차, 3차까지 쏘겠다고 소리쳤다. 바에서 나오니 겨울비가 내리고 있었다.

2차로 갔던 실내 포장마차에서도 천 과장은 롤러코스터를 탔다. 단골 여사장님이 자신이 주문한 오징어 회를 내오자 산낙지를 시켰는데 잘못 나왔다며, 장사 이렇게 할 거냐며 소리를 질렀다. 그러더니 이내 헤죽거리며 맛있다고 집어먹으며 소주를 마시다가 눈이 풀려버렸다. 그러다가 다시 혁진이에게 시비를 걸기 시작했다. IT 바닥이 얼마나 좁은지에 대해 한참을 얘기하더니 우리 본부장과 자신이 전 직장부터 함께 일한 사이라는 걸 강조했다. 그 말이 뭘 뜻하는지 아느냐는 질문에 혁진이는 시큰둥하게 고개를 저었다.

술집에서 흡연이 당연하던 시절이지만 천 과장의 뒷자리에는 비흡연자 여성 넷이 앉아 있었다. 그들의 시선에 아랑곳없이 담배 연기를 뿜어대던 천 과장의 다음 상대는 나였다. 그는 내게 자신이 올해 안에 새로 서비스를 준비할 건데 조직이 세팅되면 나를 꼭 데리고 가서 키워주겠다고 했다. 본부장이 무조건 밀어주기로 했으니 아이템을 찾아보란다. 변태처럼 충혈된 눈을 한 채 내뱉는 그의 말을 듣자 담배를 피우고 싶어졌다. 소주는 찌릿하게 목구멍을 타고 흘렀고 나는 퇴사를 다짐했다.

한 달 뒤, 화이트데이를 앞둔 서울은 황사가 섞인 눈이 내렸다. 출근 준비를 서둘렀지만 월요일 출근길답게 서울대입구역은 번잡했다. 겨우 지하철에 올라탔지만 제대로 설 수도 없을 정도로 사람이 많았다. 이 땅에 지옥이 있다면 아침 여덟 시의 사당역일 것이다. 이미 숨을 쉬기 힘들 정도의 만원 지하철이지만 어떻게든 비집고 다들 올라탄다. 겨우내 세탁을 안 했는지 파카에 찌든 땀 냄새와 담배 냄새, 그걸 숨기기 위한 향수 냄새로 열차 안 공기는 역했다. 사원증을 꺼내 출근 체크를 하고 자리에 앉으니 사무실 공기가 심상치 않았다.

지난해 매출 부진을 이유로 사장이 바뀐 지 보름 만에 조직 개편이 시행됐다. 우리 사업본부는 무사했지만 많은 본부가 해체되거나 TF로 묶였다. 조직개편 엑셀 파일에 이름이 없는 사람도 있었고 개발자가 인사팀에, 디자이너가 영업본부에 발령이 나기도 했다. 나가라는 얘기다. 우리 본부는 아래층으로 이사했고 인사팀은 희망퇴직에 대한 공지사항을 발송했다. 얼마 지나지 않아 회사에 빈자리가 많이 보였다. 그리고 그 자리를 채운 것은 계약직과 알바였다.

우리 팀에도 발령받지 못한 대리 한 명이 있었다. 그를 대신할 계약직 사원은 그가 퇴사 절차를 끝내기도 전에 들어왔다. 내 업무 중 하나였던 팀 내 전표담당 및 협력사 욕받이 역할을 할 어린 애였다. 대학을 갓 졸업한 그녀의 입사를 축하하는 회식은 퇴사하는 대리의 환송회식이기도 해서 분위기가 묘했다. 개발팀 성 과장은 개발실로 발령이 났다. 내가 희망퇴직원을 제출한 것은 아무도 몰랐다. 인사팀에서 우리 팀장에게 따로 말해주기 전까지는. 그리고 나는 퇴직도 아무나 하는 게 아니라는 것을 깨달았다.

일반적인 가정에서 아빠가 없다는 건 경제적으로 궁핍하다는 뜻이다. 엄마와 둘이 살 때 우리 집 형편도 좋지 않았는데 다행히 나는 돈 씀씀이가 헤프지 않았다. 비싼 옷이나 화장품 대신 이대역의 보세 매장과 로드숍을 이용했다. 혼자 살면서는 더 아껴 쓰게 되었다. 통장 잔액이 줄어든다는 것은 상당한 위협으로 다가왔다. 나를 위한 자그마한 선물 따위도 사치였다. 때마다 사야 하는 생리대, 속옷, 스타킹에 드는 돈도 아까웠다. 쌀과 찬거리는 필수로 사야 했고 인적 네트워크 관리를 위한 최소한의 외식도 해야 하니 엥겔 계수는 높았다.

소개팅을 해주겠다는 친구나 회사 동기들의 제안도 거절했다. 낯선 누군가에게 조각난 내 삶의 편린을 하나씩 꺼내 설명한다는 건 끔찍한 일이었다. 그나마 퇴근길에 지하철역 근처에서 닭강정 작은 박스, 편의점에서 소주 한 병과 맥주 큐팩 하나를 사는 게 가장 행복한 소비였다. 궁상맞을 정도로 아끼며 살았다. 해가 바뀌어도 연봉은 물가상승률만큼만 올랐는데 경조사비 같은 예기치 못한 지출이 늘어났다. 어릴 때는 치과에 가면 핸드피스 특유의 날카로운 소리가 공포였는데 직장인이 되니 치료비가 더 큰 공포였다. 종합검진 결과를 받기 전날엔 악몽을 꾸기도 했다.

서울대입구는 역시 혼자 사는 직장인에게 매력적인 곳이었지만 월세가 부담되었다. 대기업에 다니는 자부심을 처음이자 마지막으로 느낀 것은 전세자금 대출이었다. 근속 이 년 차부터 받을 수 있는 그 혜택 덕분에 살고 있던 원룸 바로 옆의 오피스텔에 전세로 들어갈 수 있었다. 지하철역에 이십 미터 가까워졌고 커다란 창문도 생겨 삶의 질은 높아졌다. 그런데 인생은 럭비공 같다지만 가난한 자에게는 늘 먼 곳으로 튀기 마련이다. 융자금 상환 완료 전에 퇴직하면 미상환 잔액을 즉시 상환해야 하고 퇴직금에서 공제도 불가능하다는 것을 몰랐다. 인사팀 지혜 씨가 해준 이 말을 듣고 하늘이 노래졌다.

이미 제출한 퇴직원을 무를 수도 없는 상황이었다. 다행히 퇴사 절차는 복잡했고 인사팀장과 면담이 잡혔다. 입사 때부터 친오빠처럼 챙겨준 인사팀장은 적절한 대안을 마련해주었다. 퇴사 사유 1순위는 대부분 직장인이 그렇듯 '개인적인 사유'였는데, 2순위로 아무렇게나 적은 '직무에 대한 불만족'이 길을 열었다. 인사팀에서는 퇴사 대신 부서 이동을 제안했고 나는 덥석 받았다.

문제는 내 인사평가에서 성과로 기록된 것 중 가장 많은 부분이 '고객 만족' 부분이었다는 것이다. 우리 팀장은 내가 기획한 프로젝트들보다 고객사 관리, 즉 욕받이 역할을 잘했다는 것을 높이 평가했던 것이다.

얼마 뒤 CS 부서로 발령이 났다. 우리 회사 서비스에 불만을 가진 이들이 전화와 이메일로 항의하면 이를 응대하는 곳이 고객센터였다. 영등포 근처의 고객센터를 관리하는 건 본사에 있는 CS팀이었다. 회사마다 고객만족팀, 고객행복팀, 고객관리팀 등 다양한 이름이 붙어 있지만 하는 일은 모두 같다. 헤드폰을 긴 채 성난 고객을 상대하는 감정노동자, 그들이 모인 콜센터가 더 적은 비용으로 더 비굴하게 통화하여 불만이 줄어드는 것처럼 만드는 게 목적이다.

발령이 난 후 새 자리로 짐을 옮기는 건 혁진이가 도와줬다. 머리카락은 없지만 턱수염은 풍성한 CS팀장은 팀 주요 업무와 현황을 간략히 소개해준 후 고객센터에 가서 현장을 체험하라고 했다. 추운 날씨에 버스와 지하철을 갈아타며 고객센터가 있는 건물에 다가가니 팀에서 연락을 주었는지 센터장이 기다리고 있었다. 가식적인 미소를 띤 그가 안내해준 2층의 콜센터는 닭장이었다. 수많은 상담원이 동네 독서실만 한 공간에서 전화를 받으며 키보드를 두드리고 있었다. 닭장을 잠시라도 벗어나려면 메신저로 허락을 받아야 했다.

센터장은 CS팀장과 형제인가 의심했을 정도로 닮았는데 목소리는 안 어울리게 가늘었다. 콜센터 직원의 대부분은 여성이었고 센터장은 내가 그중 한 명 옆에 앉아 체험할 수 있게 했다. 이미 얘기가 되었는지 좁디좁은 자리에 보조 의자가 이미 놓여 있었다. 자리에 앉아 헤드셋을 착용하고 상담직원의 통화 내용을 들었다. 불과 십 분 만에 나는 그동안 고객사 담당자에게 당한 모욕은 아무것도 아니라는 것을 깨달았다. 수화기 너머 대한민국의 모든 또라이를 만날 수 있었다. 상담직원에게 무슨 말도 건네기 힘들었는데 그녀는 이런 건 아무것도 아니라는 듯 나를 보며 찡긋 웃어 보였다. 관리자들은 메신저를 통해 실시간 지적사항과 공지사항을 끊임없이 전달했다.

괴로웠던 체험을 마치고 1층으로 내려가 센터장과 면담을 했다. 방문한 건 나 혼자였는데 그는 커다란 스크린에 빔프로젝터까지 띄워놓고 파워포인트로 고객센터 현황에 대해 브리핑을 해주었다. 말미에 그는 다른 회사보다 우리 고객센터의 근무여건이 좋다며 자랑했다. 하지만 나는 이미 여자 화장실과 흡연실을 다녀온 터였다. 그녀들이 나누는 이야기의 반은 진상 고객에 대한, 반은 관리자와 센터장에 대한 욕설과 불만이었다. 나보다 직급이 높을 센터장이 자꾸만 내 눈치를 보는 게 의아했다. 회사로 돌아온 후에야 고객센터 전체가 외주라는 걸 알았다.

CS팀에서는 주간 회의 때마다 고객의 살아 있는 목소리를 만난다며 회의실에 모여 VOC(고객의 소리) 녹음파일을 함께 들었다. 나는 한 주간 주요 VOC 랭킹을 매겨 이슈를 파악한다. 과장은 시기별 VOC 추이를 분석하고 부서별 서비스 만족도를 평가한다. 사업부서에서는 서비스 만족도를 크게 신경 쓰지 않는다. 나 또한 그랬다. 하지만 하위권에 속하게 되면 민감해진다. 임원 회의에서 지적을 받게 되기 때문이다. 새로 온 사장이 고객 만족 경영을 강조하면서 스트레스는 더욱 심해졌다. 하위권 부서는 '서비스 만족도 개선을 위한 대책' 보고서를 제출했지만, 초등학생의 방학생활 계획표처럼 늘 빤했고 실행되지 않았다.

나는 기획자로서 할 수 있는 일을 하려고 했다. 먼저 문제점을 파악했다. 부서별로 유입되는 VOC는 그 유형이 정해져 있었지만 따로 분류하지 않았다. 중요도에 따른 분류도 없었고 콜센터에서 '긴급'이라고 오는 경우에만 담당 상담원에게 유선으로 조치사항을 알려주었다. 콜센터가 가지고 있는 고객 응대 매뉴얼도 성의 없는 내용만 있었고 현행화가 되지 않았다. 무엇보다 같은 내용의 VOC가 재유입되어도 개선되지 않는 걸 누구도 책임지지 않았다. 나는 쓱싹쓱싹 기획안을 만들어 팀장에게 보고했다. 이제 와 생각해보면 뜬구름만 잡던 VOC 랭킹 매기기보다 프로그램을 기획하는 일이 내 적성에 맞긴 했다.

그러다 생각지도 못한 일이 일어났다. 사실 내가 기획한 '고객만족을 위한 통합관리 프로그램'에는 대단한 아이디어도 없었고 구현하기 힘들지도 않았다. 그런데 CS팀장은 해당 건을 꽤 중요한 순위의 개발 안건으로 제출했고 임원 회의에서도 호평을 받으며 실제 개발로 이어졌다. 큰 회사는 높은 사람들이 던져주면 추진되는 탑다운 방식의 업무가 대부분이었고, 실무자의 기획안이 실제 개발로 이어지는 경우는 거의 없는데 이례적인 케이스였다. 사장까지 직접 나서서 개발실장에게 최고의 인력 배치를 요구했다. 개발실에서도 에이스가 된 성 과장이 담당자가 되어 프로그램을 개발했다.

나와 여러 번 호흡을 맞췄던 성 과장은 야근을 자처하며 개발 진도를 쭉쭉 뽑아 생각보다 빨리 베타버전이 나왔다. 사장이 직접 계정을 만들어 접속하자 보직자들도 무시할 수 없게 됐다. 출근과 동시에 아웃룩을 먼저 실행하던 실무자들은 '고만통'에 먼저 접속하게 되었다. 접속하면 담당 부서와 담당자가 처리한 VOC, 미처리건 등에 대한 통계가 나왔다. 인터넷 위키와 동일하게 실무팀에서 고객 응대를 위한 매뉴얼을 업데이트하면 상담직원의 화면에도 실시간으로 반영됐다. 부서별, 개인별 고객만족도와 응대 시간도 차트로 표현했다. 거기에 성 과장은 보안관제 모니터링 기능까지 추가했다.

약칭 고만통을 가장 반긴 것은 개발자였다. 사업 쪽에서 시시때때로 전화를 걸어 장애가 났냐고 문의하거나 버그가 있다고 따져 묻는 게 개발자의 스트레스였다. 이제 서비스 장애 여부는 누구나 고만통에 접속하면 알 수 있게 되었다. 버그의 경우 개발부서의 일정은 아랑곳하지 않고 중요도에 대한 기준도 없이 유선이나 메신저로 실시간 처리를 요청했는데, 이제 고만통을 통해 정식으로 접수하면 담당 개발부서에서 확인 후 처리하도록 변경되었다. 중요도와 일정에 관한 내용은 파트장 이상이 협의하면 됐다.

프로그램이 다 그렇듯 고만통 역시 새로운 문제점을 유발하기도 했다. 사업 담당이나 기획자들은 "고만통에 올렸는데 왜 처리를 안 해주나"며 개발자를 괴롭혔고 어떤 개발자는 고만통에 '고통프로그램'이라는 별명을 붙였다. 하지만 회사 규모에 어울리지 않게 주먹구구였던 프로세스가 제법 체계를 갖추게 된 건 분명했다. 그리고 나는 새로운 프로젝트를 위해 만든 TF로 발령을 받았다. 실리콘밸리 출신으로 업계에서 유명하다는 토니가 우리 회사로 이직하며 TF장이 되었고, 나는 기획파트장, 성 과장이 개발파트장이 되었다. 퇴사 대신 CS 부서로 옮겨야 했을 때는 상상도 못한 일이었다. 그리고 나와 성 과장은 2006년 연말에 '올해의 사원'이 되어 상금까지 받았다.

이게 내 첫 회사에서 가장 또렷한 몇 달의 기억이다. 2007년부터는 시간이 빨리 지나갔다. 미국에서 출시된 아이폰은 세상을 바꾸고 있었지만, 여전히 한국은 WIPI로 고스톱을 치거나 레이싱모델 사진을 보는 수준이었다. 새로 온 TF장은 삼십대 중반이지만 연봉이며 직급도 부장 대우를 받았는데 미국통답게 트렌드에 민감했다. TF 킥오프 때는 사장이 직접 참석하여 회사의 미래가 우리 TF에 달렸다며 격려했다. 우리 TF의 첫 목표는 싸이월드를 대체할 SNS를 만드는 것이었다. 미국에서 가장 화젯거리라는 'Myspace'와 함께 십대들이 어설프게 만들었지만 새롭게 급부상한 'Myyearbook'이 레퍼런스였다.

토니는 새로운 방법론을 적용한다며 IT 선진국의 신문물을 소개했다. TF실 벽면 대부분을 화이트보드로 만들어 아이디어 스케치와 서비스 시나리오를 그렸다. 별도의 문서를 만드는 수고를 들일 것 없이 서비스 형상을 놓고 얘기하면 된다고. 물론 나는 회의를 위해 그 내용을 파워포인트로 정리해야 했다. 프로토타입 개발이 한창일 무렵, 토니는 글로벌 서비스를 위해 확장성이 보장돼야 한다며 성 과장에게 실리콘밸리에서 주목하는 새 DBMS(데이터베이스 관리 시스템) 도입을 검토시켰다. 그리고 우리 서비스가 론칭하기도 전에 페이스북이 한국에 진출했다. 담벼락이며 오픈 플랫폼까지 우리가 기획한 것과 똑같았다.

프로젝트가 부러졌지만 토니는 자기 삶에 "시련은 있어도 실패는 없다"라며 미국에서 직접 아이폰을 공수해 온 뒤 TF 멤버들에게 지급했다. 새롭게 열리는 스마트폰 시대의 킬러앱은 위치정보를 활용한 서비스라며 국내 최대 통신사와 MOU도 맺었다. 다양한 앱을 빠르게 만드는 게 중요하다는 그의 말은 옳았다. 하지만 그 앱 중 하나도 성공하지 못했고, 유일한 업적이 있다면 회사의 PC 클라이언트 개발자들에게 스마트폰 앱 개발을 공부시킨 것이다. 나중에 그들은 모바일에 투자하는 이통사나 스타트업으로 높은 몸값을 받으며 이직했다. TF가 없어지며 토니는 실리콘밸리로 돌아갔고 나는 원소속인 CS팀으로 복귀했다.

TF는 실패했지만 나는 연봉도 올랐고 좋은 일도 생겼다. 공채 동기였던 상지가 자기 회사에 좋은 일이 있을 거라며 정보를 알려주었고, 속는 셈 치고 모았던 쌈짓돈을 투자했다. 몇 년 동안 신경도 쓰지 않았는데 그 게임회사가 우여곡절 끝에 상장에 성공하게 된 것이다. 엄마가 남긴 삼천만 원까지 투자했다면 나는 꽤 많은 돈을 얻게 됐을 것이다. 장기적인 관점의 투자나 배당 같은 걸 신경 쓸 겨를 없이 나는 상장 직후 내 주식을 모두 매도했다. 생각보다 빨리 전세자금 대출을 완납하고도 돈이 남았고, 오 년 만에 첫 회사를 졸업했다. 내 나이 서른이었다.

구디 얀다르크

십진법의 세계에서 스물과 서른은 뭔가 상징적 의미가 있다. 어릴 때 생각한 서른 살의 내 모습과 실제 서른의 나와는 괴리가 있었지만 그래도 만족스러웠다. 회사를 그만둔 게 마치 수능 수학 주관식 마지막 문제처럼 뭔가 중요한 문제를 푼 것 같았다. 작은 오피스텔이지만 월세가 아닌 전세였다. 모아둔 돈과 퇴직금으로 해외여행도 갈 수 있는 조금의 여유도 있었다. 어느 회사건 이직할 수 있는 커리어도 쌓았다.

서른이 되고 마흔이 되어도 사람은 크게 변하지 않는다. 결혼이나 출산, 가족의 죽음 같은 대규모 이벤트가 있으면 몰라도. 국민학생 시절부터 시작된 불면증은 회사에 다니는 내내 나를 철저히 괴롭혔다. 회사를 그만둔 이유 중 하나도 이른 아침에 일어나기 힘들다는 것이었다. 회사에 다녔던 오 년 동안은 서너 시간만 자고 출근하며 악착같이 살았다. 회사를 그만두니 마음은 편해졌지만 불면증은 여전했다. 우울한 기분이 들면 술을 마셨고 오후가 되어서야 깨어나면 우울한 죄의식에 사로잡혔다.

그렇다고 혈액형 성격설처럼 야만적 가설인 '아침형 인간'이 되겠다는 노력 따위는 하고 싶지 않았다. 일본에서 들여온 자기계발서가 주장하는 내용보다는 미국 신경과학자의 임상 결과를 믿었기 때문이다. 내게 필요한 것은 수면 스타일을 바꾸는 것보다 혼자 마시는 술을 줄이는 것이었다. 그러기 위해서는 기분전환이 필요했다. 집 근처 관악산을 오르기도 했지만 밤에 잘 시간이 되면 뭔가 허전했다. 마트에서 사온 와인을 마시며 심심풀이로 예전에 만든 기획서 파일을 열어보다 보면 나도 모르게 몰입하게 됐다. 연관된 개발문서와 디자인 소스까지 보다가 날이 밝아 잠드는 생활의 악순환.

퇴직을 기념하고 재충전을 하기 위해 익숙한 집구석과 서울대입구역을 떠나 멀리 여행을 가기로 결심했다. 오 년 동안 궁색하게 살며 회사 워크숍 말고는 제대로 여행 한번 못 해본 한을 풀고 싶기도 했다. 첫 여행지로 택한 곳은 꼭 가보고 싶었던 제주도였고, 좋은 선택이었다. TV와 인터넷으로만 보던 음식을 실컷 먹었고, 집보다 훨씬 넓은 숙소에서 숙면을 취했다. 관광도 좋았지만 청소와 설거지 같은 일상의 노동으로부터 해방된 자유는 훨씬 더 달콤했다.

제주도에서 돌아오고부터 이직을 준비했다. 취업 사이트에 이력서를 올릴 때는 취업준비생 시절처럼 가슴이 두근거렸다. 그동안 수행한 프로젝트를 직무경력서에 차례로 적어 올리고 하루가 지나자 생각지도 못한 일이 벌어졌다. 국내 대기업은 물론 글로벌 IT 기업에서도 러브콜

이 쏟아진 것이다. 그제야 나는 좁디좁은 IT 바닥에서 대기업 출신 오년 차 기획자의 위치를 확인했다. 물론 다시 회사에 들어가면 파워포인트와 씨름하며 쳇바퀴 도는 인생이 되겠지만.

헤드헌터의 전화 때문에 늦잠도 못 자게 생길 무렵에는 면접을 제안한 회사의 기업문화와 근무여건을 워드로 정리하기 시작했다. 그러고는 양이 많아서 녹두거리에 있는 인쇄소에서 출력한 후《론리플래닛》과 함께 캐리어에 넣고 무작정 해외로 떠났다. 여행 가서도 돈을 아끼겠다고 발품을 많이 팔았지만 한국과 다른 삶의 모습들을 자세히 관찰할 수 있었다. 모처럼 영어로 회화도 하고 야시장도 구경하며 꿈같은 시간을 보내고 있었다.

"이안 대리님, 우리 얼굴 좀 봐야죠?"

성 과장이 내 페이스북 담벼락에 글을 남겼을 때 나는 인도네시아의 휴양지에 있었다. PC방에서 느려터진 컴퓨터와 싸우다가 그의 포스팅을 보았다. 한국에 가면 가장 먼저 보겠다고 댓글을 남긴 후 쌓인 이메일을 차례로 확인했다. 헤드헌터와 채용담당자들이 보낸 이메일을 하나씩 읽어내는 것도 일이었다. 실리콘밸리에서도 면접 제의가 왔는데 왕복항공권을 제공하겠다고 했다. 한 손에 바닐라 맛, 다른 손에 초코 맛 아이스크림을 손에 쥔 아이처럼 행복했다.

한국에 돌아와서 본격적으로 이직을 진행했다. 그리고 회사에 주민등록등본을 제출하는 것과 이력서에 적힌 가족관계란을 채우는 것이 자연스럽지 않은 일이라는 것을 그제야 깨달았다. 인종이나 외모로 차별하겠다는 사진 제출과는 다른 차원의 폭력이었다. 인사관리를 위해 회사가 직원의 가족관계나 세대주와의 관계를 알아야 할 필요는 없다.

사실 주민등록번호도 차별과 사찰, 관리를 위해 시작된 야만적 통치 행위에 뿌리를 두고 있다.

노트북 앞에서 회사 리스트를 추리고 있을 때 구글 캘린더의 알림 메일이 도착했다. 성 과장과 종로에서 만나기로 한 날이었다. 촛불집회가 본격적으로 진행되던 2008년 6월, 광화문에는 컨테이너 박스로 쌓은 산성이 성난 시민을 가로막고 있었다. 흉측한 산성 위에 한 민중가수가 올라가 포효했다. 그의 거친 목소리는 스피커를 통해 울려퍼졌고, 퇴근 시간에 맞춰 몰려들기 시작한 시민들은 귀에 익은 그의 노래를 한목소리로 따라 불렀다. 내 또래 많은 이들이 대학 시절 축제에서, 시위 현장에서 그의 목소리에 선동됐다. 하지만 나는 처음부터 그의 노래를 좋아하지 않았다.

생각지 못한 인파를 뚫으며, 시끄러운 음악 소리를 들으며 약속 장소를 향해 걸었다. 성 과장과 만나기로 한 곳은 종로에서 술자리가 있으면 막차로 들르곤 했던 허름한 꼬칫집이었다. 좁고 지저분했지만 뭔가 정감이 넘치는 곳으로, 서울에서 보기 힘든 참새구이 안주가 유명했다. 한강 다리가 막혀 조금 늦는다던 성 과장이 포니테일 헤어스타일로 나타났다. 몰락한 피맛골의 정취가 재현된 듯한 그곳에서 참새와 민물장어, 은행 꼬치를 시켰고 정종으로 술자리를 시작했다.

"정말요? 성 과장님도 이직했어요?"

"네. 뭐 거기는 미련도 없고 개발자로 비전도 없고."

"관리자로 편하게 살 수도 있을 텐데. 역시 뼛속까지 개발자군요."

"자기는? 자기도 기획 실무가 하고 싶어서 그 좋은 회사 먼저 나가놓고는."

몇 달 만에 만났지만 하나도 낯설지 않았다. 그와 나누는 대화는 여전히 즐거웠다. 성 과장은 모바일 게임을 만드는 스타트업 회사에 개발 총괄로 들어갔다고 했다. 정신없이 바쁜 와중에도 나를 보자고 했던 이유는 스카우트 제의를 하기 위해서라며 웃었다.

"나 요즘 비싸요. 아주 그냥 여기저기서 오라고 난리라니까?"

"그러니까 내가 왔잖아요. 여기저기 말고 우리한테 와요."

"조건은?"

"사 대리님이 기획을 총괄하는 포지션, 넓은 주차공간, 맥북과 모니터 제공, 그리고……."

"나 차 없어요."

"아직 안 끝났어요. 탄력적 출퇴근제, 맥주와 커피 무한제공, 기타 원하는 거 다 제공."

사실 회사를 퇴사하는 것도, 더러워도 참고 다니는 것도 함께 일하는 동료 때문인 경우가 대부분이다. 전 직장 동료를 따라 이직하는 것도 흔한 일이다. 병아리 기획자 때부터 함께 일한 성 과장이 있다는 이유로도 그곳에 들어갈 이유는 충분했다. 출근 시간이 기본 열 시라는 점, 게다가 아직 체계가 갖춰져 있지 않은 회사여서 처음부터 함께 만들어간다는 점도 매력적이었다. 상지가 다녔던 회사처럼 대박이 날 수 있다는 기대도 있었다. 물론 연봉과 직급 같은 중요한 문제는 입사 전에 반드시 따지고 들어가야 한다.

정종에 이어 소주를 세 병 나눠 마셨지만 취기가 돌지 않았다. 어둠이 깊어가는 밤공기는 끈적끈적했고 가게 문을 열어두어도 담배 연기는 빠져나가지 않았다. 문을 통해 들어오는 건 집회를 마치고 행진하는 군중의 구호 소리였다. 〈피리 부는 사나이〉에 나오는 하멜른 아이들처럼 나와 성 과장은 계산을 마치고 구호 소리를 따라갔다. 줄지어 행진하는 촛불의 행렬은 장관이었다. 피리 부는 사나이는 마을의 쥐를 다 없앴지만 시장이 약속한 돈을 주지 않자 마을의 아이들을 모두 데리고 산으로 들어갔다.

쥐를 잡자는 구호가 중독성이 있어 깔깔거리며 따라 하고 있는데 누군가 우리에게도 초를 나눠주었다. 중학교 수련회 이후 촛불을 든 건 처음이었다. 성 과장과 함께 예전 회사 얘기를 하며 맨 뒤에서 걷다 보니 금세 청계광장 앞이었다. 무리에서 벗어나 계단을 내려와 청계천을 따라가다 눈에 보이는 맥줏집에 들어갔다. 중년층의 향수를 자아낼지는 몰라도 젊은이들에게는 촌스러운 인테리어, 거기에 안주도 보잘것없지만 근처 직장인이라면 회식 때 꼭 들르는 곳이다. 종로와 을지로가 코앞인데도 근처에 대안이 될 만한 곳이 희한하게 잘 보이지 않는다는 게 그 가게의 유일한 경쟁력이다.

"우리 대표님이 제 대학 선배예요. 뭐 훌륭한 인격자는 아니지만 재밌고 말은 잘 통해요."

"개발자 출신이신가봐요?"

"그건 아니고. 원래 IT 제품 유통했어요. 사실 대표님한테 사 대리님 모셔오는 건으로 얘기를 좀 했어요."

예상대로 성 과장은 나를 만나기 전 이미 회사 대표와 대략적인 아웃라인을 협의한 상태였다. 시원한 흑맥주를 꿀꺽꿀꺽 삼킨 후 그는 구체적 이직 조건에 관해 얘기했다. 가장 예민한 부분은 역시 연봉이었다. IT 업계에서 이직은 연봉을 훌쩍 올릴 수 있는 거의 유일한 방법이다. 그래서 삼 년마다 이직하는 이들도 많다. 내게 제시된 조건은 스타트업임에도 이전 직장 수준에 맞춘 연봉, 성 과장과 동등한 실장급 대우로 지분까지 보장받는 내용이었다. 망설일 이유가 없었다. 누군가는 잔치가 끝났을 나이 서른, 나는 새로운 도전을 앞두고 의욕에 차 있었다.

마흔이 된 나는 LP 바에서 오영일의 끝을 보았고 오영일은 나와의 시작을 꿈꿨다. 그는 나의 작은 버릇도, 내가 했던 말도 모두 기억했다. 나는 그런 그의 모습에서 천 과장이 떠올라 싫었다. 물론 오영일이 천 과장처럼 질이 나쁜 사람이 아니었다는 건 분명했다. 하지만 입을 열 때마다 깡통 소리가 나는 건 견디기 힘들었다. NBA와 MBA도 구분하지 못하는 주제에 명문 사립대를 나왔다는 자부심도 있었다.

"안 불안해? 팀에서 필요 없다고 하면 어떡해? 너도 이제 운동선수 치고 적은 나이 아니잖아."

"누나, 사람마다 다 쓸데가 있다고."

"하지만 프로야구팀에서 야구를 못하는 선수는 쓸데가 없잖아."

"어? 이 누님 보게. 아니, 내가 달리기도 얼마나 빠른데요?"

오영일은 자신이 투수 출신치고 발이 빠르다고 자랑했다.

같은 러닝 훈련을 해도 야수조는 짧은 구간을 전력으로 뛰고 투수조는 운동장을 크게 돌며 장거리 러닝을 한단다. 그런데 투수로 뛰던 대학 시절에도 그는 팀에서 단거리를 제일 잘 뛰었고, 프로에서도 거포로 기대를 받아서 그렇지, 2군에서는 도루도 곧잘 했다고 자랑했다. 그저 시큰둥한 표정을 짓는 나를 보며 오영일은 답답해했다. 나는 그가 답답했다.

"알았어. 그래서, 야구 그만두면 달리기 선수 하게?"

"야구로 승부 봐야지. 야구를 그만두는 건 계획에 없어."

"내가 살아보니까 인생 계획대로 안 돼."

"나는 실패를 계획하지는 않아요. 어떻게든 승리할 계획만 세우지."

라이트노벨에서나 볼 법한 대사. 자의식과잉, 혹은 중2병이다. 그와의 대화를 끝내고 싶었다. 띠동갑인 야구선수 동생 하나 있는 것도 나쁘지 않은 일이다. 하지만 그것도 여유 있는 사람들의 몫이다. 나는 나하나도 감당하기 힘든 존재였다. 2018년에 대한 계획도, 마흔 살이 된소회도 생각할 겨를 없이 살았다. 나를 구렁텅이로 몰아넣고 모함하고손가락질한 이들에 대한 분노만 가득했다. 그나마 오영일 덕분에 경찰조사로 쌓인 스트레스는 풀렸다. 이제 설거지 더미가 기다리고 있는집으로 돌아가겠다는 생각을 했다.

"나, 누나한테 첫눈에 반했어."

"뭐?"

"누나 좋아한다고."

오영일의 말에 사레가 들릴 뻔했다. 테킬라를 마시다 사레들리는 건최악이다. 나는 정색한 채 고개를 돌려 누나한테 까불지 말라고 그를혼내주려고 했다. 농담으로 던진 것이라고 해도 '첫눈에 반했다'라는유치한 멘트는 참을 수 없었다. 그런데 오영일은 뜻밖의 진지한 표정으로 내 눈을 뚫어지게 바라보고 있었다. 눈빛이 맑았다. 순간 여러 가지생각이 나를 충동질했다.

'어차피 인생 개차반인데, 나 좋다는 젊은 놈 하나 있으면 나쁠 거

없지 않냐.'

'아니지, 그래도 얘는 아니지.'

'아니면 또 어떻담? 날도 추운데 꼭 끌어안고 자기 좋겠네.'

'너 오래 굶더니 미쳤어? 아직도 남자 품에 안기고 싶니?'

머리 위에서 천사와 악마가 다투는 영화의 클리셰처럼 짧은 순간 동안 두 개의 자아가 대립했다. 오영일은 말없이 계속 나를 바라보았고 내가 먼저 시선을 피했다. 농담이건 아니건 혼자 주책없는 상상을 했다는 게 부끄러웠고 맥락도 없이 갑자기 던진 말에 화도 났다.

"웃기지 마. 너 늙은 여자 희롱하는 거, 그것도 범죄다?"

"전지훈련 가서도 누나 생각만 했어."

"아니야. 네가 어려서 잠깐 헷갈리는 거야."

"누나가 그랬잖아. 스물 넘으면 다 똑같다며."

그런 말을 하긴 했던 것 같다. 사람은 스물 넘으면 다 똑같다고. 그나마 여자는 결혼이나 출산을 계기로 성격이 바뀌는 경우가 드물게나 있지만, 남자는 고등학교 때의 성격과 기질 그대로 늙어간다고. 어디 가서 말하기엔 부끄러운 일반화의 오류지만 경험을 통해 확신한 얘기, 술자리에서 했거나 문자를 통해 말했을 것이다. 오영일은 그걸 다 기억해서 되돌려주었다. 나는 담배를 하나 꺼내 입에 물고 화장실 앞에 있는 흡연실로 향했다. 다른 곳은 몰라도 LP 바에서 담배를 피우며 음악을 들을 수 없다는 건 여전히 불만이다.

어색한 분위기에서 나와 오영일은 말없이 술만 마셨다. 흡연실을 몇 차례 들락날락하는 동안 오십대로 보이는 남자 둘이 들어와 반대편 바에 앉아 위스키를 마시고 있었다. 내가 신청한 너바나의 노래 대신 그들의 퀸 노래에 스피커가 쿵쾅거렸다. 노래도 듣기 싫었는데 그들이 우리 쪽을 자꾸 힐끔거려서 짜증이 났다. TV에 나오지도 않는 2군 야구선수를 알아볼 리도 없고, 연고라고는 없는 동네에서 나를 아는 사람일 리도 없었다. 물론 오영일이 흔히 볼 수 있는 덩치는 아니지만. 나중에서야 그들이 내 가슴을 두고 수군거리는 걸 알았다. 경찰 조사를 앞둔 내가 터틀넥을 선택한 건 섹스어필이 아니라 보온이 목적이었는데.

내가 그들을 의식하는 걸 느꼈는지 오영일도 그들을 쳐다봤다. 그러자 그치들은 고개를 돌렸다. 피곤이 몰려왔다. 아침부터 유난히 추웠고 온종일 경찰 조사를 받느라 쌓여 있던 긴장도 풀렸다. 나이를 먹으니 피곤함은 곧바로 몸의 이상으로 발현했다. 엉덩이에 딱 맞는 좁은 바체어에 오랫동안 앉는 것도 불편해졌다. 이럴 땐 역시 뜨끈한 순댓국에 소주 한 병 비우고 나서 개운하게 샤워한 후 침대에 누워 TV나 보는 게 최고였다. 어떤 사람인지 제대로 알지도 못하는 어린 남자와 단둘이 술 마시겠다고 온 것 자체가 실수라고 생각했다.

생각해보면 내 삶에 흔히 있던 일이다. 내 운과 실력을 과신하고 다음 단계의 행복을 찾아 기어를 변속하면 시동이 꺼지곤 했다. 더 나은 행복을 찾기 위해 욕망의 가속 페달을 밟은 결과는 후회뿐이었다. 싱글 몰트 위스키나 테킬라보다는 소주에, 주목받는 스타트업의 핵심 멤버보다는 안정적인 회사의 말단 팀원에, 짜릿하고 뜨거운 연애보다는 나 자신을 사랑하는 것에 만족하는 게 나았다. 미혹되지 않는다는 불혹이 다 되어서야 깨달았다.

"나 이제 갈래."

"어딜요? 또 담배 피우게?"

"집에."

"이래놓고 가버린다고?"

오영일은 스물여덟, 무엇에든 미혹되기 쉬운 나이다. 뒤집어쓴 화장품으로 감추었지만 그 아래 숨은 내 얼굴 주름, 세월이 빚어낸 목과 손의 주름이 그의 눈에는 나중에서나 보일 것이다. 서로 호감을 느끼고 있다는 이유만으로 연애할 수 있는 것도 한때다. 통장 잔액이 바닥을 보여도 내일의 나를 믿으며 오늘을 즐길 수 있는 것도 젊을 때나 가능하다. 나 같은 어른이 보여줘야 하는 건 단호함이다.

밖에는 여전히 눈이 내리고 있었다. 빨리 걷고 싶었지만 눈이 쌓여 미끄러워 종종걸음을 할 수밖에 없었다. 계산을 마치고 나와 긴 다리로 성큼성큼 걸어오는 오영일과의 거리는 점점 더 좁혀졌다. 그러자 나는 또 한 번의 실수를 했다. 흉기를 든 강도에게 쫓기는 것도 아닌데 뛰지 말았어야 했다. 몇 걸음 뛰지도 못하고 내 몸은 허공에 떠 있었다. 하얀 눈 속에 숨어 있던 얼음을 밟은 것이다. 잠시나마 하늘을 나는 듯한 느낌이었다.

쿵!

역시 인간은 비행할 수 없었고, 나는 중력에 이끌려 바닥에 떨어졌다. 몸통부터 동체 추락했다. 어딘지 특정할 수 없는 통증이 여기저기서 밀려왔다. 종일 시달렸던 내 뇌는 사보타주를 작정했는지 다친 부위를 알려주지 않았다. 그러자 바닥을 짚은 오른손부터 시작해 코트며 청바지까지, 대체 얼마나 더러울지 짐작할 수 없는 진흙탕에 흠뻑 젖은 것이 보였다. 결벽증이 있는 내게 최악의 상황이었다.

"누나, 괜찮아?"

"아악!"

걱정스러운 표정으로 다가오는 오영일에게 나는 발악하듯 소리를 질렀다. 공영주차장 앞을 지나던 사람들이 놀라서 우리 쪽을 쳐다보았다. 이런 상황이 된 게 모두 그 때문이라는 듯 그를 향해 분노했다. 화를 내면서도 알고 있었다. 그냥 같이 술 잘 마시고 있다가 피곤하고 짜증나서 나 혼자 LP 바에서 빠져나왔다. 그가 다가온다고 혼자 도망간 내 잘못이지 오영일이 잘못한 것은 없다. 하지만 나는 모든 것에 화가 났고 그 대상은 오영일이었다.

"어디 다쳤어? 일어나자, 손 줘봐."

"가, 저리 가."

나이 먹고 이게 뭔 짓인지. 쪽팔렸다. 다가오는 오영일에게 다시 한 번 저리 가라고 소리쳤다. 빨리 집에 가고 싶었다. 경찰서 의자에 앉은 것도 찝찝한데 오물에 젖은 옷을 모두 세탁기에 집어넣고 깨끗하게 씻어야 했다. 그러면 모든 게 나아질 것이다. 일어나려고 다리에 힘을 주었다. 아뿔싸. 일어날 수가 없었다. 그제야 오른 무릎의 통증이 빠르게 밀려왔다.

통증감지뉴런이 갑자기 열심히 일하기 시작했다. 팔로 바닥을 짚고 일어나려고 하니 오른팔 팔꿈치에 힘이 들어가지 않았다. 별수 없이 왼손으로 더러운 아스팔트 바닥을 짚고 일어나려고 했지만 이내 미끄러졌고 몸의 왼쪽까지 젖어버리고 말았다. 그야말로 엉망진창이었다. 허벅지에 느껴지는 축축한 물기에 나는 정신을 잃고 싶을 정도로 패닉에 빠졌다.

"누나 다쳤구나."

오영일이 다가왔다. 사실 그의 도움이 아니면 집에 가기는커녕 자리에서 일어날 수도 없는 상태였다. 그런 상황인데도 나는 눈을 부릅뜬 채 종주먹을 들이댔다. 오영일은 아랑곳하지 않고 두 팔로 나를 번쩍 안아 올렸다. 덕분에 힘을 쓰지 않고도 더러운 바닥에서 벗어날 수 있었다. 놀이기구에 탄 것처럼 살짝 현기증을 느끼며 나는 공중에 떠올랐다.

"내려놔. 나 무거워."

"가벼운데 뭐. 많이 다친 거 아니야?"

"괜찮다니까."

오영일은 내가 괜한 자존심과 이유 모를 분노 때문에 저리 가라는 말도, 괜찮으니 내려놓으라는 말도 듣지 않고 나를 구했다. 덕분에 구렁텅이에서 빠져나올 수 있었다. 나를 내려다보는 그의 시선이 부담되어 눈을 지그시 감았다. 고맙다고 말해야 하는 걸 알았지만 입 밖으로 나오지 않았다. 저벅저벅 걷던 오영일이 걸음을 멈추었다. 실눈을 뜨고 보니 작은 교차로 앞이었다. 생각해보니 오영일은 처음 봤을 때도 나를 오피스텔 입구까지 바래다주었다.

"어디로 모실까요?"

"직진……."

삼거리 신호가 바뀌자 버스는 중앙 차선에 진입했다. 이제 중앙로를 질주하며 5킬로미터가 넘는 거리를 직진할 것이다. 퇴근 시간의 마두역은 늘 사람으로 북적인다. 아직도 완공되지 않은 신축 공사장 뒤에는 사법연수원이 있고 그 뒤는 내 운동코스인 호수공원의 끝자락이다.

뉴코아백화점 사거리에서 분명히 신호에 걸릴 것이고 일산동구청 사거리에서 많은 승객이 내릴 것이다.

일산동구청을 지나 롯데백화점 앞 사거리를 지나다 보면 왼편으로 커다란 교회 건물이 보인다. 번쩍거리는 미인클럽 간판이 바로 옆에 붙어서, 얼핏 보면 한국에서 가장 큰 미인클럽 건물인 줄 오인할 수 있다. 그리고 그 앞에 펼쳐진 미관광장은 수많은 종류의 행사가 열리곤 하는데 특히 드라마 촬영 장소로 유명하다. 미관광장을 지나면 내가 내릴 일산 동부경찰서 정류장이지만 방심하면 안 된다. 곧 내린다고 서둘러 일어나 후문 쪽으로 향하다 보면 갑자기 밟는 가속 페달에 한 번, 뒤이어 밟는 브레이크 페달에 두 번 비틀거릴 것이다.

목적지가 다가올수록 긴장해야 한다. 항공기 사고의 대부분은 랜딩 단계에서 발생한다. 올해 한국시리즈 마지막 경기에서 두산은 9회 말 투아웃을 먼저 잡은 후 15타수 1안타의 최정에게 2S2B에서 홈런을 맞았고 결국 우승을 내주게 되었다. 끼이익! "아야!" 노련하게 앉아 있던 나와 달리 벨을 누르고 성급하게 일어난 아가씨가 관성의 법칙을 이기지 못하고 버스 기둥에 머리를 박았다. 버스 손잡이를 잡았다고 안전해지는 건 아니다.

삐이이이!

버스가 정차하고 문이 열리자 자리에서 일어나 내렸다. 다시 마주한 뜨거운 공기에 숨이 탁 막혔다. 김포 방향으로 해가 저물고 있지만 여덟 시가 넘어야 어두워질 것이다. 횡단보도 건너편에 멈춰 선 사람들은 저마다 휴대용 선풍기를 들고 서 있었다. 중앙 차선이라 앞뒤로 버스가 씽씽 지나갔다. 녹색불이 켜져 소방서 쪽으로 걸어가고 있는데 가방에서 휴대폰이 진동했다. 오영일의 전화인 줄 알았더니 여진 주였다.

"어, 진주야."

"기집애. 괜찮으니까 천천히 달라니까."

"아니야."

"아니긴 뭐가 아니야. 일은 잘 마쳤어?"

나보다 내신도, 모의고사 성적도 좋았던 진주는 시험 운이 참 없다. 수능시험 날 긴장 풀라며 어머니가 싸주신 청심환을 먹었다. 처음 먹어보는 청심환 한 알이 그녀의 삶을 바꾸었다. 마지막 교시에 졸아버리며 수능을 망쳤고 목표하던 대학 대신 지방의 사범대학에 갔다. 그래도 교사가 되겠다는 꿈을 이루기 위해 누구보다 열심히 공부했다. 타고난 공부 머리도 좋고 누구보다 노력파였던 그녀가 임용고사에 번번이 떨어진 것은 시험운 탓을 할 수밖에 없다. 본인은 노력이 부족했다고 하지만.

임용고사는 떨어졌지만, 진주는 기어이 선생님 소리를 듣고 살고 있다. 스스로 선택한 기간제 교사의 삶은 고단했다. 일 년, 한 학기, 3개월, 계약 기간은 점점 짧아졌다. 방학에 맞추어 계약이 해지되면 실업자가 되었고, 그때마다 서류를 들고 면접을 보러 다녔다. 나이를 먹고 경력이 쌓일수록 고용불안은 더 심해졌다. 교감에게 '싸바싸바'를 하는 게 가장 효과적이지만 진주 성격은 그런 걸 용납하지 못했다.

진주는 생각보다 이른 나이에 시집갔다. 학교 선생과 결혼했다는 얘기에 고교 동창들은 잘됐다며 은근한 시샘도 했다. 나는 진주 남편을 알고 있었다. 상도동 신혼집에 초대받았을 때는 내가 막 대리로 진급

했을 무렵이었다. 집들이 선물로 받고 싶은 걸 집요하게 물어봐도 그녀는 됐으니까 몸만 오라고 했다. 그렇다고 베프 사이에 빈손으로 갈 수도 없어서 두루마리 휴지와 제법 비싼 와인을 한 병 들고 갔다. 상도역에서 마중 나온 진주를 만났다. 결혼식을 앞둔 진주는 예뻤다. 한참을 걸어 도착한 곳은 내 예상을 한참 빗나간 신혼집이었다.

급하게 뿌린 공기청향제로 덮을 수 없던 퀴퀴한 냄새. 습기를 머금은 반지하 단칸방은 예비신랑이 대학 때부터 살던 곳이라고 했다. 급여는 적지만 꼬박꼬박 월급이 나오는 직업이라면서 왜 빌라 하나 장만 못했는지 의아했다. 내가 혼자 살던 오피스텔보다는 조금 넓었지만 여러모로 열악했다. 비키니 옷장은 당시에도 구경하기 힘든 아이템이었다. 옵션으로는 달랑 신발장 하나. 그 흔한 침대도 화장대도 없었고 대신 독서실 책상 두 개가 붙어 있었다. 둘 다 공부를 하는 사람이니 그러려니 했다. 신발장 옆에 화장지를 내려놓고 몇 초 만에 집 구경을 마쳤다. 누런 장판이 깔린 바닥에 앉아 진주와 도란도란 대화를 나누었다.

신랑 될 사람과는 독서토론 모임에서 만났다고 했다. 대학 졸업한 후 처음 들어보는 '독서토론'이라는 단어가 신선했지만, 자본의 냄새가 전혀 나지 않는다는 점에서 씁쓸했다. 독서토론 모임에서 만난 커플이니 그런 신혼집을 얻은 것이라는 명쾌한 결론을 냈다. 진주는 고시원에 비하면 호텔이라며 유쾌하게 웃었다. 나도 그녀를 따라 웃었지만 기분이 좋지는 않았다. 아직 결혼에 대한 환상이 있던 나는 그녀가 보여준 결혼의 적나라한 실체를 받아들이기 힘들었다.

"너 혹시……?"

"혹시 뭐? 속도위반 했냐고?"

"응."

"아니야. 우리 애 가질 생각 없어."

분위기를 가볍게 만들려고 농담으로 건넨 말이었다. 진주는 남편과 둘이서만 평생 오순도순 살기로 했단다. 시댁은 경상도 시골에 있는데 시부모님은 안 계시고 결혼 안 한 아주버님 혼자 농사를 짓고 있다고 했다. 거창하게 프러포즈라고 할 것도 없이 둘이 주막에서 막걸리를 마시다가 진주가 먼저 같이 살자고 했단다. 열 살 많은 신랑은 사립 중학교에서 국사를 가르치는 사람인데 입담도 좋고 잘생겨서 학생들에게 인기가 많다고 했다.

"저 왔어요. 어, 이안 씨 오셨네요? 반갑습니다."

내심 궁금했던 예비신랑이 들어왔다. 카드키나 번호키 대신 열쇠를 돌리는 구식 현관문을 열고. 이발을 언제 했는지 덥수룩한 머리에 이미 진행된 탈모가 눈에 띄었다. 삶의 고단함이 묻어나는 얼굴이었다. 늙으면 열 살 차이가 별것 아니지만 젊을 때는 열 살 차이가 상당하다. 그 얼굴을 보고 잘생겼다고 하는 건 눈에 콩깍지가 제대로 씌지 않고는 양심상 할 수 없는 일이었다. 서로를 배려하기 위해 평생 서로 존대하기로 했다는데 실제로 들으니 어색했다. 생활한복을 입은 모습에서 그의 직업을 새삼 상기했다.

나는 한복을 좋아하지 않는다. 엄마는 주말마다 한복을 입고 교회에 갔다. 1부 예배가 시작하기 전부터 교회에 가서 고운 한복을 입고 주보를 나눠주었다. 2부 예배가 끝나면 지하로 내려가 식당 봉사를 했는데 한복을 입은 채 앞치마를 두른 차림이었다. 그렇게 봉사를 마치면 세미나실에 가서 주일학교 교사로 아이들에게 성경을 가르쳤다. 그리고 고단한 몸으로 집에 와서 식구들이 먹을 저녁을 차린 후 다시 치마 정장으로 갈아입고 저녁 예배에 갔다.

그렇게 봉사며 새벽기도며 금식까지 열심히 한 엄마에게 교회는 최저임금을 지급해주기는커녕 십일조, 주일헌금, 감사헌금, 선교헌금, 일천번제, 구제헌금까지 갖가지 색의 봉투에 돈을 담아 바치게 했다. 목사는 하나님께 바치는 돈이라고 했다. 하지만 그의 으리으리한 사택, 번쩍이던 검은 세단, 그의 자식들 미국 유학비는 우리 엄마 같은 교인들이 하나님께 바친 돈으로 마련한 것이 분명했다. 가계부를 정리하며 한숨을 쉬던 엄마한테 헌금 좀 줄이자고 했다가 혼났던 기억이 있다. 영업하기 좋은 알짜배기 땅의 3층 건물으로도 부족했던 목사는 성전 신축을 공표했다. 지금도 그 목사의 표정과 말투가 생생하다.

"여러분, 하나님께서 저 산지를 우리에게 주실 것을 믿습니까? 믿으시면 아멘 하십시오!"

어른들은 큰 소리로 '아멘'을 외쳤다. 그리고 흰 종이에 푸른 잉크로 프린트한 건축헌금 봉투가 교회 입구의 책상 위에 놓였고 주보 사이에도 꽂혀 있었다. 놀랍게도 일 년 뒤에 5층짜리 교회 건물을 지었는데, 원래는 보습학원과 분식집, 에어로빅 학원이 있던 자리였다. 구멍가게 하나 없는 시골에도 교회는 있는 대한민국이다. 서울 시내에 교회 신축이 왜 필요한지 난 여전히 이해할 수 없다. 엄마는 새로 지은 교회의 입당 예배에도 한복을 차려입고 갔다. 그리고 아빠가 죽은 뒤 그 교회로부터 버림받았다.

"이안 씨, 비빔국수 좋아하세요?"

"네?"

진주 신랑이 말을 걸어 엄마 생각을 더 할 수 없었다. 진주는 자기 신랑이 요리도 잘한다며 먹고 싶은 거 아무거나 말하라고 했다. 하지만 생활한복 입은 남자가 해주는 요리는 먹고 싶지 않았다. 인사치레로 면 요리라면 뭐든 좋다고 했다. 진주 신랑은 너털웃음을 짓더니 생활한복을 입은 채 방구석에 있는 싱크대에 자리를 잡고 요리를 시작했다. 그동안 나는 진주와 함께 두 사람이 연애하며 찍은 사진을 구경했다. 함께 찍은 사진보다는 같은 곳에서 서로를 찍어준 사진이 많았다. 서로를 바라보고 있어서인지 활짝 웃는 표정이었다.

진주 신랑은 생각보다 빨리 요리를 마쳤다. 사각 밥상에 올라온 비빔국수는 예상과 달리 맛있었다. 시골 할머니가 먹을 게 없다고 대충 국수나 비벼 먹자며 내왔던 기막힌 국수가 떠올랐다. 그는 거기에 파전까지 바삭바삭하게 부쳐 내왔다. 와인과 곁들여도 나쁘지 않을 것 같아 쇼핑백에서 와인을 꺼냈다. 예비부부는 와인을 보더니 환호했는데 문제는 와인 오프너가 집에 없었다는 것이다. 진주 신랑이 응급조치라며 젓가락을 와인병 코르크에 꽂더니 신발장에서 망치를 꺼내와 천천히 내리쳤다. 코르크가 조금씩 아래로 내려가더니 퐁! 소리를 내며 빠졌고 상큼한 와인 향이 반지하 단칸방에 퍼졌다.

와인잔은 당연히 없어서 머그잔에 와인을 따랐는데 중대한 문제점이 발견됐다. 젓가락에 유린당한 코르크가 자신의 파편을 남겨버린 것이다. 손님이라고 먼저 따라준 내 머그잔에 코르크 부스러기가 둥둥 떠 있자 진주가 호들갑을 떨었다.

"어떡하지? 아니 깔끔한 애라 이런 거 못 먹어요. 비싼 와인인데, 미안해."

"아니야, 괜찮아."

"괜찮기는. 내가 네 성격 뻔히 아는데."

진주가 안다는 내 성격, 그게 그날따라 좋게 들리지 않았다. 까다롭고 깔끔한 티를 내고 예민한 여자, 그게 나인 건 맞다. 하지만 반지하의 신혼집에 초대된 손님 입장에서 듣기엔 불편했다. 물론 코르크 부스러기가 둥둥 떠 있는 와인을 먹고 싶은 생각은 없었다.

"진주 씨, 내가 해볼게요."

진주 신랑이 또 나섰다.

그는 국수를 받쳤던 체를 행군 후 물을 대충 털어내더니 눈금이 있는 계량컵 위에 올렸다. 그리고 조심스럽게 와인을 따랐고 코르크는 체에 걸렸다. 생각해보면 별것 아니지만 당시 나는 그의 센스에 만족했다. 진주나 나나 센스 있는 사람을 좋아했다. 못 배운 것, 못생긴 것은 참아도 센스 없고 유머 감각 없는 사람은 못 참는다는 말을 우리는 고등학교 때부터 곧잘 했다. 못 배웠으면 가르칠 수 있고, 못생긴 건 우리도 만만치 않으니 괜찮지만, 센스와 유머 감각은 도무지 가르칠 수 있는 영역이 아니라며 센스 없는 남학생의 뒷담화를 하곤 했다.

컵 용량이 500cc여서 여러 번에 나누어 부어야 하는 번거로움이 있었지만, 계량컵답게 입구가 있어서 따르기 편했다. 나는 진주 신랑이 센스 있게 디캔팅을 한 덕분에 더 맛이 좋아졌다며 과장된 만족감을 표시했다. 예비부부는 내 표정을 따라 밝은 웃음으로 와인을 마셨다. 진주는 신랑을 향해 엄지손가락을 치켜세우며 칭찬했다. 체에 남은 물기가 조금 들어갔다는 게 신경 쓰이지 않을 정도로 와인의 맛은 훌륭했다. 다만 한 병으로는 간에 기별도 안 간다는 게 문제였다.

"좋았어. 2차는 우리가 쏠게."

진주는 엉덩이를 끌며 냉장고로 다가갔다. 모텔에 있을 법한 흰색의 작은 냉장고였지만 진주 성격답게 깔끔하게 정리가 되어 있었다. 내가 알던 막걸리와 달리 날씬한 순백색의 막걸리병이 줄을 맞춰 서 있었다. 와인잔은 없어도 누런 막걸릿잔은 있었다. 그녀가 막걸리를 꺼내 개다리소반을 펼쳐 술상을 준비하는 동안 진주 신랑은 안줏거리를 준비한다며 다시 분주하게 움직였다. 둘은 화음까지 맞춰가며 함께 노래를 흥얼거렸다. 경기도 외곽의 펜션에 놀러 온 것 같은 분위기였다.

담배를 피우러 잠깐 나가려는데 진주가 그냥 화장실 안에서 피우란다. 화장실 문을 여니 계단 몇 개를 더 올라가야 하는 구조였다. 변기 옆에 작은 창이 나 있었고 진주 신랑이 쓰는 것이 분명한 복숭아 통조림 깡통이 있었다. 흡연자 눈에 이런 깡통은 영락없이 재떨이로 보인다. 그런 깡통이 놓인 곳은 자연스럽게 흡연 구역이 된다. 칙! 칙! 창틀에 있는 핑크색 일회용 라이터로 불을 붙여 길게 연기를 내뿜었다. 환풍기가 없어도 연기는 고스란히 밖으로 날아갔다. 반지하 방이지만 화장실에서는 도로를 내려다볼 수 있는 특이한 구조였다.

담배를 피우고 내려오니 막걸리 술상이 벌어졌다. 언제 준비했는지 쑥갓과 오이를 버무린 도토리묵과 계란말이가 안주로 올라왔다. 와인에 막걸리, 발효주를 연속으로 마시는 테크트리는 다음 날 일정에 치명적이다. 하지만 금요일 밤이기에 내일을 잊고 부담 없이 달리기 시작했다. 첫 잔은 새콤하면서 깔끔한 맛이었고, 둘째 잔은 달콤하면서 묵직한 향이 느껴졌다. 생막걸리의 매력에 취해갈 때쯤 진주 신랑이 조립식 PC로 음악을 재생했다.

브라운관 TV, 전기밥솥, 전자레인지, 방에 있던 가전제품은 모두 낡았지만 PC에 연결한 우퍼스피커는 새것이었다. 좁은 방의 사방에서 스팅의 노래가 반사되어 청세포를 진동시켰다. 대학 시절 CD가 닳도록 들었던 노래를 가장 친한 친구와 그의 예비신랑과 함께 듣는 기분이 묘했다. 진주 신랑은 내가 IT 회사에 다닌다고 하니 큰 관심을 보였다. 그와 대화를 나누다 보니 비로소 진주가 왜 그 남자를 택했는지 이해할 수 있었다.

학생들의 왜곡된 역사의식에 관한 얘기를 나누다 당시 유행하던 패러디 이미지로 화제가 넘어갔다. 그는 발터 벤야민의 〈기술복제시대의 예술작품〉에 대해 내 의견을 물었다. 아날로그의 예술적 자산이 분야를 가리지 않고 디지털로 넘어오던 시절이었다. 학부 시절 매스미디어와 대중문화를 다룬 이름의 교양과목을 들었는데, 거기서 다뤘던 벤야민의 '아우라' 개념은 흥미로웠다. 지금 시각으로 보면 조악한 기기를 두고 기술복제시대를 고민한 벤야민의 직관에 감탄했다.

진주 신랑은 당시 예술작품의 아우라 붕괴와 함께 파시스트들이 어떤 방식으로 그것을 악용했는지에 관해 얘기해주었다. 어찌나 생생하고 실감 나게 말하는지 영화를 보는 것 같았다. 진주 말대로 그의 입담은 최고였고, 어려운 내용을 쉽게 설명하는 실력을 보니 학생들이 좋아할 만했다. 잘난 곳 하나 없는 얼굴마저 잘생겨 보였다. 모니터에 블루스크린이 뜨는 바람에 음악이 끊어져서 PC를 재부팅하기 전까지는 그랬다. 블루스크린은 운영체제가 주인에게 할 수 있는 최고 수위의 경고 중 하나다.

인문학을 주제로 향기로운 술을 마시던 경기도 인근 펜션은 이내 경제적으로 무능한 늙은 신랑과 대졸 무직인 신부가 사는 어두침침한 골목의 반지하 단칸방으로 돌아왔다. 다행히 다시 전원을 켜자 파랗게 질렸던 PC는 정상부팅이 됐다. 윈도우 재설치라는 최악의 상황까지 가지는 않았지만 내 마음은 블루스크린 이전으로 돌아가지 않았다. 예비부부는 코앞으로 다가온 전국동시지방선거에 대한 예측으로 대화를 이어갔지만 난 별 관심이 없었다.

신혼집에 늦게까지 있을 수 없어서 열 시쯤 밖으로 나왔다. 예비신랑에게는 결혼식 때 보자고 인사를 나눴고 진주는 큰길까지 배웅해준다며 따라 나왔다. 무릎이 튀어나온 트레이닝 바지에 솜으로 누빈 패딩 점퍼 차림, 그리고 질끈 묶은 숱 많은 머리. 대학 시절 내내 보여줬던 그녀의 모습과 달라진 게 없다. 단과대 학생회장을 맡아 서울까지 올라가 피켓을 들었던 투사는 이제 반지하 신혼집에서 생계와 투쟁하게 될 것이다. 같은 단칸방이지만 그래도 풀옵션 오피스텔에 사는 나와 달리 자본주의 생태계에서 도태된 것처럼 보였다.

버스가 올 때까지 기다리겠다는 그녀를 겨우 떼어내 집으로 보냈다. 진주는 활짝 웃은 채 나를 꼭 끌어안아준 후 슬리퍼를 딸깍거리며 돌아섰다. 뭔가 가슴이 허전해서 버스로 일곱 정거장 거리를 걸어 집까지 왔다. 십 년 전 진주에게 여러 번 빌려주어 손때가 묻은 스팅 CD를 꺼내 틀었다. 〈Mercury Falling〉. 스팅이 오랜만에 발매했던 앨범을 들으며 고등학교 2학년 1학기를 시작했다. 나와 진주는 '스팅이 연금술에 심취했으며 그리스 신화를 모티브로 가사를 지었다'고 확신했다. "즐거움의 계절, 슬픔의 계절, 그녀는 어디로 갔을까."

와인에 막걸리를 섞어 마시고 온 후였지만 맥주를 꺼냈다. 다음 날

골이 깨질 것 같은 숙취를 감수한 것이다. 맥주를 넘기며 진주의 신혼집에 다녀온 소회를 정리했다. 평생 치열하게 살아온 진주가 결국 가난한 결혼생활을 선택했다는 것에 나는 실망했다. 하지만 단칸방이라도 좋으니 말 잘 통하고 막걸리를 먹고도 트림하지 않는 남자를 만나서 밤새워 마시며 음악을 듣고 영화를 보는 삶, 그게 스무 살 무렵 나와 그녀가 꿈꾸던 행복한 삶이었다. 진주 신랑은 막걸리 안주로 잘 익은 깍두기를 먹고서도 트림을 하지 않았다.

"즐거움의 계절, 슬픔의 계절, 그녀는 어디로 갔을까." 스팅이 감미로운 목소리로 내게 물었다. 진주는 자신이 말한 방향으로 가고 있었다. 우리가 얘기했던 이상적인 삶을 살고 있던 것이다. 나는 어디로 가고 있을까? 한동안 자신에게 물었다. 그때만 해도 마흔 살이 이토록 빠르고 허무하게 올 줄은 몰랐다. 맥주 두 캔도 다 비우지 못한 채 양치할 겨를도 없이 잠들었다. 다음 날 예정된 숙취에 침대 속에서 몸부림쳤다.

"일 잘 마치고 왔어. 이제 집 앞이야."

"고생했어. 너 힘든데 혼자 끙끙 앓으면 언니한테 혼난다?"

"알았다고. 신랑은 들어왔어?"

"아니. 며칠 더 걸린다고 전화 왔어."

진주가 결혼한 지 벌써 십이 년이 지났다. 그녀답게 결혼식도 남달랐는데, 신혼집에서 멀지 않은 보라매공원에서 야외 웨딩을 감행했다. 요즘처럼 스몰웨딩이란 말도 없던 시절이었다. 청바지 차림의 신랑과 들꽃으로 만든 왕관을 쓴 소박한 신부는 동시에 입장했다. 잔디 위에 깔아놓은 흰 카펫, 그 위에 깔아놓은 꽃잎을 맨발로 밟으며. 그랜드 피아노 대신 신랑이 다니는 성당 청년부에서 빌린 전자키보드로 축혼행진곡이 울려퍼졌다. 연주자는 나였다.

진주는 내가 어린 시절 피아노 콩쿠르에 입상한 것을 기억했고 결혼 선물로 연주를 부탁했다. 혼자 살게 되면서 피아노를 팔아버렸던 나는 평생 갈 일 없을 줄 알았던 성당을 오가며 연습했다. 그래도 연습 사흘 만에 축혼행진곡과 결혼행진곡은 쉽게 칠 수 있었다. 식이 끝날 때까지 개구쟁이처럼 활짝 웃던 진주는 피아노 연주가 좋았다며 엉덩이를 토닥여주었다. 신랑 후배들이 준비한 사물놀이가 시작되자 공원에 놀러 온 사람들도 몰려들어 축제를 함께 즐겼다. 금세 한복으로 갈아입은 주인공 부부도 덩실거리며 춤을 추었다.

신혼여행지로 벚꽃이 활짝 핀 섬진강을 택한 진주는 결혼 이후에도 서른 살 때까지 임용고사에 도전했다. 마지막 시험마저 미끄러지자 깨끗하게 단념한 그녀는 고단한 기간제 교사 생활을 시작했다. 진주 신랑은 17대 대선 무렵, 나라의 미래가 달려 있다며 휴직했다. 대선이 끝나고 무급휴가 기간이 끝났는데도 그는 학교로 돌아가지 않았다. 전교조 전임자가 됐다는 얘기도 들렸다. 지금은 파주에서 작은 출판사를 운영하고 있다.

상도동 단칸방 신혼집에서 이사한 지도 몇 년이 됐다. 진주는 남편 출판사에서 차로 오 분 거리인 전원주택에 살고 있다. 말이 전원주택이지 폐가에 가까웠던 집을 대충 수리해서 살고 있다. 그녀는 여전히 소박하고 친절했던 예전 모습 그대로다. 아이를 낳아 키우는 대신 커다란 시골 똥개 두 마리와 고양이 세 마리를 키우며 산다. 요즘처럼 일감이 없으면 남편을 도와 교정과 교열을 보며 바쁘게 지내고 있다. 진주는 여전히 싱그럽고 도태되지 않았다. 도태된 것은 나다.

사장이 된 진주 신랑은 탈모를 숨기는 대신 삭발을 선택했다. 요즘은 현역에서 은퇴한 정치인을 따라다니며 기획출판을 제안하는 게 중요한 일이란다. 유일한 취미가 낚시라는 그 정치인이 경남 하동의 한 가두리 낚시터에 있다는 제보를 받고는 바로 짐을 싸서 출발한 지 이틀째라고 했다. 이런 더위에 밖에서 낚시하는 게 취미라니 대단하다면 대단하다. 원래 정치인이 사람 낚는 게 전문이니 취미이자 특기일 것이다. 낚시라고는 해본 적 없다는 진주 신랑은 아마 그의 옆에서 심부름거리를 찾으며 기다릴 것이다. 그는 기다리는 데에 도통한 사람이다.

"날도 더운데 파주나 놀러 와. 가깝잖아. 나 백수라 심심해."

"그래. 조만간 시간 되면 갈게."

"에어컨 빵빵하게 틀어놓고 기다릴게. 너 열무국수 좋아하지?"

"응."

"막걸리 잔뜩 사다둘 테니까 꼭 전화하고 출발해."

시간 되면 간다는 말은 시간이 안 되면 안 간다는 말이니 거짓말이 아니다. 하지만 조만간 간다는 말은 거짓이었다. 이제 그녀의 집에 갈 일은 없다. 진주와 통화를 하다 보니 벌써 집 근처에 다 와간다. 마지막으로, 진주를 보러 이대로 그녀의 집까지 걸어가고 싶었다. 평일 저녁이지만 라페스타에는 교복 입은 애들과 젊은 연인들이 분주하게 움직이고 있다. 젊을 때는 저렇게 하루 이십사 시간이 모자란 삶이 좋은 것이다.

내가 평소와 뭔가 다르다는 것을 느꼈을 진주는 뭔가 더 묻고 싶었을 것이다. 하지만 내가 먼저 입을 열기 전까지는 가만히 있겠지. 나도 진주도 다른 사람과는 쓸데없이 수다를 떨지 않는다. 어제 본 드라마 얘기, 남의 신랑 얘기 따위를 나누며 스트레스를 푼다는 사람을 우리는 이해할 수 없었다. 인터넷, 스마트폰, SNS, 소통을 위한 장치는 수없이 생겨나고 있다. 이 시간에도 어느 중년 남자가 젊고 예쁜 여자가 올린 사진에 '좋아요'를 누르고 "우리 소통해요"라는 댓글을 달고 있다. 둘이 거래할 일이 있을지는 몰라도 소통할 일은 없을 것이다.

오피스텔이 눈앞에 보인다. 오랜 외출 뒤에 집에 들어갈 때마다 늘 내 방 창문을 확인하는 버릇이 생겼다. 호수공원을 돌다가도 방 창문이 보이는 위치에서는 꼭 눈으로 13층을 헤아린 후 왼쪽 세 번째 집을 확인했다. 혹시 불이라도 나지는 않았는지 불안했기 때문이다. 남의 집에서 불이 나서 내 집이 타는 것은 두렵지 않다. 수능시험을 보자마자 운전면허를 땄지만 사고를 낼까봐 중고차도 사본 적 없다. 팍팍한 삶이 만들어낸 강박이다.

영등포에서 여기까지 오는 동안에도 땀을 잔뜩 흘렸다. 집에 들어가자마자 샤워를 할 것이다. 향긋한 섬유유연제 냄새가 나는 수건으로 물기를 닦은 후 햇볕에 뽀송뽀송하게 말린 속옷을 입을 것이다. 그리고 뭐하지? 청소할까? 이런 날에도 청소나 생각하다니 인생 참 후지다. 결벽증이 강박이 낳은 결과 중 하나란 것을 알게 된 건 오래되지 않았다. 버스 손잡이를 절대 잡지 않고 엘리베이터 버튼을 둘째손가락 마디 부분으로 누르는 사람이 꽤 많으리라 생각했다. 외출할 때 입은 옷을 입고 침대 위에 눕는 것은 TV에나 나오는 일이라 생각했다.

서른 살의 첫 이직은 모처럼 설레는 일이었다. 별도의 면접 절차는 없었고 성 실장의 주선으로 대표이사와 저녁을 함께 하며 인사를 나눴다. 이메일로 이력서를 제출한 후 보름 뒤에 새 직장으로 출근했다. 사무실이 있는 사당역은 서울대입구에서 언덕 하나만 넘으면 걸어서도 금방 갈 수 있는 거리였다. 첫날부터 스니커즈를 신고 출퇴근했다. 이어폰으로 좋아하는 음악을 들으며 걷는 것도, 언덕배기에 있는 아기자기한 빌라와 오피스텔을 구경하는 것도 소소한 재미였다.

이수초등학교 근처의 2층짜리 단독주택을 개조한 사무실은 아담했지만 여덟 명이 쓰기엔 넓었다. 개발자와 디자이너는 1층에 있는 세 개의 방을 사무실로 썼다. 2층에는 나와 성 실장이 쓰는 책상 두 개와 회의실, 대표가 쓰는 작은 방이 있었다. 사람이 참 간사한 게 처음에는 짧은 거리라 좋다며 걸어서 출퇴근했지만 일주일 만에 버스를 타고 다녔다. 대표와 마주칠 때마다 왠지 모를 눈치가 보여서 불편했다. 나야말로 밖에서 굴러들어온 임원이라 기존 사원들에게 부담을 주었을 텐데도.

그리고 대부분의 작은 회사가 그렇듯 외부인으로서 알던 것과 다른 정보를 하나씩 알게 되었다. 모바일 게임회사인 건 맞았지만 게임 개발이 주력 사업은 아니었다. 휴대폰에 들어가는 어떤 프로그램이건 이통사와 계약해야 유통이 되던 때다. 이통사는 레이싱걸 사진이나 최신가요는 물론 게임 역시 단가를 후려쳐서 계약했다. 그런데도 다른 유통 경로가 없기에 이통사와 계약하겠다는 콘텐츠나 서비스 개발사는 줄을 서 있었다. 레드오션인 걸 알면서도 수많은 회사가 버티고 있었던 이유는 뒤에 선 긴 줄을 보고 여기가 명당이라고 생각했기 때문이다.

우리가 만들던 게임은 고스톱을 비롯한 간단한 보드게임 세 가지였다. WIPI로 플랫폼이 통일되어 모바일 개발환경이 훨씬 나아졌다고는 해도 여전히 이통3사에 맞춰 포팅 작업을 해야 했다. 거기에 수십 종에 달하는 휴대폰 단말 기종마다 최적화가 필요했다. 그러니까 백 개가 넘는 프로그램을 운영하던 중이었고, 실장인 나도 테스트에 참여해야 하는 형편이었다. 그럼에도 대표이사가 외제차 두 대를 굴리고 강남에 아파트를 산 건 알짜배기 돈줄이 있기 때문이었다.

회사가 돌아갈 수 있던 건 웹하드 서비스에서 나온 매출 덕이었다. 대표이사는 원래 용산에서 직원 둘을 두고 전산장비를 팔았다. 성 실장과도 같이 아는 대학 동기가 근처에서 휴대폰 매장을 운영해서 같이 술자리를 자주 가졌다. 그의 돈 씀씀이가 심상치 않아서 물어보니 휴대폰 매장과 함께 부업으로 웹하드를 운영하며 돈을 굴렸단다. 부럽기도 하고 궁금하기도 해서 동기를 오랫동안 구슬린 후 돈을 주고 웹하드 사이트 하나를 분양받은 게 그가 이 바닥 사업을 시작한 계기였다.

동기에게 마케팅과 운영 노하우를 전수받은 후 도화동에 오피스텔을 하나 얻어 책상 몇 개 넣어두고 개발자 셋을 뽑아서 돌려보니 생각보다 많은 돈이 들어왔단다. 내친김에 근사하게 IT 사업을 하고 싶어서 도화동 '공장'을 정리한 후 지금의 사당 사무실로 옮겨 왔다. 그러고는 대학 후배인 성 실장에게 "이제 제대로 IT 사업을 하고 싶다, 모바일 게임을 만드는 스타트업을 만들려고 하니 도와달라"며 끈질기게 설득했고, 성 실장이 또 나를 꾀어온 것이다.

웹하드 업체를 위한 전문 마케팅 회사도 있어서 가끔 대표를 찾아왔다. PC방에 무료 쿠폰을 배포하고 다단계 방식으로 회원을 모집하는 업체였다. 그렇게 모집한 회원이 결제하는 주요 콘텐츠는 자위를 돕기 위한 야동이었다. 결제 내역 통계를 보면 역시 중년 남성이 주요 고객이었다. 영화와 음악도 유통했지만, 다운로드와 매출 모두에서 야동과 비교가 되지 않았다. 그 야동 덕분에 여덟 명이 급여를 가져갈 수 있었다. 개발총괄인 성 실장은 외국 사이트를 보며 스마트폰 앱 개발을 공부하는 와중에 웹하드 서버 최적화를 하느라 밤낮없이 바빴다.

세상을 바꿀 모바일 서비스를 기획한다며 이직한 나는 맞고 게임의 매뉴얼과 검수확인서, 테스트를 위한 체크리스트를 만들었다. 맞고의 룰도 모르던 내게는 황당한 업무였다. 성 실장 다음으로 높은 급여를 받을 텐데 이런 일이나 하고 있어도 되나 싶었다. 대체 왜 이 회사에 온 건지 회의도 들었지만 성 실장과 서로 응원하며 버텼다. 곧 스마트폰 시대가 열린다는 기대감 하나로 인내하며 파워포인트, 엑셀과 씨름했다.

성 실장이 직접 뽑은 개발자들도 야동이나 팔고 기존 소스를 사골 국물처럼 우려낸 고만고만한 저질 게임이나 만들기엔 아까운 실력을 갖춘 멤버였다. 그 멤버들과 함께 낮에는 야동과 게임을 팔고, 밤에는 해외에서 주목받는 앱과 개발 트렌드에 대해 리뷰를 했다. 그렇게 시간이 흐르다가 천지가 개벽했다. 한국에도 아이폰이 정식으로 출시하게 된 것이다. 동시에 수많은 회사가 다양한 애플리케이션을 만들었다. 지금 보면 유치한 서비스가 대부분이지만 개인 개발자가 앱 하나로 일약 스타덤에 오를 만큼 모처럼 생태계가 역동적으로 움직였다.

우리는 초고속인터넷 시대와 마찬가지로 스마트폰 시대 역시 포르노 아니면 게임이 돈이 될 것으로 전망했다. 지금 와서 생각해도 그건 맞는 판단이었다. 대표이사는 우리가 가진 콘텐츠와 노하우를 활용한 포르노 서비스를 하자고 고집했다. 다행히 앱스토어에서는 포르노를 강력히 규제했고 그런 앱은 등록할 수 없었다. 그러자 그는 자체 앱을 개발하려면 돈이 드니 웹하드 사업을 지속하면서 스마트폰 앱 개발도 기존처럼 외주 용역을 받아 납품하며 기술을 배우자는 보수적인 태도를 보였다. 나와 성 실장은 대표이사의 얘기를 받아들이되 퇴근 후 별도의 시간을 내어 퍼즐 게임을 만드는 것으로 타협했다.

초창기에는 게임 앱도, 앱의 비즈니스 모델도 단순했다. 유료 앱 판매수익과 배너광고, 이 둘이 앱을 만들어 돈을 벌 수 있는 방법의 전부였다. 문제는 유일한 기획자였던 내가 게임에는 흥미가 없었다는 것이다. 그래도 IT 바닥에서 불가능한 일이란 없다. 해외의 잘나가는 퍼즐 게임을 레퍼런스로 삼아 수십 종을 직접 플레이해보고 게임 전문 리뷰 사이트를 뒤적였다. 고민 끝에 내 전공을 살리기로 했다. 우리 게임은 대단한 액션도 없고 단순했지만, 시간을 때우기 좋았고 중독성이 있었다. 거기에 스토리를 설정해서 플레이어의 몰입을 유도하자는 게 내 생각이었다.

퍼즐 게임이 그렇듯 다음 판으로 넘어가면 난이도가 높아지는 빤한 구성이었다. 여기에 주인공 캐릭터를 설정하여 스토리가 진행되게 했다. 스테이지를 클리어하면 스토리가 하나씩 펼쳐지고 엔딩에서는 영웅이 되어 지구를 구한다는 서사를 추가했다. 타이쿤 게임에도 스토리텔링이 필수인 요즘 게임 시장에서는 당연한 얘기다. 하지만 당시는 중력 센서를 이용한 단순한 게임만 출시해도 앱스토어 상위에 오르는 시대였다. PC용 레이싱 게임을 모바일로 이식하면 곧바로 대박이 났고 단순한 슈팅 게임도 '손맛'만 좋으면 열광했다.

내 의견을 바탕으로 업데이트 일정을 잡았고 상지의 소개를 받아 게임 일러스트 경력자를 프리랜서로 섭외했다. 그는 내 기대에 맞게 실사에 가까운 일러스트를 만들어주었다. 그리고 개발 마무리 단계 중이던 게임에 스토리를 붙인 후 내부 품평회를 했다. 정교한 일러스트에 비해 본 게임의 그래픽이 지나치게 단순해서 이질감이 들고 어색하다는 평가도 있었다. 대표이사도 그런 이유로 회의적인 반응을 보였다. 하지만 성 실장을 설득해 뚝심 있게 밀어붙였다.

일정보다 늦어졌지만 개발은 잘 마무리됐다. 테스트를 거쳐 최종 IPA 파일과 관련 정보를 등록했다. 악명 높았던 앱스토어 심사도 일주일 만에 순조롭게 통과했다. 출시일은 순위를 높이기 위해 국내 앱스토어 1위를 질주하던 앱의 정기 업데이트 날에 맞추었다. 월요일 자정에 출시하는 것으로 자동예약을 걸어두었기에 전 직원이 주말 밤에 출근했다.

자정이 되자 론칭은 정상적으로 이루어졌다. 앱스토어에서 우리 게임을 검색하고 정식으로 다운로드하는 건 짜릿한 일이었다. 이제 문제는 순위였다. 그때까지 한국 앱스토어는 게임물 사전 심의제 때문에 게임 카테고리가 닫혀 있었다. 대신 엔터테인먼트 카테고리에 수많은 게임까지 몰려 경쟁하고 있었다. 출시 후 사흘 안에 카테고리 20위권에 들면 앱스토어 전체 순위에서도 쉽게 눈에 띌 수 있었다. 랭킹에 들지 못한 앱은 조용히 사장되는 경우가 대부분이다.

앱 이름은 물론 섬네일 아이콘과 스크린 샷에 공을 들였다. 원래 준비했던 아이콘은 퍼즐 게임의 전형인 심플한 디자인이었다. 다들 그랬듯 스크린 샷도 단순히 게임 플레이 화면을 준비했다. 미국의 개발자 커뮤니티를 꼼꼼히 염탐하여 요령을 배운 나는 일러스트레이터에게 별도의 아이콘과 스크린 샷을 요청했다. 아이콘은 세 가지 컬러군 중 폰에 설치 후 가장 눈에 잘 띄는 것으로 결정했다. 플레이 장면에 고퀄리티 일러스트를 합성한 스크린 샷은 게임에 대한 기대감을 높였다. 설치 후 실행하면 기대에 부응하는 인트로가 재생됐다.

일요일에 밤에 출근해 월요병은 없었다. 다만 다들 피곤에 찌들어서 점심 시간에 밥 먹으러 나갈 기운도 없었다. 짜장면을 시켜놓고 성 실장과 2층 테라스에서 커피를 마시며 도란도란 얘기를 나누고 있었다. 막내 개발자가 쿵쿵거리며 다급하게 계단을 올라와 소리쳤다.

"실장님, 실장님! 떴어요!"

"떴어?"

"네. 대박! 엔터 카테고리에서 11등!"

앱이 출시된 지 열두 시간 만에 카테고리 순위 11위에 올랐다. 짜장면이 도착했지만 다들 환호를 지르느라 정신이 없었다. 쇼케이스 안에 있던 수입 맥주며 샴페인까지 죄다 꺼냈다. 부어라 마셔라 하며 대낮부터 파티가 시작됐다. 수많은 밤을 함께 지새우며 고생한 성 실장과 개발자들은 과분하게도 내게 공을 돌렸다. 야동이나 파는 인생에 회의를 느끼면서도 꾸역꾸역 버틴 시간에 대해 보상을 받는 순간이었다.

11위에서 시작한 퍼즐 게임은 5위권에 잠시 머무르다가 결국 전체 앱스토어 순위 1위를 기록했다. 자체 게임 개발에 회의적이었던 대표이사가 가장 좋아했다. 더욱 고무적인 것은 영어 버전이 북미와 유럽에서도 순위가 조금씩 오르더니 12개 나라에서 무료 앱 1위에 올랐다는 것이었다. 큰돈이 벌리는 것은 아니었지만 〈쇼미더머니〉와 속성이 같다. 명성을 얻는 게 중요하지 상금이 중요하지 않은 무대였다. 앱스토어 1위를 차지했다는 것은 어마어마한 기회가 찾아오는 보증수표였다. 그 기회가 노크했을 때 어떤 선택을 하는지가 미래의 운명을 결정한다.

대표이사는 판돈을 키우는 선택을 했다. 게임 잡지와 IT 전문지, 헤아릴 수 없는 인터넷 매체 기자와 인터뷰를 하느라 바쁘게 돌아다니다 들어오더니 별안간 회식하자고 한 날이었다. 물 들어온 김에 노 젓는다고, 곧바로 버그 수정과 추가 스테이지를 반영한 업데이트를 준비하느라 바빴던 우리는 근사한 곳에서 여유롭게 칼질하며 와인을 마시는 게 마뜩잖았다. 다른 손님들은 최소한 비즈니스 캐주얼 차림이었는데 우리는 교복처럼 청바지나 건빵바지에 체크 셔츠, 혹은 후줄근한 후드티 차림이었다. 그래도 술이 조금 들어가니 분위기는 밝아졌다.

대표는 포크로 와인잔을 두드려 자신에게 주목하게 하더니 자리에서 일어났다. 그리고 이제 우리 회사는 본격적인 모바일 MMORPG 게임 개발사가 될 것이라며 사세 확장 계획을 발표한 것이다. 나와 성 실장은 그 자리에서 반대했다. 우리는 2D 캐주얼 게임 라인업을 통한 이용자 확보, 그 이용자 풀을 통해 퍼블리셔의 역량 구비, 이후 애플과 구글이 집중할 앱 내 구매(IAP)를 적용해 매출을 올리는 단계별 전략을 생각하고 있었다. 3D 게임으로 시장이 곧 이동할 것이라는 예측에 그쪽에 관한 공부도 이미 하고 있었다.

MMORPG 게임을 개발하는 건 전혀 다른 얘기였다. 대용량 서버 구축이야 일가견이 있는 성 실장이 할 수 있지만, 애초에 혼자 즐길 수 있는 캐주얼 게임 개발이 목표였지 여러 명이 동시에 접속해 플레이하는 게임을 개발하는 건 우리의 DNA로는 불가능한 일이었다. 많은 학습 비용과 시간이 필요했다. 하지만 대표이사는 성공한 게임 회사의 젊은 CEO라는, 자기가 만든 환상 속에 이미 깊게 빠져 있었다. 결국 내부 갈등이 빚어지면서 회식은 어수선한 분위기로 끝났다.

며칠 뒤 대표이사는 회의를 소집했다. 우리가 진행하는 퍼즐 게임은 그대로 가되 신규 인력을 채용해 별도의 MMORPG 개발 스튜디오를 만들겠다고 했다. 게임회사 대표들과 네트워크를 쌓는다며 매일 밤 술자리를 가지더니 기어코 일을 크게 벌였다. 진부화 전략을 노리고 벌인 대표의 '큰 그림'이었는지는 몰라도 결국 나와 성 실장이 진행하던 신규 앱 개발 사업은 '기존 사업'이 되어버렸다. 기존의 웹하드 사업을 고집하던 대표이사는 개혁을 부르짖는 투사가 되어 정력적으로 신규 사업을 지휘했다.

이후의 진행은 당시 나와 성 실장의 예상과 똑같이 돌아갔다. 대표이사를 제외한 기존 일곱 명은 웹하드 사업과 퍼즐 게임 운영을 동시에 진행하며 허덕거렸다. 거기에 개발력을 인정받아 외주 앱 개발 요청도 끊이지 않았다. 인력과 시간은 부족했고 캐주얼 게임 특성상 빠르게 개발해야 했던 차기작을 준비할 여유가 없었다. 그러면서 우리가 힘겹게 벌어들인 돈은 방배동에 새로 마련한 게임 스튜디오로 들어갔다. 그곳은 밑 빠진 독이었다.

게임개발사에서 방귀 좀 뀌었다는 이들을 모아 만든 드림팀은 시작부터 난장판이었다. 어떤 게임을 만들지에 대한 공통된 이해도 없이 무작정 조직부터 만들었으니 당연한 결과였다. 입사 후 며칠 만에 스튜디오를 나간 사람도 여럿이었다. 국내 최고의 메이저 게임회사 출신의 카리스마 넘치는 PD가 영입되고 나서야 겨우 기획의 윤곽이 잡혔다. 그 전까지는 대표이사도 꽤 힘들어했다. 낮에는 방배동 스튜디오에서 전쟁 같은 회의를 하고 밤이 되면 사당으로 돌아와 돈 관리를 하던 그가 측은할 정도였다.

새로 온 PD는 우리가 생각하던 게임전문가의 스테레오타입이었다. 덥수룩한 수염을 기르고 선글라스를 낀 외모부터 개성이 넘쳤다. 말투는 거침없었고 행동은 깡패 같았다. 그가 독재를 시작하자 뒤늦게야 게임개발이 진행되기 시작하는 것처럼 보였다. 그리고 몇 달 되지 않아 그 게임과 유사한 기획의 MMORPG 게임이 출시되었다. 심지어 1인 개발자가 만든 것이었다. PD는 당황하지 않고 콘셉트를 조금 바꾸어 게임을 다듬었지만, 그 게임이 출시되는 일은 없었다. 첫 회사에서 만났던 토니가 떠올랐다.

우리는 지나간 불행을 잊고 산다. 아니면 불행을 극복했다며, 이제는 아주 멀리 지나갔다며 애써 잊으려 노력하기도 한다. 하지만 불행은 우리를 멀리 떠나지 않는다. 보이지 않는 가까운 곳에 숨어 있다가 가장 만나고 싶지 않은 순간에, 그것도 연달아 찾아온다. 불행과 재회했다고 좌절하면 절대 안 된다. 그놈은 겨우 시작에 불과하기 때문이다. MMORPG 게임 개발의 잇따른 좌절은 불행의 시작이었다.

신작 게임의 사내 오픈 일정을 앞두고 핵심 개발자가 퇴사해버렸다. "이딴 게임은 출시될 수도 없고, 출시되어서도 안 된다"라는 독설을 남겼다고 들었다. 밸런스 테스트를 하던 기획자도 뒤따라 스튜디오를 나갔다. 출시일은 자꾸만 미뤄졌고 시간은 곧 돈이었다. 그래도 웹하드 사업으로 회사는 꾸역꾸역 운영되고 있었다.

"진짜? 씨발, 좆 됐네. 야, 나는 어떡해?"

2층 테라스에서 함께 담배를 피우며 나와 성 실장에게 고민을 토로하던 대표이사가 받은 전화 한 통은 불행의 정점을 알리는 신호탄이었다. 웹하드 사업을 시작하게 해준 용산의 동기는 뉴스 속보를 전해주었다. P2P 중계 서버 단속이 이루어지며 불법 파일 공유 서비스가 하나둘씩 문을 닫을 무렵이었다. 그들은 되레 구식인 웹하드로 옮겨 왔고, 당국의 조사는 용산의 동기와 우리 대표에게 파일을 제공하던 메이저 업체까지 이어졌다. 결국 그 업체가 우리 쪽에 제공하던 서버를 폐쇄했다는 소식이었다.

합법과 불법을 넘나드는 사업에는 늘 그 중심에 서 있으면서 업계의 질서를 잡는 몸통이 있기 마련이다. 웹하드 업체가 난립하는 것처럼 보였지만 소스를 제공하며 체계를 유지한 건 몇 개의 대형업체였다. 웹하드 업체의 몸통은 영화와 음반, 지상파 방송까지 판권 계약을 맺고 합법으로 유통했다. 헤비업로더가 올린 수많은 불법 자료를 제휴콘텐츠로 둔갑시켰기에 대외적으로는 문제없는 사업이었다. 지역 사회와 시설에 기부도 하고 프로스포츠의 메인스폰서도 했다.

몸통이 다루기 귀찮거나 지저분한 일은 꼬리에 배분된다. 사람들은 거대한 존재에 묻은 작은 오물은 사소하게 보고 작은 존재에 묻은 큰 오물은 중요하게 본다. 오물의 절대 크기가 반대라고 해도. 그래서 작은 존재의 큰 오물이 제거될 때 환호한다. 오물을 제거하기 위한 수사가 시작되기도 전에 외제차 열 대씩을 굴리는 몸통은 이미 정보를 입수한다. 자신의 몸에 묻은 오물은 살짝 가리고, 꼬리는 잘라버리면 그만이다. 잠시 쉬며 숨을 고르다가 분위기가 바뀌면 다시 꼬리를 붙이면 된다. 새 꼬리가 되겠다고 줄 설 놈들은 많다.

몸통에서 잘린 꼬리는 끝까지 꿈틀거리지만 이미 죽은 상태다. 그 꼬리가 대표이사로 있던 우리 회사는 생각보다도 빨리 망했다. 알고 보니 이미 자본잠식 상태였고, 스튜디오 운영비는 대표이사가 따로 자금을 끌어다 쓰는 상황이었다. 외주 개발로 메꾸기에는 턱도 없이 큰돈이었다. 외제차 열 대를 굴리는 몸통에게는 별것 아니겠지만, 두 대뿐인 우리 대표에게는 사형 선고를 받은 것이나 다름없는 상황이었다.

그래도 작은 성공을 함께한 덕분에 회사 문 닫는 날까지 여덟 명 모두가 함께했다. 망한 회사의 마지막 날까지 의리를 지키는 직원은 세상에 거의 없다. 모처럼 오전에 출근한 날, 중고가구 업체에 사무 가구를 팔았다. 맥주로 가득 찼던 쇼케이스와 커피메이커도 새 주인에게 인도됐다. 맥북과 노트북, 모니터 같은 개인 지급장비는 각자 집으로 가져가기로 했다. 막내 개발자는 드디어 맥북 소유자가 됐다며 좋아했다. 간단히 청소를 마친 후 '망한 기념'으로 단체 사진까지 찍었다. 사무실로 쓰던 단독주택 열쇠를 부동산 사장에게 건넨 대표이사는 크게 한숨을 쉬었다.

마지막 회식 메뉴는 삼계탕이었다. 저녁 회식을 택했다면 길게 술자리가 이어지고 여러 가지 감정도 함께 들었을 것이다. 점심 회식을 택한 것이 대표의 큰 그림이었는지 몰라도 인삼주 한 잔으로 담백하게 마지막 식사를 함께했다. 해가 중천에 떠 있을 때 각자의 길로 건조하게 헤어지니 다음 날 또 보게 될 것 같기도 하고 실감이 나지 않았다. 농담도 하고 웃으며 직원들은 멀어졌고, 대표와 나, 성 실장은 근처 카페로 향했다.

파산하고 엎어져버릴 것이라는 예상 혹은 우려와 달리 대표는 끝까지 책임을 다했다. 어음을 처리하고 용역비용을 받아왔다. 청산 절차를 밟으면서도 직원 급여는 미루지 않았고, 퇴직금까지 지급했다. 오랜 시간 웹하드를 운영하며 수집한 회원 개인정보를 팔아 자신의 퇴직금을 만드는 선택도 있었을 것이다. 하지만 그는 최소한의 양심이 있던 건지, 사업 수완이 없던 건지, 정말 깔끔하고 비가역적으로 사업을 정리했다.

"내가 욕심이 컸어. 특히 이안 실장님, 힘들게 모셔왔는데 미안합니다. 성 실장도 선배 잘못 만나서 그동안 고생만 했어. 미안해."

대표이사는 애써 웃는 표정을 지으며 마지막 인사를 건넸다. 사람 마음은 참 이상하다. 그때까지 합리적인 판단을 하지 못한 그에 대한 원망이 가득했는데 그 표정 하나에 누그러졌다. 성 실장이 대표에게 앞으로의 계획을 묻자 시럽을 잔뜩 넣은 커피를 홀짝이던 그는 지그시 눈을 감았다. 평생 살아온 서울을 떠나 제주도에서 펜션을 운영할 거라고 담담하게 말했다. 그의 말을 듣다 보니 사당역 2층 카페 창밖으로 제주도 푸른 바다가 보이는 듯했다.

상수역 근처에서 북카페를 하던 아내는 이미 가게를 정리했단다. 외고를 보낼 거라던 모범생 외동딸과 함께 온 가족이 내려가 펜션도 관리하고 낚시도 하고 귤 농사도 지을 거라고 했다. 창밖을 쳐다보며 얘기를 이어가던 그의 얼굴에 봄바람 같은 미소가 살랑거렸다. 어떻게 쫄딱 망해서 서울을 떠나는 사업가가 저런 돈오의 경지에 든 미소를 지을 수 있을까? 깨달음의 길은 많다지만 웹하드를 하다가 득도할 수도 있는 것인가? 그는 오랜 수행 끝에 득도한 사람처럼 보였다. 평생 찾던 현자의 돌이 자신의 발뒤꿈치 굳은살임을 깨달은 연금술사 같기도 했다.

"선배님, 제주도로 놀러 갈게요."

"그래. 꼭 놀러 와.

용산에서 매장 운영 십 년, 웹하드 업체 운영 십 년, 그의 드라마틱했던 삶은 어쩌면 이제야 제대로 시작인 것 같기도 했다. 그는 외제차 대신 국산 SUV 중고차에 시동을 건 후 남부순환로 방향으로 사라졌다. 사당역에 있던 회사도 직원도 대표도 떠났고, 남은 건 나와 성 실장뿐이었다. 혼자 쓸쓸하게 집에 가는 게 싫은 마음은 같았을 것이고 우리 둘 다 주당이었다. 오후 세 시에는 문을 연 술집이 없어 남현동까지 한참을 걸었다.

산오징어를 파는 식당에 들어가 오징어물회에 소주를 한 병을 시켰다. 별다른 대화를 나누지는 않았다. 그저 서로의 잔을 채워주는 것이 대화였다. 소주를 두어 병 비우자 성 실장은 나에게 미안하다고 했고, 나는 괜찮다고 했다. 성 실장이 나에게 미안할 것은 없었다.

"실리콘밸리에 집 알아봤던 거 기억나죠?"

성 실장의 말에 나는 기어이 웃음을 터뜨리고야 말았다.

퍼즐 게임이 전 세계 앱스토어를 호령하던 때 우리는 저녁 술자리에서 반 농담 삼아 해외법인 얘기를 했다. 성 실장은 영어를 잘하는 내가 미국 법인장이 되면 좋겠다며 실리콘밸리에 집도 알아봐주겠다고 했다. 2차에서 그는 실리콘밸리에 있는 친구에게 전화를 걸어 고급 빌라와 저택에 대한 정보도 물어보았다. 나도 사업 대박으로 인생이 역전될 것을 은근히 기대했다. 연달아 몇 개의 게임만 성공하면 가능한 일이었고, 첫 타석부터 홈런을 쳤기에 확률도 높았다.

나와 성 실장이 가지고 있던 법인 지분은 결국 하드디스크의 워드 문서에 포함된 몇 바이트 데이터로 남았다. 그래도 함께 꿈을 꾸며 성공의 달콤한 맛까지 본 기억은 결코 잊을 수 없었다. 회사는 망했지만 나와 성 실장은 손해 본 것이 없었다. 급여는 남부럽지 않게 충분히 많이 받았고, 돈을 쓸 시간이 없어서 첫 회사를 그만두었을 때보다 경제적 여유는 더 컸다.

"이안 실장님, 이제라도 3D 버전을 만들면 잘될 가능성이 있다고 봐요?"

"글쎄요."

성 실장의 질문에 모처럼 기획자 사고가 발동했다. 기존의 PC나 콘솔용 게임 중 웬만한 것은 이미 스마트폰으로 출시되던 시절, 추억의 격투 게임을 비롯한 IP 게임이 3D로 업그레이드되며 괜찮은 성과를 거두고 있었다. 그래, 우리도 한때 전 세계 1위의 게임을 만들었잖아. 그걸 3D로 만들면 성공할 가능성은 있지 않을까? 다시 심장이 뛰었다.

"잘하면 대박, 못해도 본전치기는 하지 않을까요?"

"내 말이. 그런데 이제는 회사도 조직도 없으니까, 참. 아깝네."

아니다. 다시 만드는 건 생각보다 어렵지 않을 수도 있다. 성 실장은 우리가 개발했던 게임의 소스코드는 물론 백엔드 구성의 노하우까지 가지고 있었다. 몇 시간 전까지 이별을 아쉬워하던 팀원을 다시 모으면 된다. 회사와 대표만 없어졌지 사람과 기술, 노하우는 남아 있다. 회사를 만드는 건 어렵지 않고 대표는 성 실장이 하면 된다. 즉흥적인 생각이었지만 합리적인 판단이었다. 조용히 혼자 머리를 굴리던 나는 성 실장의 빈 잔에 술을 채워줬다.

"회사도 조직도 만들면 되죠."

"네?"

"합시다. 3D로 만들어보죠."

그날 저녁 산오징어집에서 결의한 우리는 본격적으로 진짜 스타트업을 시작했다. 사무실로 쓰던 단독주택 근처에 보증금 없이 월세만 내면 들어갈 수 있는 소호사무실을 얻었다. 독서실처럼 좁아서 보조 모니터가 책상 밖으로 튀어나왔다. 창문도 없고 합판으로 만든 벽은 옆방에서 키보드 치는 소리도 막지 못했지만, 그만큼 싸고 인터넷도 공짜였다. 함께 일했던 멤버들을 호출해 합류 의사를 물어보았다. 이미 다른 회사에 출근한 한 명을 제외하고 기존 멤버 모두가 모였고 곧바로 개발에 착수했다. 기존 버전의 일러스트레이터도 우리 사정을 듣고는 비용을 낮춰서 진행하기로 해주었다.

법인을 만드는 것은 생각보다도 훨씬 쉬운 일이었다. 우선 성 실장과 함께 자본금 오천만 원을 만들었다. 그의 간곡한 부탁으로 대표이사를 맡았는데 개발을 제외한 모든 일이 내 몫이었다. 정관과 발기인회의사록, 주식 발행사항 동의서, 주주명세서 같은 서류는 양식과 예시를 참고하면 혼자서도 금방 작성할 수 있었다. 발기설립을 위한 등기신청서를 내고 등록세와 교육세를 내니 주식회사 하나가 뚝딱 만들어졌다. 최소자본금에 대한 상법이 바뀌면서 백 원짜리 주식회사도 이틀이면 만들 수 있다.

오천만 원이라면 꽤 큰돈이라 생각했는데, 직원들 급여일이 될 때마다 썰물처럼 빠져나갔다. 성공해서 전리품을 나눌 때까지 임원인 나와 성 실장부터 막내까지 모두 월급을 세전 백만 원으로 통일했는데도 한 달이면 육백만 원이었다. 여기에 일러스트레이터 인건비, 사무실 월세, 서버 임대료, 소모품비, 세무사 수수료가 매달 빠져나갔다. 우리의 자본금으로는 몇 달을 버티기도 힘든 상황이어서 창업 석 달째부터 나와 성 실장은 급여를 받지 않기로 했다.

안드로이드 시장이 메인이 되어가면서 아이폰 기반의 우리 게임도 안드로이드 버전 개발이 필요했다. 처음에는 각각 네이티브로 개발하려다가 유니티라는 게임 엔진을 적용하며 속도를 높였다. 별도의 기획안이랄 것도 없이 손으로 스케치한 시나리오를 바탕으로 개발은 순조롭게 진행됐다. 매일 살얼음판을 걷는 기분이었지만 기획 능력을 갖춘 개발자, 디자이너와 일하는 것은 즐거운 일이었다. 의자를 살짝만 뒤로 젖혀도 뒷사람과 부딪히는 네 평짜리 사무실에서도 웃으며 일할 수 있었다.

모두가 바쁘게 개발하는 동안 나는 회사의 잡무를 처리하는 것은 물론 게임 출시에 맞춘 마케팅 전략을 세우느라 분주했다. 검색 엔진에 잘 걸리도록 SEO 전략을 세웠고, 외국의 게임 전문 리뷰 사이트와 커뮤니티에 보낼 영문 PR 자료도 만들었다. 미국에 먼저 출시하여 순위를 올린 후 국가별 출시하는 전략도 세웠고, 일러스트레이터와 함께 바이럴 동영상도 제작했다. 출시를 앞두고는 국내 모바일 광고 회사, IT 전문 기자와 미팅을 했다. 성 실장은 마무리 작업과 함께 스마트폰에 알림이 뜨게 하는 푸시 서버를 구축하느라 바빴다.

출시 전날에는 예전 2D 버전 때처럼 모두 모였다. 사무실 근처의 치킨집에서 맥주를 마시며 또 한 번의 성공을 기원했다. 검색 적용은 조금 늦었지만 예약한 시간에 두 마켓 모두 출시되었다. 그때부터 하루에도 수백 번씩 앱스토어 순위를 살피는 게 일이 되었다. 다행히 미국 마켓에서 첫 페이지에 노출될 만큼 랭킹이 올랐고 연달아 전 세계에 출시했다. 고무된 우리는 일찌감치 샴페인을 터뜨렸고 나와 성 실장은 다시 실리콘밸리를 꿈꿨다.

날씨가 추워질수록 우리 게임의 순위는 차근차근 올라갔다. 첫 회사에 다닐 때부터 매일 접속해서 보던 유력 IT 전문지의 기자가 찾아와서 인터뷰하기도 했다. 기사 제목이 '4평짜리 사무실에서 쏘아 올린 커다란 기적'이었나 그랬다. 기어이 한국 앱스토어 엔터테인먼트 카테고리에서 1위에 오른 날, 공교롭게 우리 법인은 자본잠식 상태에 빠졌다. 그래도 밝은 미래가 코앞에 있는 상황이어서 엄마가 남긴 삼천만 원까지 가수금으로 회사 통장에 꽂아버렸다. 연말이 다가왔다.

비슷한 시기에 지구 반대편 핀란드에서 쓸쓸히 망해가던 회사가 유작처럼 게임 하나를 출시했다. 날개 없는 새를 새총으로 쏘는 그 게임은 예상과 달리 전 세계를 정복했다. 앵그리버드 열풍이 불기 시작하자 우리 게임처럼 쉽고 가벼운 건 외면받기 시작했다. 화려한 그래픽과 신나는 음악이 특징인 리듬 게임, 3D 기반에 실감 나는 액션을 제공하는 스포츠 게임, 심지어 대작 FPS 게임까지 출시됐고 그렇게 모바일 생태계는 한 걸음 더 진화했다. 졸지에 도태된 우리는 고객의 리뷰를 반영한 빠른 업데이트로 살아남으려 했지만 역부족이었다.

광고로 인한 매출이 발생하기 시작했지만, 직원 급여를 주기에도 부족했다. 모바일 광고 회사 담당자의 호언장담과 달리 CTR(광고 클릭률)은 형편없이 낮았다. 광고 좀 줄여달라는 리뷰가 도배되기 시작했고 경쟁사가 달아놓은 게 분명한 악플, "구매목록에서 삭제해달라"는 명청이들의 댓글만 이어지자 회사를 때려치우고 싶다는 생각이 들었다. 정성 들여 만든 IR(투자가를 위한 홍보) 자료는 누구에게도 보여주지 못했다. VC(벤처캐피탈리스트)가 줄을 설 줄 알았지만 한 건의 미팅도 성사되지 않았다.

그래도 딸린 식구들의 급여를 책임지는 대표로서 생계 대책은 세워야 했다. 웹하드처럼 안정된 매출이 없던 우리가 회사를 유지하려면 외주 용역을 뛰거나 정부 지원사업을 하는 두 개의 선택만 있었다. 논의 끝에 외주 용역은 최소로 하고 정부 지원을 받아 차기작을 개발하는 데 집중하기로 했다. 문서작업이라면 이골이 난 내게 정부 지원사업 서류 심사 통과는 어려운 일이 아니었다. 우리 업무와 상관없는 분야라고 해도 서류상으로 그럴듯하게 꾸며놓으면 창업을 독려하는 정부는 자금을 지원해주었다. 그렇게 생존하면서 우리는 망하지도 않고, 성장하지도 않으면서 정부 지원으로 연명하는 회사, 즉 '좀비 회사'가 됐다.

가뭄에 단비 같던 지원금은 금방 바닥이 나곤 했다. 나와 성 실장은 물론이고 밤늦도록 정부 지원을 받기 위한 프로젝트 개발을 하고, 또 주말에도 출근해서 차기작을 개발하던 직원도 문제였다. 대박을 꿈꿀 때는 월급 백만 원으로도 살 수 있지만, 이미 명운이 갈린 상황에서는 하루하루가 고문이라는 걸 나는 잘 알고 있었다. 신작 게임은 우리가 봐도 트렌드에 맞지 않았다. 성 실장과 남현동 산오징어집에서 술을 한 잔하며 나는 회사를 정리해야겠다고 말했다. 묵묵히 내 말을 듣고 있던 성 실장이 고개를 떨어뜨렸다. 시작할 때 그랬듯, 끝낼 때의 결정도 하룻저녁이면 충분했다.

직원들이 회사를 떠난 후에도 바로 폐업을 할 순 없었다. 네 평짜리 사무실에서 두 명이 들어가는 더 작은 곳으로 옮긴 후 성 실장과 함께 회사를 정리했다. 폐업부가세를 신고하고 지급명세서, 법인세 신고, 각종 등기까지, 법인을 만드는 건 쉬웠지만 없애는 절차는 복잡했다. 게다가 알량한 정부지원금을 받은 것이 발목을 잡았고, 이를 양심적으로 반납하려고 해도 각종 증빙자료를 만들어야 했다. 심지어 정부 돈으로 놀고먹은 사기꾼으로 의심받기도 했다. 억울했다. 수많은 이들이 권했던 보증기금의 자금지원을 받지 않은 게 내가 한 일 중 그나마 가장 현명한 일이었다.

서른에 도전을 택했던 나는 예수가 인류를 구원한 서른세 살에 거지가 됐다. 2인실을 정리하고 나오며 보증금 대신 선납했던 한 달 치 월세를 돌려받았다. 그 돈으로 성 실장과 서로를 위로하며 며칠 동안 매일 술을 마셨지만 탈진한 우리는 서로에게 힘이 되지 않았다. 그동안 힘든 내색 한번 안 했던 성 실장은 결혼자금으로 모았던 돈은 물론 전세보증금까지 까먹었다고 고백했다. 홀어머니가 걱정하실까봐 용돈도 매달 드리느라 그랬단다. 나 역시 전세보증금을 빼서 회사에 붓고 생활비로도 썼다.

"이안 대표님, 나 이제 어떻게 살지? 결혼은 개뿔, 맥북에어랑 아이패드까지 팔아야 할 판이네."

"저도 통장에 백만 원도 없어요. 우리 거지끼리 그냥 살림이나 차릴까요?"

"됐네요. 사업 말아먹었으면 됐지, 피차 서로 인생까진 말아먹지 맙시다."

"인정. 돈 많고 시력 나쁜 남자나 만나서 팔자 고쳐야겠다."

신소리를 주고받았지만 성 실장과의 마지막 술자리는 우울했다. 며칠째 똑같은 안주였던 꼬막무침과 서비스로 준 콩나물국에서는 비린 내가 났고 소주는 썼다. 어떻게 술자리가 끝났는지는 기억이 나지 않는다.

보름 동안 멍하니 TV만 보고 살았다. 전세금을 빼고 이사 간 오피스텔은 보증금 천만 원짜리 월세였는데 1층에 식당이 있어서인지 불을 켤 때마다 바퀴벌레가 후다닥 도망갔다. 장기대출금 상환 안내 문자와 바퀴벌레, 밤마다 노래를 부르는 옆집 남자 때문에 불면증이 더욱 심해져 술 없이는 잠잘 수도 없었다.

얼마 되지 않아 성 실장은 삼성동에 있는 대기업에 출근했다. 월급쟁이가 가장 마음 편하다며 나도 빨리 일자리를 알아보라고 했다. 다시 회사원이 되는 건 끔찍했지만 목구멍이 포도청이었다. 카드 회사는 내 형편을 어찌 그렇게 잘 아는지 카드론 한도도 줄어들었고, 대출 이자를 갚기 위해서는 서둘러 출근해야 했다. 점심 무렵 일어나 관악산 인근을 걷고 들어와 이력서를 제출하는 게 일과였다. 그리고 나는 삼 년 만에 내 위치가 상당히 변했다는 걸 깨달았다.

창업을 한 경력이 있고, 제법 잘나가는 게임 앱을 만들었다는 건 2011년의 재취업 시장에서 별 의미가 없었다. 서비스기획자에서 게임 기획자로의 변신, 그것도 간단한 퍼즐 게임을 기획했다는 건 커리어패스가 완전히 꼬여버렸다는 걸 의미했다. IT 대기업과 이통사, 포털의 기획 포지션도 연달아 낙방했고 헤드헌터는 SI 업체를 추천해주었다. 나는 완전히 바닥으로 떨어졌다. 돈도, 가족도, 집도, 직장도 없었고 삶의 의지도 없었다.

겨우 출근하게 된 곳은 가산디지털단지에 있는 중견 IT업체였다. 그곳을 시작으로 가디와 구디의 회사 여럿을 거쳤다. 너 말고 일할 놈 널렸다며 일상처럼 가해지는 인격모독, 회식 자리마다 벌어지는 성폭력, 숫자로만 존재하는 휴가. 나 자신도 잃어버린 채 삼 년을 살았다. 아직도 내가 누구인지 잘 모른다. 삼 년 내내 죽음의 공포를 느끼며 생존을 위해 투쟁했다. 먹고살기 위한 투쟁을 벌이다 정신을 차려보니 노조를 설립하고 있었다. 그리고 어느새 나는 '구디 얀다르크'가 돼 있었다.

승리의 이유

직진하라는 내 말이 떨어지자 오영일은 나를 안아 든 채 힘차게 걷기 시작했다. 쌓인 눈을 밟을 때마다 사그락사그락 소리가 났다. 오피스텔 문 앞에 도착하자 적외선 센서가 달린 자동문이 스르르 열렸다. 다행히 심야에는 정문 경비원 아저씨가 후문 주차장 쪽으로 옮겨 근무하고 로비에는 아무도 없었다. 내 이동권을 쥔 오영일이 엘리베이터 앞으로 성큼성큼 다가갔다.

"몇 층이야?"

"집까지 바래다주게?"

"누나 지금 일어설 수도 없잖아."

"너, 집으로 들어오면 안 돼."

엘리베이터는 느릿느릿 13층까지 올랐다. 살짝 눈을 뜨니 그의 단단한 턱과 거뭇거뭇한 수염이 보였다. 밀폐된 곳에 남자와 둘만 있는 게 얼마 만인지 기억도 나지 않았다. 주책없이 가슴은 콩닥콩닥 뛰었고, 밤늦은 시간까지 남아 있던 오영일의 은은한 스킨 냄새가 승강기에 퍼졌다. 우리 집 현관 앞에서 그는 나를 조심스럽게 내려놓고 부축해주었다.

삑, 삑, 삑, 삑, 삑. 비밀번호를 누르는 동안 오영일은 고개를 돌렸다. 문이 열리자 모든 긴장이 풀렸다. 이제 더러워진 옷을 모두 벗어 세탁기에 집어넣고 뜨거운 물에 한동안 샤워를 하는 일만 남았다. 조심스럽게 몸을 돌린 후 현관 앞 매트에 앉으려 하자 오영일이 내 양 팔뚝을 잡아주었다. 왼손으로 양쪽 구두를 모두 벗는 동안 그는 묵묵히 나를 내려다보았다.

"이제 됐어. 고마워."

"괜찮아요?"

"응. 나 이제 씻을게."

현관 센서등이 꺼지자 그가 팔을 휘저어 다시 켰다. 이제 전지훈련에서 갓 돌아온 그를 돌려보내야 하고, 나도 하루를 마무리할 시간이었다. 누군가와 헤어질 때 난 늘 먼저 등을 보이곤 했지만, 이제는 남겨져야 하는 상황이었다. 집까지 운반해준 그에 대한 미안함 때문이었는지, 홀로 남겨지는 서운함을 달래기 위함이었는지 그에게 뭐라도 대접하고 싶어졌다.

"커피라도 마시고 갈래?"

"라면 있어요?"

"기다려. 씻고 나와서 끓여줄게."

원룸이란 곳은 누구와 함께 있기에 적절하지 못한 공간이다. 오영일은 커다란 스포츠 가방을 현관 매트에 내려놓고 성큼성큼 들어왔다. 집에 손님을 들인 것은 처음이었다. 가구라고는 침대 하나만 덩그러니 있을 뿐 흔한 소파 하나 없었다. 책상 겸용으로 쓰는 조립식 식탁, 의자도 내가 조립한 것이었는데 덩치 큰 그의 무게를 버틸지는 의문이었다.

TV를 보며 기다리라고 한 후 붙박이장 맨 아래 칸 서랍에서 갈아입을 속옷을 꺼내 화장실로 들어갔다. 더러워진 옷을 벗고 뜨거운 물을 맞으며 하루를 씻었다. 오른쪽 무르팍과 팔꿈치는 어느새 시퍼런 멍이 들었다. 다행히 뼈에는 이상이 없는지 조심스럽게 움직일 수는 있었다. 머리를 감고 화장을 지우고 나오니 오영일은 고개를 뒤로 젖힌 채 새근새근 자고 있었다. 스포츠 뉴스를 틀어놓은 TV 소리만 방 안을 울렸다.

덕분에 남에게 보이고 싶지 않은 과정, 벗어놓은 옷을 세탁기에 넣고, 머리를 말리고, 수분크림을 바르는 일을 편하게 할 수 있었다. 싱크대 서랍장에서 라면 봉지를 꺼내 달걀과 대파를 넣은 라면을 끓였다. 이렇게 호사스러운 라면을 나를 위해 끓인 적은 없었다. 예쁘게 담아낼 그릇도 없어서 냄비째로 식탁에 올렸고, 진주가 보내준 김장김치를 접시에 조금 덜어냈다.

"일어나. 라면 먹어."

어깨를 두드려 깨우자 그가 눈을 비비며 일어났다. 덩치 큰 사내에게 그깟 안주 정도로는 양이 안 찼을 것이다. 오영일은 게 눈 감추듯 라면 한 그릇을 뚝딱 해치웠다. 얼마나 맛있게 먹는지 한 입 달라고 하고 싶었다. 냄비를 싱크대 설거지통에 내려놓고 전기포트로 물을 끓였다. 그는 의자에 앉은 채였고 나는 바닥에 앉아 침대에 등을 대고 믹스커피를 마셨다. 커피보다는 냉장고 안에 있는 시원한 맥주를 마시고 싶었지만 참아야 했다. 아직 실체를 모르는 남자와 단둘이 있다는 건 항상 위험하다. 게다가 그는 나를 향한 마음을 드러낸 상황이었다.

"나 여자 집 처음 와봐."

"뻥 치시네."

"진짜야. 운동밖에 모르고 살았다니까. 캬, 여자 집은 냄새가 다르네."

오영일은 초라한 내 방을 천천히 훑어보았다. 거실과 침실과 부엌의 경계가 모호한 원룸에서는 적나라한 삶의 흔적을 감출 수 없었다. 마흔 살에 이런 곳에서 살고 있을 줄은 몰랐다. TV를 보다가 잠들 수 있는 포근한 소파, 맨발을 간질이는 부드러운 러그, 브랜드와 단계별로 구분된 화장대, 색깔과 재질별로 구분된 옷으로 꽉 찬 드레스룸, 그 어느 것 하나 내겐 없었다. 그를 내 초라한 공간에 들인 것을 후회했다.

"나 그냥 가요?"

숨길 수 없는 아쉬움이 묻어나는 표정. 스물여덟의 이 젊은 남자는 내게 무엇을 원하는 걸까? 화장을 지운 내 민얼굴을 오영일은 빤히 쳐다보았다. 나이 든 여자의 적나라한 얼굴을 봤으니 끓었던 성욕도 차게 식겠지. 나는 대답 대신 냉장고에서 캔맥주를 꺼냈다. 경찰서에 가느라 일찍 일어난 하루는 너무 길었다. 이 나이에 술 먹고 바닥에나 자빠지다니. 크게 안 다친 게 다행이었다. 변변한 안주가 없어서 눅눅해진 나초를 접시에 덜어 내왔다. 치익! 그는 하이네켄을, 나는 산 미겔을 손에 들고 마시기 시작했다.

오영일은 내가 틀어놓은 EBS 채널이 마음에 들었나보다. 〈세계테마

기행〉은 내가 가장 좋아하는 프로그램이다. 방에 편하게 드러누운 채 전 세계 곳곳을 구경할 수 있다. 주로 교수나 전문직 종사자가 진행하는데 가끔은 자질이 떨어지는 진행자가 나올 때도 있다. 해당 국가의 역사에 대한 기본적인 이해가 없는 경우도 있고, 인터뷰 스킬, 아니 기본적인 커뮤니케이션 능력이 부족한 일도 있었다. 방구석에 드러누워서 나라면 어떻게 진행할지 상상하는 것도 그 프로를 보는 재미 중 하나였다.

치익! 오영일은 알아서 캔 하나를 더 꺼내 왔다. 양문형 냉장고는 올 때부터 있던 옵션인데 소음이 커서 불면증을 더 돋우었다. 우유니 사막의 황홀한 풍경으로 넋을 홀렸던 〈세계테마기행〉은 밤하늘을 보여주며 끝났다. 채널을 돌리려고 리모컨을 찾다가 문득 그의 울퉁불퉁한 근육이 눈에 들어왔다. 손톱으로 긁고 싶다는 생각이 들었다.

누군가를 선과 악으로 구분하여 판단하는 것은 위험하다. 우리의 삶에는 선과 악이 씨줄과 날줄처럼 얽혀 있다. 모두가 존경하는 위인의 삶에도 어두운 그림자는 있다. 죽은 자에 대한 역사적인 평가도 시대에 따라 바뀐다. 살아 있는 사람에 대한 평가는 그래서 불가능하다. 천하의 나쁜 악당이 말년에 선행을 베풀다 죽기도 하고, 평생을 봉사로 살아온 사람이 말년에 성추문이나 사기 사건에 연루되기도 한다.

첫 회사에서 만났던 천 과장도 마찬가지다. 성매매를 일삼아온 그가 말년에 수많은 난민을 돕거나 아프리카의 기아 어린이를 구할 수도 있다. 그러니 누군가에 대한 성급한 판단은 금물이다. 하지만 최근에 들은 천 과장의 실상은 사람이 쉽게 바뀌지 않는다는 내 철학을 공고히 했다. 노조 좌담회 뒤풀이 자리에서 만난 선미 씨는 전문대를 졸업한 후 초고속인터넷 회사에서 천 과장과 함께 근무했다. 그때부터 지금까지 경리과 계약직으로 일하고 있는 그녀는 걸쭉한 입담을 자랑했다.

"선미 씨, 그 인간 그때부터 그랬어요?"

"네. 그 새끼가 안마방에서 긁은 영수증을 처리해달라는 거예요."

"미친놈."

"법인카드로 맨날 떡 치러 다닌 거죠. 무슨 이십사 시간 삼백육십오 일 발정이야, 좆같은 찐따 새끼."

선미 씨는 내가 천 과장과 함께 근무하던 첫 회사의 경리직원과도 아는 사이였다. 대학 동기라 가끔 메신저로 수다를 떨곤 하는데 천 과장 얘기도 주된 소재란다. 전표처리를 비롯한 잡무를 맡을 계약직 여직원을 천 과장이 직접 뽑아놓았는데, 대학을 갓 졸업한 어린 애한테 대놓고 추근거렸다는 얘기는 놀랍지도 않았다. 결혼해서 딸을 낳았는데도 여전히 유흥업소를 들락거리던 그가 기어이 꼬리가 밟혔단다. 동남아 섹스관광을 가서 인증 샷을 찍어 친구들에게 자랑했는데 그게 아내에게 발각됐다고 했다.

"그래서요? 이혼했대요?"

"이혼은요. 별거하더니 다시 합친 것 같다고 그러더라고요."

"그걸 용서해줬다고요?"

"그런 새끼랑 결혼한 년도 제정신이겠어요? 똑같은 것들이지."

선미 씨는 IT 업계에서 막장이라고 부르는 SI 업체, 그중에서도 인력파견 업체에서 근무했다. 흔히 보도방이라고 부르는 곳이다. 개발자를 뽑은 후 외부 프로젝트에 투입해 인건비를 빼먹는 장사를 하는데 문제는 책정된 용역비도, 완료까지 남은 기간도 터무니없이 부족하다는 것이다. 그러니 중간에 그만두거나 도망가는 개발자도 많다. 선미 씨는 11개월마다 새로 계약하는 단기계약직 경리로 일했다. 진주에게도 일상이었던 '쪼개기 계약'이었다.

회사 부장은 선미 씨에게 개발 파견 근무를 지시했다. 중급개발자로 위장시킨 후 프로젝트에 투입해 인건비를 따겠다는 거다. 혼자 아이를 키우던 워킹맘이 지방에 내려가 몇 달간 생활하는 건 불가능했다. 그러자 회사는 수많은 개발자에게 그랬듯 바로 해고를 통보했다. 경리직원 하나 자르는 건 어린애 손목 비틀기보다 쉬웠다.

그녀가 도움을 구하기 위해 찾아왔을 때 나는 가디에서 시작한 SI 업체 유랑기를 마친 뒤였다. 수많은 공장노동자가 근무했던 가리봉동, '공순이'가 눈물을 흘리며 미싱을 돌리던 동네다. 가산동으로 이름을 바꾸었고 높은 빌딩이 들어섰지만, 공장은 여전히 돌아가고 있다. 미싱 대신 노트북으로 장비가 교체됐고 섬유 공장이 IT 공장으로 변했다. 나 역시 노트북 하나를 받아 파워포인트나 엑셀과 씨름하며 하루 열다섯 시간씩 노동했다. 여행 사이트를 구축하고 쇼핑몰 앱을 만들었다.

도스토예프스키 선생의 말처럼 인간은 적응하는 존재다. 첫 회사와 비교하면 열악한 근무환경이었지만 게임 앱 만들던 시절에 비하면 모든 게 나았다. 연봉은 육 년 전 수준으로 낮췄지만, 꼬박꼬박 월급이 나왔고 김치찌개를 사천 원에 먹을 수 있는 식당도 있었다. 기획자의 기본 업무에서 창의력과 책임감을 빼고 클라이언트에 대한 절대적 굴종을 더하면 유능하다는 소리를 들을 수 있었다. 카페인과 니코틴에 절어 있는 개발자들은 착했다. 사촌지간이었던 사장과 이사는 성질이 더러웠다. 그래도 업계 평균 이상의 수준이라 직원에게 손찌검하는 일은 없었다.

문제는 내 건강이었다. 사회 초년생 시절부터 야근은 기본이고 밤샘도 밥 먹듯 했지만 나이를 먹어서 그런지 점점 힘들었다. 가장 힘든 건 매일 치르는 잠과의 전쟁이었다. IT 세계에 적응하게 해주었던 불면증 때문에 밤마다 침대 위에서 공포에 떨었다. 내과에 가서 수면제를 처방받았지만, 약이 듣지 않는 날에는 어쩔 수 없이 뜬눈으로 지새웠다. 아홉 시 출근을 위해 아침에 일어나는 일도 지옥 같았다. 오 분만 더 잔다고 알람을 맞췄다가 여덟 시가 넘어서야 일어난 적도 있었다.

"이안 과장, 시집가려는 거 진짜 아니야?"

"아니라니까요. 건강이 안 좋아서 그래요."

"그러게 꾸준히 운동도 하고 그러라니까."

퇴사 전 면담 때 사장은 혀를 차며 자기관리를 못한 나를 걱정했다. 그는 회식 때마다 나를 자기 옆에 앉게 했다. 은근히 어깨동무를 하기도 했고 뜬금없는 러브샷도 가끔 했지만, 그냥 넘어가려 했다. 사모와도 얼굴을 아는 내게 찝쩍이는 건 아닐 거라고 생각했다. 게다가 그는 내게 거치 기간이 끝난 카드론 대출금과 월세를 해결하게 해주는 고마운 존재였다. 잠시지만 대표를 해보니 매달 월급을 주는 게 얼마나 어려운 일인지 잘 알고 있었다.

자정이 지나도 퇴근하지 못한 적이 많았으니 꾸준한 운동은 불가능했다. 그는 술자리에서 가끔 섹스를 운동이라고 표현했으며 스크린골

프를 권유하며 함께 운동하자고도 했다. 생각해보면 나는 그의 느끼한 시선도, 권력을 이용한 추행도 모른 척했다. 일 년을 버티지 못하고 퇴사하니 서른네 살이 되었다. 개인 사유로 일 년도 채우지 못한 경력은 구직자의 치명적 결함 중 하나다. 게다가 나이도 많고, 커리어패스도 꼬였으며, '개인 사유'로 점점 작은 회사로 옮겼다면 최악이다.

가산디지털단지를 떠나고 한 달 뒤 구로디지털단지로 출근했다. 강남과 판교를 필두로 열 시에 출근하는 회사가 많아진 건 다행이었다. 면접을 보러 갔을 때 대표는 "SNS 서비스를 만드는 스타트업이지만 외주도 한다"라고 말했다. SI 분야를 감추려던 그의 의도와 달리 나는 SI 업체라는 걸 알아차리고 안도하며 입사를 결정했다. 진짜 스타트업이라면 내가 그만두기 전에 회사가 망할 확률이 백 프로에 수렴하니까. 꽤 넓고 세련된 사무실, 실리콘밸리 스타일의 인테리어에 마음이 동한 것도 사실이다. 날이 좋으면 운동 삼아 보라매공원부터 도림천을 따라 걸어서 출근하기도 했다.

스물아홉이었던 대표를 포함한 여섯 명은 모두 뽀송뽀송한 이십대였다. 졸지에 최연장자가 되어버렸다. 알고 보니 다들 잘 배우고 능력도 좋은 청년들이었다. 첫 회식 때 강남역 맛집 얘기를 나누다 CTO가 자기는 지방에서 왔고 지방대 출신이라 잘 모른다고 말하자 다들 웃었다. 뭣도 모르고 따라 웃은 나는 서울에 있는 대학 나온 티를 안 내야겠다고 다짐했다. 나중에 들으니 스물여덟의 CTO는 대표의 카이스트 후배였고 박사까지 마쳤다. 내 다짐은 머쓱해졌다. CXO 직함을 단 디자이너는 미국 유학파였고 CFO는 서울대 출신이었다.

입사 후 CEO와 CTO의 얼굴은 보기 힘들었다. 투자와 제휴 건으로 외부 미팅이 잦았다고 했다. CXO는 별도의 프로젝트를 진행한다며 홍대에 있는 작업실에 주로 있었다. 나와 개발자 세 명만 열 시에 맞춰 출근하고 일곱 시에 퇴근했다. CXO가 수주해 왔다는 소개팅 앱 개발은 CTO가 개발했던 중고거래 쇼핑몰을 살짝 바꾸면 되는 일이었다. 게다가 네이티브가 아니라 웹 기반이어서 속도는 더욱더 빨랐다. 고객사 기획이 바뀔 때마다 개발한 걸 뜯어고치는 게 빈번한 SI 바닥 생리와 반대로, 우리가 산출물을 보내주면 고객사 담당자가 그걸 보고 한참 고민하다 의견을 주었다.

입사 후 넉 달이 지나자 엄청난 변화가 생겼다. 우리 회사는 별안간 헬스케어를 위한 빅데이터 전문회사가 됐다. 프로토타입 하나 없었는데 유명한 VC와 창투사로부터 삼십억 투자를 받았고 언론도 주목했다. 엄친아들이 모인 회사라나. 나를 포함해 콘셉트 수준의 SNS를 만들던 네 명의 실무진은 어안이 벙벙했다. 그리고 대표는 새로운 직원을 대거 채용하며 내게 면담을 요청했다. 십 분에 걸친 면접을 통해 나는 내가 '숫자로 말하는 능력'이 부족하고 '트렌드를 보는 시야가 부족'하다는 것을 깊이 깨달았다. 잘 배운 사람은 고상한 방식으로 욕을 한다.

CSO, CMO, 어떤 자리를 얻게 될까 잠시나마 즐거운 고민을 했던 나는 구글 애널리틱스도 모르는 무능력자임을 자각했다. 삼십억 투자를 받은 젊고 유능한 엘리트 집단에 나 같은 건 어울리지 않았다. 회사에서 쫓겨난 후 리뉴얼한 회사 홈페이지를 보니 미국에서 데이터 사이언스를 전공한 잘생긴 청년이 기획 담당으로 들어왔다. MBA를 마친 후 구글에서 인턴으로 근무하며 AI 프로젝트에 참여했고 글로벌 통계회사의 한국 지부장까지 지냈단다. 이십대에 그런 스펙을 쌓았다는 게 놀라웠다.

그렇게 2012년이 흘러갔고 일 년이 안 되는 경력을 또 추가한 채 실업자가 됐다. 다시 카드론으로 원금을 갚고 한 달을 버티며 일자리를 알아봤다. 카드론 이자율은 20%가 넘었고 나는 찬밥 더운밥 가릴 형편이 아니었다. 구디에서 가디로 복귀해 두 개의 SI 업체에서 계약직으로 근무했다. 500미터 남짓한 고가차로, 수출의 다리가 두 디지털단지를 연결한다. 차가 몰릴 때 이 다리에 들어서면 삼십 분은 기본이다. 특히 출근 때는 통곡의 다리라는 생각이 절로 든다. 다시 수면제의 도움을 받아 잠들고, 별을 보며 퇴근하는 일이 계속됐다. 구디 때보다 한 시간은 더 일찍 일어나야 했고 그만큼 피곤했다.

하루는 야근을 마치고 택시를 잡으러 큰길로 나가는데 코피가 흘렀다. 난생처음 있는 일이었다. '엄마, 나 보고 있어?' 하늘의 별을 보며 나는 수십 년 전 그 자리에서 여공들이 울며 했을 만한 말을 혼자 되뇌었다. 하얀 눈 위로 또옥 똑 떨어지는 붉은 피를 바라보며 이제 직장인 생활을 유지할 수 없다는 것을 깨달았다. 다음 날 출근하자마자 사표를 제출했다. 퇴직금을 받기는커녕 끝내지 못한 프로젝트를 두고 책임감 없이 그만둔다는 쌍소리를 들으며 회사원 생활을 마감해야 했다. 비참했다.

마지막 근무를 마치고 짐을 챙겨 일어났다. 첫 퇴사 때는 택배 박스 세 개를 들고 나왔는데 이번엔 쇼핑백 두 개로 내 흔적을 정리할 수 있었다. 내가 일어나건 말건 다들 모니터를 향해 고개를 처박고 일만 하고 있었다. 헐떡이며 가쁜 숨을 뱉는 가습기 소리만 윙윙거렸다. 조용히 나가려다 총무부장과 마주쳤다. 그동안 고생했다며 작별인사를 건네는 줄 알았다.

"이안 씨, 회사 물품 들고 가는 거 없어?"

"네?"

"아니면 말고."

그녀의 말에 주변 직원들이 키득거렸다. 나를 망신 주려고 했던 것이다. 내 잘못이 맞으니 변명의 여지도 없었다. 어쩐지 팔짱을 낀 채 바라보던 모습부터 심상치 않았다. 지은 죄가 있기에 한마디 말도 할 수 없었다.

지하에 있는 사무실이지만 탕비실에는 캡슐커피 머신이 있었다. 출근하면 다들 한 잔씩 마시던 그 커피가 내 입맛에는 맞지 않아 믹스커피를 주로 타 먹었다. 그러다가 어차피 공짜인데 나는 싼 걸 먹으니까 더 마셔도 된다는 어처구니없는 생각이 들었다. 그래서 가방에 믹스커피를 한 움큼씩 집어넣은 적이 종종 있다. 청소할 때 유용한 클리너 티슈도 여러 통 챙겨갔다. 그걸 총무부장이 본 적이 있다. 일개 계약직 직원인 내가 그랬으니 얼마나 우습게 보였을까.

문득 여진주가 떠올랐다. 고등학교 2학년 때 매점 아주머니는 진주의 패딩 주머니에서 빵을 발견했다. 진주는 결백을 주장했지만, 학교선도위원회는 징계를 주려고 했다. 진주를 벼르던 미연이와 그 일당이 꾸민 짓임이 분명했다. 목격자도 CCTV도 없기에 억울한 희생자가 됐던 진주는 아무도 원망하지 않았다. 애들이 장발장이라고 부르며 놀렸지만 늘 그랬듯 씩씩하게 생활했다. 나중에 미연의 측근이었던 애가 양심고백을 했고 진주는 명예를 회복했다. 그에 비하면 나는 억울할 것도 없었다.

귓불까지 빨개지며 서둘러 사무실에서 빠져나왔지만 문제가 이어졌다. 마지막 날이라고 구두를 신은 게 화근이었다. 출근길에 버스에서 내려 걷다가 껌을 밟은 느낌이 들었다. 껌을 떼려고 수차례 맨바닥에 구두를 문질렀다. 달라붙은 껌이 떨어지는 것 같더니 오른쪽 뒤창이 구두에서 탈출해버렸다. 껌을 밟은 게 아니었다. 그나마 굽이 낮아 크게 티가 나지 않는 게 다행이었다. 오른쪽 발뒤꿈치를 세운 채 사무실로 걸어 들어가 슬리퍼로 갈아 신었다. 바보같이 다시 구두를 신을 때까지 깜빡하고 있었다. 그러다 퇴근 버스를 타러 가는데 발에 오전과는 또 다른 느낌이 들었다.

가난이 감정에 미치는 영향을 둘로 나누자면 가난해서 화가 나는 분노가 있고, 화도 낼 수 없게 가난한 슬픔이 있다. 건물 로비에 있는 의자에 털썩 앉아 구두를 확인해보니 가운데 부분마저 너덜거렸다. 얼마 버티지 못하고 남북으로 분단되기 일보 직전이었다. 생각해보니 첫 회사에서 대리 진급 후 산 구두, 몇 번 신지 않아서 새것 같았지만 팔년이나 된 녀석이었다. 버스까지는 버틸 수 있겠지만 내려서 집에 가는 길은 감당할 수 없는 상태였다. 버스비도 아까워하던 나는 큰맘을 먹고 택시를 잡아탔다. 한겨울에 맨발로 걸을 수는 없는 노릇이니까.

택시 기사는 손님 속도 모르고 반갑게 인사하더니 콧노래를 흥얼거리며 여유 있게 운전했다. 집에 가려면 반드시 건너야 하는 수출의 다리는 그날도 꽉 막혔다. '씨발, 새 구두가 있었다면 신발 밑창 따위나 신경 쓰며 살지 않았을 거 아니야. 피 같은 돈을 택시비로 쓰지 않을 거 아니야.' 이 생각을 하며 나는 연신 택시의 미터기를 힐긋거렸다. 처음에는 기사에게, 구두에 화가 났지만 다시 생각해보면 기사도, 구두도 잘못한 건 하나도 없었다.

창밖 풍경 대신 미터기를 바라보던 가난한 슬픔에 눈물이 나기 시작했다. 나는 내릴 때까지 내내 울었고 택시 기사는 콧노래를 멈추었다. 좁은 골목으로 들어가 집 바로 앞에 내려주어 고마웠다. 엘리베이터까지 걸어갈 때는 신발을 질질 끌고 갔다. 집에 들어와 현관에서 구두를 벗어 살짝 접어보니 바로 두 동강이 나버렸다. 거기까지 버텨준 구두가 대견하기도 했고, 나도 구두처럼 겉보기엔 멀쩡했지만 위태로운 상태로 팔 년을 산 것 같다는 생각도 들었다.

"이안 씨, 그동안 수고 많았어요."

그들은 점령군처럼 노조 집행부를 장악한 후 내게 말했다. 입가에 살며시 머금은 미소를 보니 역겨움이 몰려왔다. 전사로 살았던 나는 전쟁터에서 장렬하게 전사하는 대신 우리 편 기득권에 의해 숙청되어 갑옷을 벗게 되었다. 우리의 역량으로는 이제 할 수 있는 게 제한되니 자기들에게 맡기라는 그들의 말. 프레젠테이션 다 만들었더니 발표는 자기가 하겠다는 얄미운 대학 선배와 닮았다. 2017년 가을의 얘기다.

우리 세기말 학번에게 운동권은 개그나 조롱의 대상이었다. 민주화 시대의 거대담론과 80년대 선배들의 구호에 비하면 등록금 투쟁 같은 건 우리에게 와닿지 않았다. 신입생 환영회부터 시작한 술자리마다 학회 선배들은 레이더를 켜고 쓸 만한 인재를 찾았다. 쉽게 동요되고 '아싸'인 애를 등용해 수족으로 부리려는 것이다. 연애와 동아리 모두에 실패한 애들 몇이 짜장면과 소주, 근로장학생으로 뽑아준다는 유인책에 넘어가버렸다. 등록금 투쟁을 한다더니 몇 학기 뒤에 신입생과 함께 전공필수 과목을 재수강하던 그들의 모습이 기억난다.

진주는 고등학교 때부터 이미 리더십을 증명한 애였다. 첫 학기를 마치고 여름방학을 맞아 서울 집에 온 그녀가 과대표가 됐다고 했을 때 탐탁지 않았지만 그러려니 했다. 진주 외에 내가 아는 그 누구도 학생회와 가깝지 않았다. 그녀는 거대 담론 아래 깔린 학내 민주화를 위해 열심히 투쟁하고 있다고 했다. 계급이니 혁명이니 하는 단어가 나오지 않아서 듣기 불편하지 않았다. 진주는 늘 이상을 꿈꿨지만 두 발을 땅에 단단히 디딘 아이였다.

첫 직장에는 노조가 있었다. 따로 사무실도 있었는데 흡연실로 사용했다. 전임자들은 죄다 공채 선배들이었는데 앉아서 종일 스타크래프트만 했다. 해마다 사측과 임금교섭을 했다며 단체 메일을 보냈지만, 결과를 보면 형편없었다. 명절 때마다 선물세트를 돌렸지만 늘 마른 김이나 멸치 따위였다. 노조위원장의 친척이 하는 회사 제품이라는 루머도 돌았다. 그나마 내가 다닌 곳 중 어용노조라도 있던 회사는 그게 유일했다. IT 업계의 특성 때문에 노동자를 하나로 묶는 건 힘들었다.

IT 기업의 인사관리와 인력사무실에서 일용직 노동자를 대하는 건 큰 차이가 없다. 싼값에 얼마든지 구할 수 있고 대체할 자원도 널려 있다는 전제를 공유하기 때문이다. 작은 회사로 갈수록 더 심각해서 굳이 비싼 고급인력보다는 갓 대학을 졸업한 신입을 선호한다. '경력 있는 신입'을 뽑아 적은 연봉을 주며 공장을 돌리는 것이다. 프로젝트 경력이 있어야 연봉을 올려 이직할 수 있기에 수많은 IT 개발자가 첫 직장으로 공장을 택한다. 내가 구디와 가디에서 겪은 회사 모두 그런 공장이었다. 인재 구하기 힘들다고들 하지만 고졸 신입 연봉으로 석사 이상의 경력자를 구할 수 있다는 생각부터가 정상이 아니다.

게다가 IT 문화가 제대로 잡히기도 전에 굴뚝산업 출신들이 경영자로, 중간관리자로, 인사담당자로 건너왔다. 말로는 실리콘밸리를 얘기하고 스티브 잡스를 얘기하면서 20세기에 머물러 있는 자들이다. 그러니 창의적인 개발자를 '인적 자원'이라 부르고 근태 관리에 집중한다. 두 사람이 함께 개발하면 한 사람이 개발하는 것보다 두 배 빠르게 끝난다는 정신 나간 소리를 부끄럽지 않게 말한다. 사실상 대부분의 회사가 그런 상황이라 IT 노동자와 회사 간 갈등이 생기는 건 당연하다. 하지만 유능한 인재들은 다툼을 벌이기보다는 다른 회사로의 이직을 택한다.

유능한 인재는 이미 외국계 회사나 대형 포털에 뿌리를 내렸거나 아예 회사를 만들었다. 그들의 빈자리를 놓고 폭탄 돌리기를 해봤자 결론은 빤하다. 그래놓고 인재가 없다고 한다. 큰 회사의 정치가 싫어 작은 회사에 정착하는 인재도 있긴 하다. 기업이 원하는 풀스택 개발자의 많은 수가 작은 규모의 회사에서 공무원처럼 일하면서 퇴근 후에 프리랜서로 일하고 있다. 더는 매일 아침에 일어나 출근하는 게 불가능해진 내가 택한 돈벌이도 결국 프리랜서였고 그들과 여러 개의 프로젝트를 했다.

대한민국 IT 산업은 이미 경쟁력을 잃었다. 창의적 인재가 근무하기 힘들고 참신한 서비스가 나올 수 없는 구조다. 가장 많은 돈이 오가는 분야는 SI 용역이다. 그리고 그 SI 용역의 대부분은 대기업 자회사나 계열사에 돌아간다. 파레토 법칙처럼 나머지 용역을 따내기 위해 수많은 중소업체가 경쟁하는 전쟁터, 그 최전선에서 뛰는 건 프리랜서

다. 유능한 SI 업체는 개발력이 우수한 곳이 아니라 영업을 잘하는 곳이다. 실제 개발 능력은 더 작은 업체와 프리랜서를 어떻게 관리하느냐가 좌우한다.

SI 용역을 따내면 하청업체는 보통 원청업체로 파견 근무를 나간다. 상주하는 만큼 돈은 더 받지만, 원청 직원보다 일찍 출근하고 늦게 퇴근해야 하는 건 내게 치명적이다. 그래서 재택 가능한 스토리보드 업무나 제안서 작성 일만 받았다. 문제는 경쟁은 심한데 일감이 드물고 단가도 짜서 안정적인 생활이 불가능하다는 것이었다. 그래서 두 달짜리 프리랜서 PM 건을 지원했는데 운 좋게 합격했다. 계약 내용과 달리 석 달을 매달렸지만, 그 정도면 애교에 불과했다. 두 달 치 용역비로 천만 원을 받았는데 내게 어마어마한 돈이었다. 그때부터 PM 일만 찾아다녔다.

점심때 일어나서 개발자나 원청업체 담당자와 미팅을 하고 돌아와 새벽 서너 시까지 개발 진도를 확인하고 기획안을 업데이트하는 생활이 이어졌다. 모처럼 살아 숨 쉬는 기분이 들었고 좋은 개발자를 만나 업무도 수월하게 진행됐다. 중간에 기획 방향이 바뀌는 일이 잦았지만 크게 문제가 되지는 않았다. 문제는 새벽 네 시에 누워도 해가 뜰 때까지 잠들지 못하는 경우가 많아졌다는 것이다. 수면제가 떨어져서 집 근처 내과에 찾아갔더니 의사는 "이제 다른 병원으로 가라"고 부탁했다. 젊은 사람에게 계속 수면제 처방하는 게 부담된다는 것이다.

마약류로 분류되는 수면제와 관련한 사건사고가 많다 보니 이해할 수 있지만 그러면 나 같은 사람은 어떻게 하란 말인가. 인생은 굴곡의 연속인 줄 알았다. 하지만 복원력이 약한 사람은 굴곡의 미분계수가

0이 되는 순간 내리막길만 이어진다. 이제 잃을 것도 없던 삶에서 그나마 잠이라도 들 수 있는 유일한 수단마저 세상은 빼앗아가려 했다. 병원을 전전하다가 약국에서 수면 보조제를 샀고 당연히 약발은 듣지 않았다.

프리랜서를 포함한 IT 노동자를 위한 노조 결성은 그때쯤 시작했다. 잔다르크의 꿈을 꾼 날 저녁, 친한 프리랜서 개발자가 네트워크 파티가 있다며 초대한 술자리에 찾아갔다. 이십 년 전 신촌이나 대학로에서 흔히 볼 수 있던 커다란 호프집이었다. 내 또래 웹디자이너가 앞에 나와 대학 때 학생회 활동을 하던 애들의 말투로 일장 연설을 하고 있었다. 자리에 모인 삼십여 명은 환호했고 모처럼 술에 취해 기분이 좋았던 나도 손뼉을 쳤다. 번갯불에 콩 볶아먹듯 그 자리에서 집행부가 구성됐다. 구석 자리에 숨어 있던 나는 문화국을 담당하는 간부가 되어버렸다. 순식간의 일이었다.

"자, 그러면 우리 문화국 국장, 사이안 동지의 각오를 들어보겠습니다."

웹디자이너가 마이크처럼 들고 있던 숟가락 넣은 소주병을 내게 건넸다. 사람들의 시선을 받으니 술이 확 깼다. 떨리는 손으로 소주병을 받아들고 잠시 머뭇거렸다. 그리고 그냥 아무 말이나 한다는 게 큰일을 저지르고야 말았다.

"우리 모두 직장인이거나 한때는 직장인이었지요. 우리 IT 업계, 거지 같은 회사와 양아치들이 얼마나 많습니까. 우리가 연대하고 공감할 수 있는 팟캐스트 방송을 만들겠습니다."

내 말이 끝나자 사람들은 기립박수를 보냈다. 진주였다면 어떻게 말할까 생각하다가 각오가 아닌 공약을 해버리고야 말았다. 정치 시사 팟캐스트를 매일 들으며 '나라면 이런 프로그램을 만들 텐데' 하는 생각을 평소에 하고 있었다. 그걸 사람들 앞에서 내뱉어버릴 줄은 정말 몰랐다. 내가 '연대' 같이 낯선 단어를 쓸 줄이야.

그날 이후 나는 〈직지심정〉이라는 팟캐스트를 시작하게 되었다. 직지심정은 '직장인의 지랄 맞은 심정'의 약자였다. 아마추어 록밴드를 하던 노조원 중 한 분이 연습실을 쓰게 해줘서 녹음실과 장비가 공짜로 생겼다. 무료 프로그램이 있어서 편집도 직접 했는데 웬만한 유틸리티보다 사용법이 쉬웠다. PD이자 작가, 진행자로서 매주 주제를 뽑고 원고를 쓰고 게스트를 섭외했다. 내가 평생 해본 일 중 가장 흥미진진한 일이어서 힘든 일이라는 생각도 들지 않았다.

매주 수요일 저녁, 나는 모자를 눌러쓰고 대림역으로 향했다. 돈 한 푼 되지 않는 일이었지만 사명감까지 가지고 열심히 스튜디오에 출근했다. 지하철을 타면 금방 가지만 일부러 버스를 타고 갔다. 사십 분 정도의 시간 동안 혼자 리허설 시간을 가진 것이다. 정류장에서 내려 어두운 골목을 한참 걸어가면 푸른 대문집이 나왔다. 추락할까봐 늘 위태로웠던 계단을 올라가 옥탑방 스튜디오의 문을 열고 들어가면 새로운 세상을 만날 수 있었다.

PC를 부팅시킨 후 오디오 인터페이스와 마이크를 세팅하면 보조진행자인 '깝죽이'가 합류했다. 그는 시장통에서 파는 군것질거리를 항상 들고 왔다. 작은 냉장고 안에는 늘 소주와 막걸리가 가득했고, 깝죽이가 준비한 음식은 녹음 전의 즐거운 간식이었다가 녹음 후엔 안주가 되곤 했다. 둘이서 그날 방송에 대해 의견을 나누다 보면 게스트가 지도 앱의 도움으로 어렵사리 스튜디오에 도착하는 여덟 시가 됐다. 깝죽이는 구디에서 '자바 치킨'을 운영하는 식당 사장이었는데 실제 자바 전문 개발자 출신이었다. 역시 개발자가 대부분인 손님들은 치맥을 즐기며 코딩을 하다가 막히면 그에게 물어보곤 했다.

깝죽이는 방송 2회 차를 듣고 난 후 애드리브를 쳐주는 보조진행자가 필요할 것 같다며 자원하는 이메일을 보내왔다. 안 그래도 첫 방송이 나간 직후부터 팟캐스트답지 않게 너무 잔잔하고 진지하다는 의견이 많은 터였다. 직접 만나보니 생각보다 나이가 많아 놀랐지만, 그는 오 분 만에 나를 자지러지게 웃게 했다. 차분한 말투의 내 저음과 촐싹거리는 그의 고음, 원고 위주로 단어 하나하나 조심하는 나와 '개드립'으로 일관하는 그의 조합은 상상 이상의 화학결합을 만들었다. 심지어 깝죽이와 비교되는 내 무뚝뚝하고 무관심한 말투가 더 재밌게 들린다는 기현상까지 생겨났다.

"직장인의, 직장인이었던 사람의 지랄 맞은 심정. 안녕하세요? 구디 이안입니다."

"구디 자바 치킨 사장, 깝죽이입니다. 오늘도 구디 여신님 모시고 재밌게 진행해보겠습니다."

"구디 여신들이 야근하다가 전부 죽었나보네요. 지난 방송에도 수많은 청취자 분들께서 댓글을 남겨주셨어요. 깝죽이 님이 소개해주시죠?"

"네. 이안 님에 대한 칭송이 또 줄을 이었어요. 그런데 이안 님, 새로운 별명 생긴 거 아세요?"

"뭔데요?"

"구디 잔다르크래요. 그런데 저는 잔다르크보다 얀다르크를 추천해요. 이안다르크, 줄여서 얀다르크. 청취자 여러분, 구디 얀다르크 어떻습니까?"

청취자 댓글을 읽어주던 깝죽이가 붙여준 별명, 구디 얀다르크. 그게 내 두 번째 인생의 이름이 되었다. 꿈에서 만났던 잔다르크, 그녀의 목소리와 숨결, 속눈썹의 떨림까지 생생히 기억하고 있던 나는 소름이 돋았다.

노조원을 위주로 IT와 관련한 수많은 게스트가 매주 녹음에 참여했다. 노동 전문 변호사, 일 년 동안 열 번 이직한 개발자, 에이전시에서 구르다 구글에 스카우트된 디자이너, 이통사나 파견업체의 임원급 퇴사자, 열다섯 살 천재 해커, 십오 년 동안 IT 회사에서 경리 일을 한 선미 씨, 나와 함께 사업한다고 까불다가 쫄딱 망한 성 실장, 다양한 게스트만큼 들려줄 이야기도 다양했다. 몇 달 만에 우리 팟캐스트는 당시 만 개가 넘는 방송 중 100위에 들었다. 정치 시사나 코미디 방송도 아닌 데다가 일반인이 진행하는 방송치고는 엄청난 성과였다.

우리 노조에 가입하는 숫자가 폭발적으로 늘어난 것도 직지심정 팟캐스트 덕이었다. 노조를 알게 된 것도, 가입하게 된 것도 방송 덕분이라는 의견이 압도적으로 많았다. 노조와 방송은 시너지 효과를 냈고 방송 소재도 이직 노하우와 구인, 소개팅, 청취자 사연 소개로까지 확장됐다. 1주년 기념 이벤트로 시작한 청취자 장기자랑은 깝죽이가 편집한 동영상으로 방송했고 유튜브에서 엄청난 인기를 끌었다. 덕분에 분기에 한 번씩 진행했는데, IT 노동자들이 노래는 물론 성대모사나 실시간 코딩, 캐리커처 등 다양한 개인기를 뽐냈다.

주 1회 방송이 2회, 3회가 되며 나는 방송인으로 전업했다. 생각보다 많은 후원금이 쌓였고 나와 깝죽이의 인건비를 뺀 전액을 조합비에 보탰다. 구로디지털단지에 노조 사무실까지 얻을 수 있었다. 평범하기 이를 데 없는 노동자들이 만든 노조가 크게 성과를 이루자 반발하는 세력도 생겼다. 회사 뒷담화를 하던 게스트가 회사로부터 영업방해 및 명예훼손으로 고소를 당하기도 했다. 우리 방송도 여러 형태의 협박을 받았다. 고정 게스트가 된 노동법 전문 강 변호사가 고문변호사를 자청하며 큰 힘이 되어주었다. 그는 '급여 제대로 받기', '야근수당과 특근수당' 등 IT 노동자가 접하는 실질적인 내용을 바탕으로 코너를 진행했다.

노조도 방송도 성장하고 있던 어느 날, 노조 집행부에 변화가 생겼다. 노조위원장 선거를 얼마 남겨두지 않은 시점이었다. 노조 결성에 가장 큰 역할을 했던 웹디자이너가 노조 사무실에 낯선 얼굴 여럿을 데려왔다. 서울대 출신의 진짜 실력 있는 동지들이라고 했다. 방송만 열심히 하던 나는 판이 어떻게 돌아가고 있는지 파악할 수 없었다. 총회가 개회되었고 트렌드에 맞게 노조위원장 선거를 모바일 투표로 하자는 것으로 의견이 모였다.

투표를 며칠 앞두고 노조원이 폭발적으로 증가했다. 우리 방송 후원금이 과반을 차지했던 조합비도 갑자기 늘어났다. 전임 노조위원장이 무난히 재선하리라 생각했는데, 웹디자이너가 데려왔던 낯선 얼굴이 새 위원장이 되었다. 원래 건설회사에 근무하던 사람이라고 들었는데 알고 보니 진보정당의 당원이었다. 그는 당선사례를 통해 전임 노조위원장의 업적을 치하한 뒤 우리가 더욱더 굳세게 투쟁하여 IT 대기업의 부조리를 청산하고 나아가 진보정치로 산업 전반을 개혁하자고 핏대를 세우며 외쳤다.

낙엽이 지던 계절, 노조를 결성했던 초기 멤버들도 우수수 떨어졌다. 나 역시 문화국 국장에서 물러났다. 우리는 각종 규제의 사각지대에 있던 중견 업체 노동자의 삶을 실질적으로 개선하고 있었다. 밀린 수당을 받은 게 우리 덕분이라며 후원금을 보내온 목포 청년, 방송을 통해 자신의 파견이 불법임을 알고 본사에 복귀할 수 있었다며 감 한 박스를 보내온 김해 아가씨, 그리고 우리가 노조 사이트를 통해 배포한 프리랜서 고용계약서와 백서가 큰 도움이 됐다며 보내온 수많은 감사 편지는 우리의 보람이고 자부심이었다.

새로운 노조에게 전임 노조의 그런 성과는 애들 소꿉놀이 같은 것이었다. 그들은 IT를 이해하는 정당에서 진보적인 정책이 나와야 한다고, 당장 힘들어도 '큰 그림'을 향해 함께 나아가자며 목소리를 높였다. 그토록 악마화했던 대기업과 일단 손을 잡는 게 큰 그림의 시작이었다. 당장 듣기에는 좋은, 이상적이지만 실현할 수 없는 꽃노래만 불렀다. 실제로 그들은 아무런 성과를 내지 못했고, 노조는 정당의 하청업체가 됐다.

문화국 국장에서 평 노조원으로 강등됐지만 나는 지금까지 팟캐스트 방송을 이어왔다. IT 노동문제를 친절하게 해설해주던 고정 게스트 강 변호사는 새 노조에 지원할 일이 많다며 올봄에 떠났다. 얼마 전 얘기를 들으니 강 변호사는 진보정당의 IT 위원회 위원장이 되었다. 다음 총선 때 구디와 가디가 있는 구로구 을에 공천될 것이 유력하다고 했다. 서운하거나 실망하지는 않았다. 대부분 사람은 쉽게 변하지 않는다. 사람의 선택은 그의 본질을 말해주는 것이며 상황은 작은 변수에 지나지 않는다.

새 노조는 〈직지심정〉과 유사한 팟캐스트를 론칭했다. '노조 공식 팟캐스트'라는 타이틀이 추가되었다. 우리 순위는 매일 떨어졌고 그들의 팟캐스트는 급성장했다. 나도 깝죽이도 IT 짬밥을 꽤 먹었으니 그들이 IP 변경 프로그램과 댓글 매크로를 통해 순위를 조작하고 있다는 걸 금세 알았다. 그래도 우리는 침묵을 지켰고 방송 콘텐츠로 승부하려고 했다. 하지만 그들은 역시 만만치 않았다. 악플러들이 어느 날부터 떼로 몰려와 우리 방송과 나, 깝죽이, 출연자를 모욕하는 댓글을 달았다. 맷집 좀 있다고 생각했던 나도 오래 버틸 수 없는 수준이었다.

어느새 나는 또 나락으로 떨어져버렸다. 순위가 떨어지자 후원금이 떨어졌고 내 생계도 곤란해졌다. 한때 나는 내가 세상을 움직이는 줄 알았다. 하지만 우물 안 개구리였다. 팟캐스트는 성향이 비슷한 소수만 듣는 매체였고, 나를 여신이라며 칭송하던 커뮤니티도 나에 관한 관심을 뚝 끊었다. 내 구질구질한 삶의 구원이었던 방송은 이제 차마 버릴 수 없어 붙들고 있는 썩은 동아줄이 되어버렸다. 여름이 된 지금, 게스트에게 줄 출연료도 없어서 나와 깝죽이 둘이서만 아직도 매주 마이크를 잡고 있다.

서울대입구 생활을 마치고 지금 사는 일산으로 이사 온 건 노조가 나를 버린 지난가을이었다. 아무런 연고도 없고 조용한 게 마음에 들었다. 호수공원이 코앞에 있어서 운동하기에도 좋았다. 무엇보다 임대 보증금이 없는 단기임대 풀 옵션 오피스텔이 많다는 점이 내가 이곳을 택한 이유였다. 이사 오면서 끔찍했던 바퀴벌레와 밤마다 노래를 부르는 옆집 남자로부터도 벗어날 수 있었다. 동시에 보증금 천만 원도 주머니에 들어왔다. 일주일에 하루나 이틀, 팟캐스트 방송 녹음을 위해 외출하는 게 내 단조로운 생활 전부였다.

오영일은 그날 밤 잠들어버린 나를 두고 없어졌다. 다음 날 아침, 숙취와 함께 오른쪽 팔다리의 통증이 몰려왔다. 눈을 떠보니 오영일은 맥주를 마셨던 흔적을 모두 정리하고 라면 끓인 냄비까지 설거지를 해두고 나갔다. 휴대폰에 그가 남긴 메시지가 남아 있을 뿐이었다.

"내 고백에 대한 대답은 다음에 듣는 걸로. 경기 보러 꼭 오세요."

피식, 쓴웃음이 새어나왔다. 2군에서 허우적거리는 주제에 열두 살이나 더 늙은 여자에게 순정을 바치려 하다니. 낭만적이다. 그런 게 진짜 사랑이라고 생각하는 걸까. 엄마는 믿음과 소망 사랑 중 사랑이 제일이라는 교회에서 버림받았다. 그곳에 사랑은 없었다. 믿음은 맘몬에 대한 것이었고 소망은 기복을 위한 것이었다. 사랑이란 맘몬과 기복을 위해 바치는 현금과 등가교환을 해야 얻을 수 있는 것이었다.

노조를 만들며 정의를 말하던 이들 안에 정의가 없었다. 민주주의를 말하던 집행부 안에는 민주가 없었다. 진보를 말하던 정당에는 진보가 없었다. 모든 게 가짜였다. 구디 얀다르크, 나 역시 잔다르크가 아니었다. 가짜다. 잔다르크라면 이토록 허무하고 처참하게 전쟁에 패해 남은 날을 세는 신세가 되지 않았을 것이다.

"너 공부로 그 대학 간 거 아니잖아?"

취중에 나는 오영일에게 그런 말을 했다. 그가 내가 했던 모든 말을 기억하는 게 싫었고, 명문대 출신이라는 자부심을 은근히 내비치는 것도 싫었다. 그렇다고 유치한 말로 공격할 필요는 없었다. 내가 자격지심이 있다는 것을 드러내는 것이기 때문이다. 동시에 학력을 가지고 사람을 차별하는, 균형 잡히지 않은 인격의 소유자임을 자백하는 꼴이다.

"내가 공부할 대가리는 아니잖아. 하지만 머리 나쁜 프로 선수는 없어요."

그는 중학교 때까지 공부를 잘했다고 했다. 제대로 야구를 한 건 고등학교 때부터였는데 가장 힘든 게 암기였다고 한다. 상황에 따른 수비 위치, 주루 플레이, 무엇보다 벤치에서 나오는 사인. 그에게는 스트라이크 존에 공을 꽂는 것보다 더 힘든 일이었단다. 그래서 쓸데없는 건 다 휘발시켜버리고 중요하고 기억할 만한 몇 가지에 집중하는 것이 그의 방식이라고 했다.

"야구에서는 사인이 정말 중요하거든. 실책할 때보다 사인 까먹을 때 더 혼나."

"그래. 삶에도 수많은 사인이 있어."

엄마도 내게 수없이 많은 사인을 보냈을 것이다. 내가 알아듣지 못했던 것이지. 오영일은 내가 보내는 사인을 못 알아먹는 건지 모르는 척하는 건지 알 수 없었다. 그도 술기운이 돌았는지 아버지의 외도 때문에 어머니와 둘이 살았다며 어린 시절 얘기를 했다. 남의 성장기 따위 관심 없었지만 공감할 수 있는 부분이 많았다. 하지만 같은 약점을 가진 사람끼리 뭉쳤다고 약점이 강점이 되기라도 하는 일은 없다.

그는 힘들 때도 많았지만 혼자 꿋꿋이 이겨냈다고 했다. 좋아하는 사람을 만나 서로의 힘을 보태면 두 배 더 강하게 살 수 있을 것이라고 했다. 동의할 수 없는 말이다. 우리 엄마와 아빠가 만났다. 1+1=2. 그리고 나를 낳았다. 2+1=3. 둘이 죽고 나만 남았다. 3-1-1=1. 하지만 1이라는 건 +1을 의미하는 것이다. 나와 오영일처럼 마이너스와 마이너스는 아무리 더해도 플러스가 될 수 없다. 구질구질한 인생이 모여 도모할 수 있는 건 동반자살밖에 없다. 1+1-2=0.

뭉치면 강해질 줄 알았던 노조 역시 마찬가지였다. 나중에서야 알았는데 그 웹디자이너는 선동꾼 중 하나였다. 이들은 사람이 모인 곳에 불나방처럼 뛰어들어 영향력을 발휘하려 든다. 원하는 것은 오직 하나, 자신의 명성을 높이는 것이다. 조직의 미래 따위는 중요하지 않다. 신념의 인력에 끌려온 나 같은 사람을 장작으로 삼아 불 싸지르는 미치광이 방화광이다. 온기에 현혹되어 가까이 다가가면 땔감으로 쓰여 잿더미로 남게 된다. 오로지 대중의 관심을 산소로 삼아 화력을 키운다.

그들은 더러운 것을 불로 태워 정화하는 것처럼 위장한다. 하지만 더러움에 관한 기준은 때에 따라 주관적으로 취사선택한다. 아군과 적군의 경계도 유동적이다. 하나의 원칙이 있다면 선동꾼끼리는 서로 방화하지 않는다. 이런 불가침조약을 바탕으로 한 그들만의 끈끈한 친목질의 바탕은 철저한 이해관계다. 사이비 종교인끼리는 서로 포교 활동을 하지 않는다. 침묵의 카르텔을 벗어나는 선동꾼은 그의 모든 흔적마저 화르르 타버릴 것을 각오해야 한다.

올 4월 초, 팟캐스트 녹음만으로는 삶이 무료해 소설을 쓰기 시작했다. 사실 내가 살아온 이야기를 적기 시작한 건데, 진주에게 몇 페이지를 보여주니 재밌는 '소설'이라며 꼭 완결까지 쓰라고 했다. 일어나자마자 점심을 챙겨 먹고 도서관에 가려다가 TV를 틀었다. 오영일이 자신이 출장하는 경기니 꼭 보라고 카톡을 보낸 게 뒤늦게 생각났기 때문이었다. 마침 타석에는 오영일이 서 있었다. 자막으로 나온 그의 이름, 중계진의 목소리로 듣는 그의 이름은 낯설었고 꿈을 꾸는 것 같았다.

"오영일 투수는 대학 때까지 꽤 촉망받는 좌완투수였다고요."

"그렇죠. 그런데 부상 때문에 타자로 전향했어요."

"작년에는 2군에서 활약이 대단했어요. 아, 말씀드리는 순간! 오영일의 타구는 어디로, 어디로, 담장…… 밖으로!"

"아, 큰 홈런이네요. 오영일 선수, 1군 감독에게 무력시위를 하나요? 4회 말, 드디어 선취점이 터졌습니다."

야구 무식자였던 나도 그의 방망이를 넘어간 공이 펜스를 넘어간 순간 온몸이 짜릿했다. 그는 환한 미소를 지으며 운동장을 한 바퀴 돌아 홈베이스를 힘차게 밟았다. 팀 동료들과 하이파이브를 나누더니 카메라를 향해 손짓하며 뭐라고 소리를 질렀다. 방송국 카메라는 그의 목소리를 담아내지 못했지만 나는 그의 입술을 보며 똑똑히 읽어낼 수 있었다.

"사이안, 봤지? 이리 와!"

그는 자신에게 오라며 나를 향해 손짓하고 있었다. 나는 도서관에 가려고 입었던 흰색 니트에 야구모자를 눌러쓴 차림으로 그를 만나러 급하게 집을 나섰다. 백석터미널에서 하루에 열두 번 다니는 시외버스를 타고 세 시간을 달렸다. 터미널에 내린 뒤 다시 한 시간에 한 대 오는 시내버스로 갈아탔다. 바깥 풍경은 온통 논밭이었는데 갑자기 아파트 단지가 나타났고 야구장이 눈앞에 보였다.

"누나, 진짜 왔어! 본 거야?"

"네가 오라며."

"잘 왔어. 누나, 정말 잘 왔어."

지금도 그를 만난 그 순간은 생생하다. 야구장 앞에 도착하자 나는 충동에 사로잡혀 이곳까지 온 걸 후회했다. 그가 정말 내게 사인을 보낸 것인지 확신할 수 없었다. 사인이 맞더라도 그거 하나만 믿고 먼 시골까지 온 내 낯선 무모함도 두려웠다. 일곱 시가 조금 넘었음에도 터미널로 가는 막차는 이미 끊긴 상태였다. 밝은 조명이 켜져 있었지만, 경기가 끝난 운동장에는 아무도 없었다. 불안함을 달래기 위해 담배부터 입에 물었다. 그런데 몇 모금 빨기도 전에 거짓말처럼 내 앞에 그가 불쑥 나타난 것이다.

"나 그냥 한번 와본 거야. 이제 갈게."

"에이, 무슨 말씀을? 오늘의 수훈선수 만나러 온 거 아니었어?"

오영일은 대책 없이 행복한 표정이었고 그 표정이 나를 안도케 했다. 2군에서 최고 고참급이었던 그는 나를 에스코트하며 자신의 직장을 구경시켜주었다. 그가 몇 시간 전 홈런을 쳤던 경기장을 비롯해 실내훈련장과 클럽하우스까지 둘러보았다. 처음 IDC에 들어갔을 때보다 더 생경한 풍경이 눈앞에 계속 펼쳐졌다. 마지막으로 안내받은 곳은 그의 방이었다. 다른 팀은 2인 1실이라는데 그의 소속팀은 2군에게도 1인 1실을 준다고 했다.

"어때? 좁지만 나름 괜찮지?"

내가 생각했던 운동선수 숙소는 말 그대로 합숙소였다. 땀에 찌든 운동복이 아무렇게나 널려 있고 빨래건조대에 짝짝이 양말과 팬티가 걸려 있는 곳. 그런데 오영일의 방은 사법연수원 근처의 풀옵션 원룸처

럼 작지만 깔끔하고 아늑했다. 운동선수는 대부분 결벽증이라던 그의
말이 내 환심을 사려던 허풍은 아니었다. 내 방보다 깨끗했다. 오영일
은 냉장고에서 맥주를 꺼냈다. 내가 좋아하는 산 미겔이었다.

"야, 내일 시합 있으면서 무슨 술이야? 그리고 나 이제 갈 거야."

"이 시간에 어떻게 일산까지 올라가요? 그리고 맥주 한 잔 정도는 괜
찮아."

온통 남자만 가득한 야구선수 숙소에서 맥주를 마셨다. 재수생 주제
에 나이트클럽을 갔을 때의 짜릿함보다 더했다. 내 성격으로 도저히 할
수 없는 일이었지만 순간을 즐겼다. 몸의 굴곡을 드러내는 스포츠 러닝
차림의 그는 건강하고 싱싱했다. 낯선 공간에서 그대로 시간이 지나면
무슨 일이 벌어질지 알 수 없는 그 불안감이 나를 더욱 자극했다.

"누나는 아침 안 먹는다고 했지?"

"아침 먹어본 지가 언젠지 기억도 안 나."

"선수들 다 새벽에 출근하니까 점심때 조용히 나가. 구경 온 팬인 줄
알 거야."

그는 이미 나의 1박을 확정 지으며 말했다. 나 역시 다른 수가 없다
는 걸 알고 있었다. 그는 낮 경기에서 홈런을 치던 상황을 신나게 설명
했고 나는 난생처음으로 스포츠 얘기를 흥미롭게 들었다. 선수들 컨디
션 관리를 위해서인지 방은 따뜻했고 나는 편한 옷으로 갈아입고 싶
었다. 오영일은 자신의 운동복으로 갈아입으라며 반팔 티셔츠와 바지
를 건네주었다.

개운하게 샤워를 마치고 나와 그의 옷을 입으니 꼬마 아이가 아빠
옷을 입은 것 같았다. 오영일은 귀엽다며 손뼉까지 치며 좋아했다. 놀리

지 말라며 그의 팔을 꼬집다가 나도 모르게 그의 상체를 어루만졌다. 맥주 때문이었을까. 나는 내 욕망을 멈추지 않았다. 늘 브레이크만 밟던 내가 가속 페달을 거세게 밟았다. 어느새 흰색 침대보 위에 올라간 나는 그를 끝없이 욕망했다. 거친 줄만 알았던 그는 부드럽게 기어를 변속했다. 한참을 헐떡인 후 침대에서 내려와 천장을 보며 숨을 골랐다.

"담배 피우면 안 되겠지?"

"창문 열고 피워요."

강영민과 헤어진 이후 십오 년 만에 남자와 섹스를 했다. 그동안 먹고사느라 연애 따위는 멀리했고 허기처럼 몰려들었던 성욕은 자위로 풀어냈다. 그 모든 시간을 보상받는 느낌이 들 만큼 그와의 섹스는 만족스러웠다. 탐스러웠던 그의 근육을 손톱으로 긁고 할퀴고 마음껏 맛보았다. 담배 한 대와 맥주 한 캔을 해치운 후 그에게 다시 달려들었다. 이 과정을 두 번 더 반복하고 나서야 그를 놓아주었다. 그리고 나는 그와 연인이 되었다. 섹스했기 때문에 연애를 하기로 한 건 아니었다.

"우리 이래도 되는 거야?"

"왜? 문제 있어요?"

"나는 나이도 많고, 지금 여러 가지 문제도 있어."

"그래서요?"

"너도 지금은 운동에 집중할 때잖아. 그리고 나 때문에 팬들이 떠나갈 수도 있고."

"지금은 서로에게 집중할 때 아닌가? 그리고…… 왜 아직 생기지도 않은 일을 걱정해요?"

나는 나이에 비해서 절대적으로 취약한 내 경제력과 급격히 나빠진 건강, 이십대 후반에 갑자기 스포츠 스타가 될지도 모르는 오영일의 가능성, 둘의 미래를 걱정했다. 그런데 그는 왜 아직 벌어지지도 않은 일을 걱정하느냐고 되물었다. 그의 말에 나는 지금껏 내가 옳다고 믿어온 것들이 틀릴 수도 있다는 생각이 들었다. 그의 말은 내가 들은 그 어떤 말보다 내게 와닿았다. 나는 걱정만 하다가 내가 원하고 좋아하던 것들을 미루고 포기하며 살아왔다. 남은 건 목에 진 주름과 카드론 대출금뿐이었다.

최고 기온 39.6도를 기록한 날의 잔혹한 외출을 마치고 집에 돌아왔다. 대림에서 출발해 영등포를 거쳐 일산까지 오는 과정은 험난했다. 마지막 방송이라는 내 말에 깝죽이는 눈물마저 흘렸다. 그와 마지막으로 녹음한 방송이 지금 내 마이크로 SD에 담겨 있다. 편집할 시간도 없으니 그대로 노트북 위에 올려놓아야지. 수평아리처럼 아무것도 생산할 수 없는 인생이었다. 낳자마자 분쇄기로 버려지는 게 나았는데 괜히 사십 년이나 살았다.

오래도록 생리가 없자 기대하는 마음과 불안한 마음이 공존했다. 임신 아니면 조기 폐경일 것이다. 하지만 후자일 확률이 압도적으로 높겠지. 나는 흡연과 음주, 스트레스, 조기 폐경을 위한 조건을 다 갖춘 사람이니까. 그동안 써왔던 글은 내일 아침 진주에게 배달될 것이다. HWP 파일을 첨부한 이메일을 예약 발송으로 걸어놓았다. 그리고 또 뭘 할까? 일단 샤워를 해야지. 더없이 깨끗하게 샤워를 하고 청소도 해놓아야 한다. 오영일에게는 연락하지 않으려고 한다. 몇 달 동안 연인이었지만 아직 시작이니까, 젊은 그는 다시 시작할 수 있으니까.

정식으로 사귀기 시작했지만 둘이 만나 밥을 먹고 살을 맞댈 기회는 많지 않았다. 그는 2군 경기를 오가느라 지방을 순회하는 게 직업이었다. 그가 사무치게 보고 싶을 때 몇 번 용기를 내 원정 숙소를 찾아간 적도 있다. 하지만 낯선 지방 도시에 가는 차비도 내게는 부담이됐다. 서울에 원정 시합을 오면 우리 집에 함께 있기도 했지만, 딱 다섯 번이었다. 그는 긍정적인 사람이니 괜찮을 것이다. 어떤 시련도 잘극복해왔으니까.

침대 위에 던져놓은 휴대폰이 진동했다. 연락 올 사람도 없는데 스팸 전화가 분명했다. 마지막 날까지 나를 놔주지 않는 지독한 자본주의에 분노하며 전화기를 들었다. 조금 전에 통화했던 진주에게 걸려온전화였다. 이런, 너는 정말 나의 영혼 상태까지 파악하고 있는 거니. 한참을 머뭇거리다가 전화를 들었다. 그녀와의 마지막 대화라는 생각에손이 떨렸다. 차분한 목소리로 받으려고 몇 번을 연습하고 통화버튼을눌렀다.

"응, 진주야. 무슨 일 있어?"

"이안아, 나 사실 고백할 게 있어."

"뭔데?"

"나 임신이래. 생리가 없어서 병원 갔더니. 상상도 못 했거든."

"세상에. 축하해!"

그녀와 나는 마흔. 아이 대신 강아지와 고양이를 키우던 진주의 임신 소식은 놀라웠다. 그녀는 엄마라는 단어와 어울리는 존재였다. 그래서 진심으로 축하해주었다. 짧은 통화를 마치면서 그녀는 다시 한번, 자기는 괜찮으니 돈 빨리 갚을 필요 없다며, 필요하면 더 빌려주겠다고 했다. 괜찮다고 대답했다. 돈이란 건 산 자에게 필요한 것이지 사자에게는 아무런 가치가 없다. 먼저 죽은 내 엄마처럼, 죽을 때에는 누구에게도 피해를 주고 싶지 않았다.

엄마의 죽음을 놓고 알코올중독과 다단계를 입에 올린 사람은 없었다. 나 역시 마지막은 깔끔하게 끝내고 싶었다. 체면을 불고하며 진주에게 급하게 빌렸던 돈을 빨리 갚은 것도 그 때문이었다. 통장 입출금 내역을 하루에도 몇 번씩 확인하고 카드론으로 사는 지긋지긋한 삶도 이제 끝이다. 카드 회사 담당자가 미수금으로 불이익을 받으려나? 내가 그것까지 걱정해줄 게 뭐 있담. 이미 일본 사채업자보다 높은 이자를 받아서 배불리 사는 회사인데 그런 건 알아서 처리되겠지.

좁은 방이지만 청소는 늘 귀찮고 힘들다. 사십 분 만에 걸레질까지 마치니 다시 땀으로 온몸이 젖었다. 찬물 샤워로 한낮의 더위를 식힌 후 미온수로 깔끔하게 몸을 닦았다. 잠옷 대신 미리 준비한 흰색 블라우스와 검은 바지를 입고 의자에 앉아 TV를 틀었다. 깔깔깔, 늘 그놈이 그놈인 예능 프로. 쟤들은 웃으면서 돈 벌지. 책상 서랍에 넣어두었던 흰색 약봉지를 꺼냈다.

여름이 된 후로 밤 열한 시가 되면 호수공원으로 나갔다. 그 시간에는 모든 가로등이 꺼지기 때문에 남의 시선을 의식할 필요 없이 아무 옷이나 걸쳐 입고 뛸 수 있다. 하지만 오늘 밤 열한 시에는 호수공원에 나가지 않을 것이다. 내일이 되어도 깨어나지 않을 것이다. 지난주에 정리한 냉장고에는 소주 두 병만 남아 있었다. 한 병을 꺼내 식탁 위에 올려놓으니 문득 엄마가 식탁 위에 놓았던 그라목손 농약병이 떠올랐다. 엄마는 알코올중독자였던 시절 내게 이런 말을 남겼다.

"이안아, 엄마는 신이 우리에게 주시는 시련이 내가 잘못해서 내리는 심판인 줄 알았어. 그런데 그게 아니었어. 하나님은 우리에게 시련이 닥쳐올 때 그것을 어떻게 지혜롭게 견디는지, 그걸 보셨던 거야. 그걸 극복할 힘을 이미 주셨거든."

그런 말을 남긴 엄마는 왜 자살을 했을까? 엄마가 자살을 한 건 맞을까? 소주 한 병을 비우니 한 번도 갖지 못한 의문이 들었다. 지금은 뭐, 중요한 얘기는 아니다. 천국이 있다면, 신이 있다면 엄마를 만나서 물어볼 수 있겠지. 그런데 천국에 가면 엄마를 만날 수 있을까? 천국에는 죽은 사람이 전부 같은 공간에 있나? 꼴도 보기 싫은 큰아버지를 만난다면 거기가 천국일까?

마지막 순간에 떠오른 건 역시 강영민이다. 내가 만난 유일한 일류였던 강영민은 그중에서도 최상위 클럽에 끼고 싶어 했다. 강남 외고 출신이 아닌, 지방의 인문계 고등학교를 나온 건 그에게도 별수 없는 콤플렉스였다. 그가 최상층 네트워크 입성을 위해 선택한 방법 중 하나가 해외 진출이었다는 건 나중에서야 알게 됐다. 내가 겪은 최악의 인간쓰레기인 천 과장도 콤플렉스가 심한 사람이었다. 비교도 할 수 없는 둘의 차이는 콤플렉스를 극복하는 방법이었다.

지금도 강영민이 고맙다. 외로운 밤에 혼자 술을 마실 때 떠올릴 수 있는 추억을 선물해주었으니까. 그가 아니었으면 그렇게 뜨겁고 화려했던 시절을 갖지 못했을 것이다. 어찌 보면 우리는 죽기 전에 떠올릴 수 있는 소중한 추억 하나를 위해 아등바등 사는 것 아니겠는가. 출세도 출산도 마찬가지겠지. 내게는 둘 다 불가능한 일이지만.

내 꿈에 나와 나를 부추겼던 잔다르크가 원망스럽다. 그녀는 왕을

옹립했지만, 정치적인 이유로 왕에게 죽임을 당했다. 그 왕 역시 교황의 눈치를 보느라 그랬다. 나 역시 노조를 만들었지만, 정치 구호를 외치는 이들에게 숙청당했다. 그들 역시 명문대를 나온 운동권 출신 기득권의 눈치를 보느라 그랬다. 잔다르크는 마녀재판 혹은 이단재판에 희생됐고, 구디 얀다르크는 정치적 이유로 탄핵당했다. 내가 들은 그녀의 목소리는 혹시 악마의 속삭임이 아니었을까?

소주 한 병을 더 까고 TV 리모컨을 만지작거리며 채널을 돌렸다. 세상에, 오영일이 공중파에 나왔다. 이번에는 무려 1군 경기다. 2군은 늦은 시간에 조명 아래에서 경기를 하지 않는다. 이제는 야구를 잘 아는 사람 중 하나가 된 나는 그가 대타도 아닌 대주자로 모처럼 1군 무대에 들어섰다는 걸 알고 놀랐다. 종일 씹었던 그의 전화는 아마 이런 출장을 예고하기 위한 것이었으리라.

상대 팀 투수는 강심장을 자랑하는 국가대표 마무리였다. 역시 동점 상황에서도 흔들림 하나 없는 표정이었다. 오영일이 내게 주는 마지막 선물이 참 극적이라는 생각을 하며 약봉지를 만지작거렸다. 9회 말 투아웃, 그는 3루 주자였던 포수와 교체되며 모처럼 1군 무대를 밟았다. 그것도 열정적인 홈팬들로 관중석이 연일 매진되던 전반기 마지막 경기였다.

"아, 대주자 오영일 선수는 대졸이네요. 10라운드 전체 94위로 지명이 되었거든요. 2군에서는 별명이 이태균이라고 하는데요, 1군 무대에서는 활약이 없어요."

투수가 던진 초구, 패스트볼이 미트에 펑 꽂혔다. 타석에 선 타자는 고개를 갸웃거렸다. 포수가 자리에서 일어나 투수를 향해 손바닥을 아래로 내리는 시늉을 했다. 낮게 던지라는 뜻이다. 동시에 방금 던진 공이 한가운데에 몰린 실투라는 걸 자백하는 것이다. 나는 욕을 내뱉으며 담배를 입에 물었다. 저 초구를 치지 못했으니 이제 가망 없다. 한숨 돌린 투수는 유리한 카운트에서 더 정교하게 승부하겠지. 3루 주자 오영일은 곧 고개를 숙이고 더그아웃으로 들어갈 것이다.

"포수와 사인을 주고받는 시간이 길어집니다. 제2구⋯⋯! 엇! 어어, 이게 무슨 상황이죠?"

"아, 끝났어요! 배터리가 방심한 허점을 노렸네요."

"그렇습니다! 3루 주자 오영일의 끝내기! 오늘 1군에 올라온 선수가 이 치열한 승부에 마침표를 찍었습니다!"

나보다 더 흥분한 중계진은 샤우팅을 내질렀다. 상대 벤치와 배터리는 투수 출신이라는 이유로 대주자를 완전히 무시했다. 오영일은 투수가 와인드업을 시작하기도 전에 이미 홈을 향해 돌진하고 있었다. 투수의 슬라이더는 좌타자의 바깥쪽으로 들어왔다. 포수가 공을 받아 다급하게 태그하기도 전에 오영일의 손바닥이 먼저 홈베이스를 긁었다. 극적인 끝내기였다.

"홈스틸! 끝내기 홈스틸! 오영일이 끝냈습니다!"

TV 볼륨을 최대로 올렸다. 내가 품에 안았던 그 남자다. 나를 모처럼 여자로 살게 한 그 훌륭한 수컷이 지금 세상의 주목을 받고 있다. 양쪽 허벅지에 잔뜩 흙이 묻은 그를 향해 선수단 모두가 달려 나왔다. 그의 몸에 물을 뿌리고 엉덩이를 걷어차며 축제를 즐겼다. 내가 주목했던 건 그의 표정이었다. 노망주 소리를 듣는 주제에 발이 빠르다고 자랑하던, 자신의 품에 안긴 나를 내려다보던, 그 흐뭇하고 여유 있는 표정. 그것은 바로 승리자의 표정이었다.

"너 그 표정 뭐야?"

"연습하는 거야. 승리자의 표정."

오영일은 가끔 거울을 보며 승리자의 표정을 연습하곤 했다.

이제야 잔다르크가 전쟁에서 연승했던 이유를 알았다. 그녀가 지었던 승리자의 표정이 떠올랐다. 그 모습을 본 병사들은 자신 있게 전진할 수 있었다. 나는 그런 표정을 지어본 적이 있는가? 전투에 승리했을 때에도 다음 전투를 준비하느라, 닥쳐올 위기를 걱정하다가 전쟁에서 패배했고 이렇게 늙어버렸다.

아직 끝나지 않았다고 속삭였던 그녀의 말을 이제 이해할 수 있다. 생리가 끊겼으면 어떻고, 임신이면 또 어때? 오영일의 말이 옳았다. 아직 벌어지지 않은 일을 걱정하지 말자. 나는 아직 죽지 않았다. 가족 같은 건 없지만, 다시 만들 수도 있잖아? 나는 늙고 병들어가지만, 젊고 잘나가는 남자친구에게 사랑받고 살면 또 어떤가? 나를 질투할 것들, 부러워하라지. 약봉지를 변기에 버릴까 아니면 서랍장에 넣어둘까 고민하고 있다. 분명한 건 잠시 뒤 대한민국에서 가장 뜨거운 남자가 내 품에 안길 거라는 것이다.

'황산벌청년문학상다웠다'. 다른 것에 대한 말이 아니다. 올해, 그러니까 제5회 황산벌청년문학상에 관한 이야기다. 이미 이동효, 조남주, 박영, 강태식이라는 쟁쟁한 작가들을 수상자로 배출한 까닭일까, 올해도 황산벌청년문학상은 역량 있는 신예들의 긴장감 넘치는 경연장이었다. 우리 모두를 파국으로 몰고 가는 또 다른 실재들이 임리했고, 임박한 파국 앞에서 우리가 잃어서는 안 되는 최후의 가치를 지키기 위한 싸움이 절박했다. 한마디로 의식하지 못하는 사이에 우리가 이미 어디에 와 있는지, 그리고 우리 모두가 각성하지 않는다면 우리가 어느 막다른 지점으로 향할 것인지에 대한 예리한 응시들이 눈을 찔렀다. 해서 망설이지 않고 이렇게 말할 수 있을 듯하다. 황산벌청년문학상은 어느덧 한국문학 전미래의 전시장으로 자리했으며, 올해 역시 미리 보는 한국문학의 미래였다고.

제5회 황산벌청년문학상 본심 경연 무대에 오른 작품은 모두 세 편이었다. 최지운 씨의 《서른 개의 쓰잘머리 없는 이야기들》, 홍주화 씨의 《산 16번지》, 염기원 씨의 《구디 얀다르크》. 이 세 편을 놓고 이루어진 올해의 심사는 말 그대로 난산이었다. 세 편 모두 전혀 다른 개성으로 단단하게 무장하고 있었을 뿐만 아니라 각각의 영토에서 일가를 이루었다 할 정도로 밀도가 높아서 좀처럼 합의에 도달하기가 쉽지 않았다. 톤이 높지는 않았지만 각이 선 토론이 오랫동안 이어졌고 오랜 토론으로 모두가 지쳐갈 무렵 겨우 합의에 이를 수 있었다. 하지만 난산 끝에 당선작을 합의했음에도 불구하고, 아니 오랜 토론 끝에 어렵게 합의에 이른 탓에, 나머지 두 작품에 대한 뒷이야기가 한참 이어지기도 했다. 대장정이었다.

먼저 최지운 씨의 《서른 개의 쓰잘머리 없는 이야기들》은 경쾌한 소설이었다. 제목에서 볼 수 있듯 서른 개의 미니픽션을 피카레스크 혹은 모자이크식으로 누벼낸 착상이 우선 발랄했거니와 동시에 다양한 등장인물들이 자신 앞에 놓인 거대한 난관들을 이겨내고 터벅터벅 한 걸음씩 나아가는 과정도 활달했다. 《서른 개의 쓰잘머리 없는 이야기들》의 주요 등장인물들은 '쓰잘머리 없는' 존재들, 곧 우리 사회에서 쓸모없는 실존으로 격하된 존재들이다. 요즘 유행하는 용어를 빌리자면, '루저' '잉여' '흙수저' 들에 관한 이야기이고, 좀 더 엄밀하게 말하면 21세기 현존재들의 전형적인 실존 형식인 프레카리아트(precariat), 즉 불안정한 고용·노동 상황에 놓인 비정규직·파견직·실업자들이 주인

공인 소설이다.

비극적인 상황 속에서도 웃음을 잃지 않는, 그러나 어떻게라도 웃으려고 하기 때문에 더욱 비극적인 아이러니한 상황을 만들어내는 바, 이는 이 작가의 내공이 만만치 않음을 보여주기에 충분했다. 하지만 옴니버스 형식으로 펼쳐진 서른 개의 에피소드가 지나치게 소품적인 인상을 줄 뿐만 아니라, 에피소드들 사이의 연결이 절묘하지 못한 점은 불만이었다. 거기에 덧붙여 세상을 바라보는 근거 없는 낙관주의적 태도도 이 소설의 장처라 할 만한 아이러니의 밀도를 떨어뜨리고 있어 아쉬웠다.

홍주화 씨의《산 16번지》는 전통적이고 정통적인 소설 문법에 충실한, 그러면서도 그 안에 날것이어서 매혹적인 실재들을 외삽시킨 소설이었다. 이렇게 말하면 특출할 것이 없는 작품에 대한 의례적인 평가처럼 받아들일 수 있을지 모르겠다. 하지만 만약《산 16번지》가 따르고 있는 소설 문법이 '성장소설'의 형식임을 감안한다면 사정이 좀 다르다. 성장소설이란 아마도 이제까지 소설 형식 중 가장 많이 반복된 형식이며, 그래서 소설이라는 장르를 현재의 위상에 이르게 한 가장 문제적인 형식이라 할 수 있다. 그런 만큼 가장 많이 시도되지만 그 안에서 자기만의 목소리를 만들어내기가 제일 힘든 형식이기도 하다. 한데 《산 16번지》는 그 힘겨운 일을 성공적으로 수행해낸다.《산 16번지》의 잠재성의 핵심은 '신성한 디테일'이다. 제목에서 암시받을 수 있듯 압축적인 근대와 신자유주의로 명명할 수 있는 한국적 근대화의 주변부의 삶을 놀라울 정도로 생생하게 복원하고 기록한다. 특히《산 16번지》의

아버지와 어머니의 형상과 그들 사이의 애증의 관계는 생동과 핍진 그 자체이다. 이 '신성한 디테일' 혹은 '디테일의 신성함'을 통해 《산 16번지》는 이제까지 볼 수 없었던 한국적 근대화의 이면, 그늘 혹은 실재들을 생생하게 보여주거니와 이것이야말로 《산 16번지》의 득의의 영역이다.

하지만 아쉬운 대목도 많았다. 무엇보다 현재에서 과거로 되돌아가는 회상의 계기가 지나치게 작위적이었고 기계적이라는 느낌이었다. 분명 이 작위성과 연관된 문제일 터인데, 그 때문인지 회상된 과거의 경험과 현재 생활의 묘사 사이를 이어주는 역사철학적 맥락이 분명치 않았다. 그리고 그것은 작품 전체가 '신성한 디테일의 전시장'에서 한국적 근대화의 의미 있는 미학적 성찰로 나아가지 못하게 하는 결정적인 요인으로도 작용하고 말았다. 많이 아쉬웠다.

논의 끝에 제5회 황산벌청년문학상 수상의 영예를 차지한 《구디 얀다르크》는 도전적이고 도발적인 소설이었다. 제목에서 엿볼 수 있는 《구디 얀다르크》의 도발성은 크게 두 가지 지점에서 발원한다. 하나는 《구디 얀다르크》가 주요 무대로 설정하고 있는 구로 디지털 단지로 표상되는 장소성. 《구디 얀다르크》는 구로 디지털 단지를 전면에 내세우며, 그를 통해 '말로는 실리콘밸리를 얘기하고 스티브잡스를 얘기하면서 20세기에 머물러 있는' 한국문학을 비판적으로 넘어서고자 하는 의지를 불태운다. 그렇다. 《구디 얀다르크》는 오늘날 21세기의 변화된 현실을 정면으로 응시한다. 《구디 얀다르크》는 오늘날이야말로 인지 자본주의 혹은 포스트 자본주의 시대임을 선언하고 한 사물을 인간

을 위한 물질로 전화시키는 이전의 물질 노동이 아닌 '정보기술'과 '정
보재' 들을 매개로 이루어지는 비물질 노동이 오늘날 현대인의 삶의
중핵임을 분명히 한다.《구디 얀다르크》를 도발적인 소설로 칭할 수 있
는 또 하나의 요인은 비물질 노동 시대에 요청되는 윤리성 혹은 정치
성에 대한 집요한 탐색이다.《구디 얀다르크》는 오늘날은 비물질 노동
시대이고 그러므로 노동자의 존재방식 또한 프레카리아트적 불안정 고
용의 형태로 바뀌는 만큼 그 안에서 인간적인 존엄을 유지하거나 그것
을 넘어선 탈-존의 존재가 되기 위해서는 이전과는 전혀 다른 윤리성
과 정치성을 발명해야 한다고 말한다. 이 과정에서《구디 얀다르크》는
잔 다르크를 불러오거니와 이 현대판 잔 다르크를 통해 하위주체들끼
리의 이해관계를 넘어선 연대와 오히려 고난 속에서 확고해지는 '승리
자의 표정'을 우리 시대의 윤리 혹은 정치성으로 내세운다.

그러나《구디 얀다르크》는 도발적인 작품들이 대부분 그러하듯 분
명한 한계 또한 같이 지니고 있는 작품이다. 무엇보다 묘사와 서사, 인
물의 행동과 내면 사이의 유기적 연관성이 미약하다. 소설 전체가 서
사 중심이고 행동 중심이다. 그 때문에《구디 얀다르크》에서는 거의
쉴 새 없이 새로운 사건이 벌어지고 그 사건을 계기로 각 인물들은 어
떤 행동을 취하는데, 그 인물이 왜 그런 선택을 했는지 그리고 그러한
행동이 그 인물에게 어떤 변화를 주어 그것이 이후 또 다른 선택 지점
에서 어떤 계기로 작용했는지에 대한 설득력 있는 내면 묘사를 읽어내
기 힘들다. 아마도 말하고자 하는 바가 너무 앞서서, 그 말하고자 하는
바를 미학적으로 승화시켜주는 과정의 총체성이나 디테일의 충실성에
대한 관심이 상대적으로 옅은 때문인 것으로 보인다. 그러나《구디 얀

다르크》에는 이전의 소설에서는 볼 수 없었던 강렬하고 혁신적인 무엇이 있고, 그리고 그것은 이 소설의 정제되지 않은 많은 부분들을 덮고 남을 정도로 압도적인 것도 사실이다. 결국 어떤 작품의 잠재성은 모든 것을 고루 갖추었다고 발현되는 것이 아니라 그 작품만이 가지고 있는 의미 있는 단 하나에 의해 결정되는 것이며, 만약 그것이 문학사의 새로운 영역을 개척하는 것이라면 그것은 더욱더 그 의미를 인정받아야 할지도 모른다. 그런 점에서 보자면 《구디 얀다르크》는 우리 문학사에 너무 늦게 도착한 21세기형 노동소설이기도 하고, 이미 우리 앞에 도래해 있는 포스트 자본주의적 징후를 비로소 소설화했을 뿐만 아니라 그 포스트 자본주의적 지옥을 넘어설 수 있는 길을 동시에 모색한 전위적인 소설이기도 하다.

매년 '모든 투고자와 당선자의 정진을 기대해본다'는 말로 심사평을 마감해왔다. 한데, 올해는 예년에 비해 훨씬 더 절실하다. 그래서 한 번 더 반복해본다. 모든 투고자와 특히 당선자의 정진을 기대해본다.

제5회 황산벌청년문학상 심사위원

김인숙(소설가·심사위원장), 이기호(소설가), 류보선(문학평론가·대표 집필)

머리를 식히고 싶을 때 종종 자연 다큐멘터리를 보곤 한다. 고양잇과 포식자는 초식동물 무리 중 어리고 약한 녀석을 노린다. 톰슨가젤처럼 날랜 동물의 전담 사냥꾼은 치타다. 사냥을 시작하면 자유로를 달리는 자동차보다 빠른 속도로 전력 질주한다. 길어야 십여 초, 그보다 오래 달리면 심장에 무리가 가서 죽을 수도 있다.

급여생활자를 그만두고 다시 창업을 준비하던 어느 날, 몸의 이상을 느꼈다. 가슴이 답답했고 침을 삼킬 수가 없었다. 나중에는 숨을 쉬지 못해 죽을까 두려울 지경이었다. 의사인 친구에게 물어보니 스트레스 때문이라며, 자기도 그렇다고 했다. 번아웃 증후군에 시달리는 많은 IT 노동자, 공황장애를 호소하는 연예인, 화병 때문에 술과 담배를 달고 사는 사업가도 많다.

우리는 태어나자마자 경쟁을 시작했다. 생후 몇 개월이 되면 뒤집기를 해야 하고, 옆집 아이보다 한글을 빨리 익혀야 한다. 서고연—서성한—중경외시—건동홍, 4음보 평시조로 만든 대학 서열은 경쟁의 클라이맥스다. 입시지옥을 거쳐 똑같은 틀로 찍어낸 교육을 마친 이들은 이제 창의력을 증명해야 한다. 대기업 컨베이어 벨트에 오르기 위해 면접장에 줄을 선다. 학과 동기보다 좋은 회사에 입사해야 하고, 입사 동기보다 빨리 연봉과 직급을 올려야 한다. 그렇게 살다 보면 몸에 이상이 온다.

소화계통이나 두통, 알레르기 문제로 병원을 찾는 노동자는 의사의 진단과 처방 모두를 이미 알고 있다. 스트레스로 인한 질환이니, 휴식을 취하고 규칙적인 생활을 해야 한다. 하지만 휴식과 규칙적인 생활 모두 불가능하다. 중도금, 카드값, 자녀 교육비, 보험금을 내려면 전력질주를 멈출 수 없다. 경쟁의 대열에서 이탈하면 끝장이다. 그렇게 달린 끝에 톰슨가젤의 목덜미가 보이지만 사자나 하이에나 무리가 천천히 다가온다.

4차 산업혁명이 우리의 미래를 바꿀 것이라고 여기저기서 떠들어댄다. 앞선 세 번의 산업혁명을 통해 배운 교훈을 논할 시간은 없다. 바쁘다, 바빠. 실리콘밸리에서 어제 출시한 서비스를 퀵리뷰하고, 중국 심천의 메이크스페이스를 벤치마킹해야 한다. 속도를 높이지 않으면 뒤처지고, 뒤처지면 끝장이다. 직원은 약봉지를 달고 살고, 그를 닦달하는 사장은 공황장애 치료를 받고 있다. 아프니까 환자다. 모두가 환자다.

반도체 산업을 이끈 역군들이 백혈병으로 쓰러졌다. 모두를 가슴 아프게 했던 구의역 사고 3주기가 되기도 전에 엘리베이터를 설치하던 협력업체 노동자가 추락했다. 대기업·정규직 컨베이어 벨트에 오르지 못하거나 이탈하면 위험을 외주받아 살아야 한다. 반만년 역사 중 가장 잘사는 지금, 우리는 잘 살고 있는 것일까? 4차 산업혁명, 5차 산업혁명이 지나면 행복한 사람은 더 많아질까? 가속페달만 있는 자동차는 과연 안전할까?

작년 8월 말, 한반도를 사우나로 만든 불볕더위가 누그러든 어느 날이었다. 태풍이 지나간 백석역 근처 오피스텔 건물 1층에서 사이안을 만났다. 그녀는 초식동물 같은 눈으로 쏟아지는 빗줄기를 바라보고 있었다. 그녀가 컨베이어 벨트에서 이탈한 사연을 들었다. 이 책에 미처다 담지 못할 정도의 얘기도 있었다. 사이안의 슬픔과 아픔을 글로 옮기기로 다짐했다.

군에서 정보·작전을 담당했고, 포털과 미디어렙사, 스타트업에서 일했다. 사람을 숫자로 표현하고 규격화하는 일을 밥 먹듯이 했다. 하지만 숫자와 통계는 사람을 타자화하여 인간성을 제거하기도 한다. 규격화는 대부분 약자에게 불리하다. 소수의 불행과 몰락이 수반되는 의사결정을 할 때 위정자의 죄의식을 희석해주는 위약이 되기도 한다.

5년 전 봄, 나는 바다 위에서 벌어진 참사를 보고 깊은 슬픔에 잠겨 있었다. 며칠을 소리 내어 울었다. 타자의 슬픔에 공감하지 못하고, 심지어 조롱하는 이들을 보았다. 분노와 함께 허탈감이 몰려왔다. 그리고 나부터 자본주의라는 OS에 최적화되어 살아온 성공 지향적 삶, 그 오랜 관성에서 벗어나기로 했다. 오래전 멈추었던 글쓰기를 다시 시작했다. 숫자 대신 사람의 이름을, 규격화 대신 사랑과 연대를 얘기하려고 했다.

오랜 관성에서 벗어나는 것은 힘든 일이었고 지금도 그렇다. 규격에서 벗어난 삶은 불안을 감수해야 한다. 익숙한 불면도 계속될 것이다. 창작의 기쁨보다는 죄책감과 무력감이 나를 괴롭힐지도 모른다. 하지만 삶의 방향과 속도를 바꾼 건 정말 잘한 일이었고 만족스럽다. 이제 남과 경쟁할 필요도, 비교할 필요도 없다.

이 책은 되도록 약자가, 비정규직 노동자가, IT 종사자가, 여성이 많이 읽었으면 좋겠다. 그들에게 작은 위로가 되기를 바란다. 조금 거친 사람들의 얘기를 준비하고 있다. 다음번 작가의 말을 쓸 때는 이번처럼 고생하지 않았으면 좋겠다.

2019년 여름
염기원

제5회 황산벌청년문학상 수상작

구디 얀다르크

1판 1쇄 인쇄 2019년 7월 15일
1판 1쇄 발행 2019년 7월 24일

지은이 · 염기원
펴낸이 · 주연선

총괄이사 · 이진희
책임편집 · 김서해
본문 및 표지 디자인 · 김지수
책임 마케팅 · 강원모
관리 · 김두만 유효정 박초희

(주)은행나무
04035 서울특별시 마포구 양화로11길 54
전화 · 02)3143-0651~3 | 팩스 · 02)3143-0654
신고번호 · 제 1997-000168호(1997. 12. 12)
www.ehbook.co.kr
ehbook@ehbook.co.kr

잘못된 책은 바꿔드립니다.

ISBN 979-11-89982-34-8 (03810)